在路上

一个"农二代"的返乡创业记

二岩 著

大连理工大学出版社
Dalian University of Technology Press

图书在版编目（CIP）数据

在路上：一个"农二代"的返乡创业记/二岩著.—
大连：大连理工大学出版社，2013.10（2014.10 重印）
ISBN 978-7-5611-8224-6

I.①在… II.①二… III.①纪实文学 — 中国 — 当代
IV.① I25

中国版本图书馆 CIP 数据核字 (2013) 第 214918 号

大连理工大学出版社出版
地址：大连市软件园路 80 号　　邮政编码：116023
发行：0411-84708842　传真：0411-84701466　邮购：0411-84708943
E-mail:dutp@dutp.cn　URL:http://www.dutp.cn
大连金华光彩色印刷有限公司印刷　　大连理工大学出版社发行

幅面尺寸：160mm×230mm　　印张：12.5　　字数：210 千字
2013 年 10 月第 1 版　　　　2014 年 10 月第 2 次印刷

责任编辑：邓玉洁　　　　　　责任校对：陈曦　宋晓红
封面设计：宋善怡

ISBN 978-7-5611-8224-6　　　　　　定　价：25.00 元

前面的话

　　离开农村五年，我还坚守在城市里为实现梦想而拼搏挣扎着，但是2010年底却决定要返回老家创业了。也许目前生活在大都市的你可能嘲笑我没有本事，或者说我是个失败者，但这都不能否认我过去与现在的努力过程。说实话，我的经历和经验大家完全可以参考，一是我的文凭不高，只在正规大学里待过两个月便自动辍学了，而我现在所做的创业项目是当下最普通最平常的，一定离你们并不遥远，也不会有太大的距离；二是此刻的我并没有什么巨额财产，也没娶妻生子，仍是一个朝气蓬勃、有着吃苦耐劳精神的80后"农二代"。

　　我的家在村子里并不算贫穷，世代是农民。"穷"只是物质条件差些，这也是暂时的，假如自己有一天真的腰缠万贯了，也决不会忘本，因为我的根在这里。穷不可怕，最可怕的是心里贫穷，这就像人最悲哀的不是你一无所有，而是你觉得自己一无所有。

　　目前，我从城市回到农村，身价并无大增，银行卡里的存款也没有超过六位数，但我把极大的自信和有效的资金投资到创业的店面上，相信它一定会给自己带来希望。

　　临渊羡鱼真的不如退而结网，当你还处在人生的十字路口时，或者处在事业的低谷时，或者徘徊在都市与乡村的火车上时，都请你振作，要相信一切会好起来的，梦想会实现的，要改变自己，拯救自己，发展自己，只要努力躬下身子去做……

　　欲终取之，必先予之，而要想打算返回或者不离开农村，就必须先了解、认识和分析农村的现状。

　　本书适合打算回农村老家或者已在农村老家发展创业的所有年龄段的人阅读，适合关注"三农"问题的人阅读，适合处在人生低谷与低迷的人阅读，更适合所有的"农二代"们阅读。

二岩

2013 年 8 月

目　　录

第一章 逃离城市

任志强说过买不起房就应该滚回农村去，看来买不起房的我应该回农村了。

考试考了零分，数学老师说，赶紧回家种田吧！

在城市里被一条遗弃的狗感动，决定要像它一样活着。

第1节

2010 年 8 月，我终于决定要回老家了。

真的要回去了，那几日的天气很闷热，晚上蚊子成群成群地在我耳边嗡嗡地叫个不停，好似诉说着生活的不公。难道上帝真的对我不公吗？

关于回老家的想法，其实很早就有过。

去年年底，我是带着无限的希望和畅想回到家乡的，但在家只待了半天就感到很茫然。没有目标、没有规划，我一个人坐在偌大的院子里，托着下巴望着天空思考着。这时家乡的天依然是湛蓝的，时不时有白云飘过，好似我梦想的翅膀，带我畅想着美好的未来，但面对现实又不知如何去调整自己。

在孤独中度过了春节后，我还是无奈地回到了城里打工。

而前两个月发生的一件事触动了我，使我下定了决心，改变了我"当一天和尚撞一天钟"的想法。

一天，公司门外传来动物凄厉的叫声。我顺声定眼一看，发现有条三个多月大的小狗，身上的毛都掉得差不多了，全身红红的，走起路来摇摇晃晃，一副弱不禁风的样子。小狗在毒辣辣的太阳下，被人撵来撵去，当它发出痛苦害怕的声音，我心里不由得很心酸。

但就是这样的一条狗，它仍在附近游荡，因为周边肉店、食杂店丢弃的骨头和垃圾可以使它存活下来。当它每天徘徊在公路旁，望着对面饭店冒出的热气时；当它抬头注视着饭店门口，被店员们拿着拖把追着打而无处藏身时；当它倦窝在下午的阳光下仰望天空时，它都能顽强地生存下来。我，一个大男人也甘愿苟且偷生吗？

无论我以哪种姿态活着，都要先回家。整理好思绪，我拖着大大小小的行李包裹离开了城市。当我坐在车厢里透过被雨水冲刷过的车窗，面无表情地看着窗外时，心里不免流露出一丝伤感。这座熟悉而又陌生的城市我已待了快五年，五年来自己内心每一时刻都想着能在城市立足，成为一名真正的城市人，可是不管怎样的努力也改变不了农民骨子里土里土气的气息，难道命中注定我一辈子当农民？

那天雨不是很大，但我却有些冷。

第2节

曾经看到过这样一则报道，说过去的农民工不愿回乡是因为土地难以养活自己。今天的新生代农民工的思乡情结已经很淡，他们不愿回到那块土地上，这是为什么呢？虽然有学者和80后农民工都站出来力挺回乡的这部分人，但声音与力度微乎其微，很难说服后面源源不断涌入城市的新生代农民工大军。有研究资料显示，只有7.7%的新生代农民工愿意回农村定居，而老一代农民工的比例为13.3%。

我的文化程度不高，顶多算高中文化，而今那个唯一能代表我学历的红皮金字的证书也不知丢到哪儿了。我的爱好不是很广泛，业余时间喜欢读书，才能不断地充实自己，只有这样才能在社会上立足。

我参加过全国统一高考，成绩很差，只有300多分，离大学的校门有十万八千里。这样的成绩是意料之中的，因为高考前心里很浮躁，我压根没有上大学的想法。况且我在上中学时就偏科，只对语文、历史、政治感兴趣，其余的科目都是能糊弄就糊弄，有一次数学考试还得了零分。

记得那次数学老师在课堂上一手拿着卷子，一手指着我的头说："二岩，你这辈子算完啦，全校就没有像你这样考试得零分的，哪怕选择题你瞎选瞎蒙也能得个一两分啊。你呀，就准备一辈子当农民，在家打坷垃（方言，指种地）吧！"

没想到数学老师的话一语中的，今天我还真得回家打坷垃了。打就打吧，起码这样活得有意义、有尊严。

高考后我并没有在家打坷垃，而是被同学拉进了青岛一所普通的学院。进这种学院分数低没关系，只要交学费，在志愿书上填写这所学院就行，录取不上也没关系，上个预科班，等下年再补考。当时一向指望家里能出个大学生的父亲看到我的高考分数后气得几天说不出话来，我直接向他表明态度要打工去，不再读书了，但固执的父亲不同意，让我去复读。一听到复读，我死活也不肯，那种晚睡早起的生活早就受够了。但父亲的态度非常坚定，最后实在拗不过父亲，我向父亲说起了在青岛读预科班的想法，父亲跟母亲商量了一下，勉强同意了。

去青岛时，父亲和我拎着大包小包进了火车站。当时是 9 月份，坐火车的人实在太多，票也不好买，排了半天队只买到了站票。大家呼呼啦啦挤上了车，车厢里塞满了人，闷热嘈杂，连转身挪动的空间都没有。

终于到了青岛。在青岛打工的哥哥来接我们到了他的租住屋。稍歇了一会儿，父亲就带着我去了青岛蓝村的学校。一切入学手续办理的都很顺利，像我这样读预科班的人根本不需要办理正式的入学手续，只要交上学费就行，因为明年还得参加一次高考，录取后才能有正式的档案。

父亲在青岛待了两天就回老家了，因为他还要跟着同村人去其他城市务工。临走时父亲给了我一张银行卡，说里面有一千块钱，先花着，不够的话就打电话或跟哥哥要。那时我望着走向火车站的父亲佝偻的背影，心中不免惭愧，真想给自己一个耳光。

正当我下定决心要好好学习的时候，却因为一次外界影响而间接导致了退学。在这所学院我只学习了两个月，发现自己不适应大学的生活，特别是学习方面跟不上课堂日常的进程。对那些数学课上的符号和数字的厌烦感与日俱增。学院在国庆节时发了通知，要求我们这些预科班的学生必须把个人的户籍转到学校来，如果不转的话，明年的学籍就办不了。我把这"意外"情况告诉了父亲，父亲说他来办，让我国庆节回家一趟。

本以为转个户籍很容易，可亲身经历后才知道是多么难。父亲硬着头皮托人找关系，好不容易办得差不多了，但是派出所工作人员说户籍一旦转走，就不能再落回农村户籍了，他让我们三思。父亲一听到这话便打起了退堂鼓，因为户籍在农村很重要，一旦转走户籍以后，在外面混得好还行，混得不好再想把户籍转回来却比登天还难。

这时我狠下心来，告诉父亲这大学我不上了。我也不是上大学的料，学费还这么贵，我想去打工。

父亲听后低头思考了好一阵，慢慢抬起头无奈地看着我说："也罢，这都是你自己选择的，以后后悔了可别怨我们啊！"

我斩钉截铁地说："不会的，这都是我自己选择的，就算在地里打一辈子坷垃也愿意。"

在我做出这个决定后，就终结了我的大学梦。现在想来，自己当初的决定是多么正确，看来我这辈子注定是扔不掉"农民"这个称呼了。

退学手续是我一个人去青岛办的，学院还算比较人道，扣除了部分学费后，百分之九十的钱都退了回来。我把这些钱打到了母亲名下的银行卡上，家里钱我没有留，我要去打工，靠自己劳动养活自己。

第３节

早些年农村孩子外出打工都是靠亲戚或劳务所的介绍。那时多半去的场所是电子厂，因为这种地方包吃包住，还有加班费，一年到头也没有假，能攒点钱。我家里没有什么亲戚在电子厂打工，哥哥所在的鞋厂工资低，他不希望我去那里，而我自己也不愿意去，因为我一直向往着自己闯出一片天地来。而堂哥他们都在建筑工地，像我这样手无缚鸡之力根本拿不动瓦刀的，唯一的途径就是通过劳务所介绍。去劳务所打听了一番，中介费都在一千块左右。这个钱在当时可是一大笔钱，虽然当时我很心疼，但是为了以后能够独立生活还是狠狠心掏了这笔钱。现在回想起这件事就后悔，普通的劳务中介费都在一百块钱左右，但是我们当地的中介所都要一千多块，真是黑得要命啊。不过现在好多了，村子里外出打工的年轻人见识多了，都不再去中介所了。

中介所为我推荐了一家南方的电子厂，我参考了其他几家厂子后感觉都差不多，地点最近的也只有这家电子厂，其余的都是在深圳、广州等地。与我同去的还有五位年龄相仿的老乡，所以没有陌生感。

我的第一次南方打工之旅开始了，这一年我刚满十八岁。

离开家乡的那天下起了雪，这是入冬以来的第一场雪，雪花纷纷扬扬的从天上飘落下来，四周白茫茫一片，大地立刻变得银装素裹。我望着窗外美丽的雪景，憧憬着美好的明天和新的希望……

隆隆的车轮声渐渐缓下来，终于早上７点多钟火车到站了。

一切都是那么陌生。南通，一个苏北比较富裕的城市，给我的印象城市比较繁华，大街上车水马龙，想要穿过没有红绿灯的斑马线是要等待很长时间的。这里什么都多，唯独街头小贩少得可怜。小吃店更是出奇的少，我们一行五人暂住旅馆中，吃饭也成了问题。吃惯馒头的我们对于南方的米饭难以下咽，只能勉强吃点面条填饱肚子，或者将就吃点煎饼。本来当天我们是要进一家电子厂面试的，可厂里又说推迟三天面试，这可苦了我们。我们一起来的，最大的叫张军，22岁，菏泽人，很壮的身体，高中时体育特别好，听说他打架一人能打过三个人；最小的小刘，19岁，也来自菏泽，身子很瘦弱，不过他对钢琴很有造诣，是个音乐才子；另外两个是河南的。

那几天天气很阴冷，太阳躲在灰色的云层里不出来，好似与我们玩捉迷藏，我们只能懒懒地蜷窝在旅馆里，守着电视无聊度日。好不容易等到体检的那天，我们都去了医院。体检我是没问题的，只是眼睛近视。

第二天要去工厂，我们起得很早，生怕误了事，但天公不作美，从早上就下起了雨，我们几个匆忙收拾好了行李走出了旅馆。

清晨，天色是灰蒙蒙的，冬雨在阴冷的寒风吹送下，直逼人的心灵深处。走在凄风冷雨的街头。一阵冷风吹过，细细的雨丝斜斜地落在地上，满街泥泞。我提着两个装满衣物和被子的大编织袋越走越沉，手臂、脖子、小腹疼得厉害。雨水早已把外套打湿了，头发上的水珠顺着发丝流到脸上、脖子里，感到冰冷刺骨。在冬雨中走了大概有二里路，好不容易到了工厂，门卫说上宿舍要走后门，通向后门的是一条三四米宽的小路，坑坑洼洼，污水连片，能踩的只有垫在水中的几块残砖断瓦。到了宿舍门口，已经有二十多个新工人在等着呢。

我们几个在过道上整理了一下湿衣服，梳理了头发。一直站到腿脚发麻，才见到厂里人事部的人。我们在二楼接受面试考核后进行了分配，我们五个除了燕豪被分到"后段"（属注塑以后的部门），其余的都分到了注塑。接着便是分班，安排宿舍。我们几个住在厂外边的宿舍，条件还可以，就是离工厂有点远。

上班第一天就是夜班，晚上八点半上班，我们大家早早地就去了。一月中旬的南通温度还是很低，西北风刮在脸上就像刀割一样，刺骨的冷。经过漫长的冷风洗礼后终于到了厂子，进厂是要刷卡的，没有卡进不了大门。到了车间我们十几个人在车间里站成一行，等着领导安排工作，白炽灯掺和着角落的日光灯把车间照得通明，刚进来眼睛被刺得很痛，有些不适应。一个胖乎乎的中年人领着我们在整个车间转了一圈后，把我们暂时分到了人手缺少的地方。

第 4 节

当晚，我被一个胡子拉碴的人带到一台机器旁，他操着一口普通话让我把卫生搞一下，说完他就走了。我看着这个比人更陌生的庞然大物，觉得无处下手，到处都是油汪汪，很难清扫。没办法我只好拿着扫帚把较脏的地面扫了几下，过了一会儿那人回来了，见我如此随意，就用手指向南面空旷的大车间让从那里开始扫，说完又离开了，这家伙长的样子像"山顶洞人"，特别是他的头型。我煞有介事地拿着扫帚象征性地扫了几下，等了一会儿山顶洞人来了，他坐在机器旁摆弄起机器来了。我后来才知道这是注塑机，这家厂子主要生产手机按键，而我们属于注塑，是整个工序的第一步，也是关键的一步，以后的绝大部分为后段（电子厂的工种之一）。

山顶洞人操作完机器后，手里拿着几片灰色的塑料产品对我说："看好了，你一会儿自己操作。"我听后忙说："我是新来的。"他瞪了我一眼说："新来的怎么了，新来的就不干活啊？"我没有说话，仔细地看着他操作，机器的门关上之后，他按了一下半自动按钮，里面的模子就合起来了，约十秒钟，模子"哐当"地打开了，这时他迅速把门打开，用手接住产品，随后又把门关上，经过几个回合的操作，我稍稍明白了一点原理。他问我行不行？我点了点头，他就把位置让给了我。我按着他刚才的操作过程试了一下，基本上还可以，只是慢了点。他看后点了点头就走了。

夜里冷风不时地从门缝里钻进来，人感到很困、很冷，做的产品当然是一塌糊涂了，第一个夜班终于结束了。回到住处人已困得如死猪，饭也懒得吃，抽了几口烟便倒头睡着了。

接下来的日子真是度日如年，我们小心谨慎地工作着，生怕哪个环节出了差错而被辞退。我们的试用期是三个月，三个月内如果单位对你不满意，领班就可以直接把你辞退。当然这三个月的工资是很少的，底薪是304元，加上加班费、出勤费、绩效（一天12个点，如果能完成8个点的产品其余4个点就算绩效，一个点是3.5元）。我们初来，绩效少得可怜，有时连着几天都拿不到绩效。如果违反了厂里的制度，多则500元，少则20元，我们初来的经常被罚，可以想象我们一个月工资能有多少。

上班前繁琐冗长的程序更让人心烦，第一必须提前刷卡，一分钟也不能迟到，迟到了当月的全勤奖80元即被取消；二是开会，每星期二、五开大会，其余都是小会。大会是各班的组长讲一下近来的生产情况和一些无关紧要的事。在我的印象中，每到开会时，那个胖乎乎的组长就两手背着，挺着那肥大臃肿的肚子，一脸严肃的表情。我们不分男女站成两排，由于冬天冷，风又大，两排的人都不约而同地向中间靠拢，留出一条说话的缝隙，组长恰在中间，结果成了一个倒"A"字形。小会是在车间里开的，由各自的领班安排任务，我们领班长得瘦小，说话的声音时常被隆隆的机器声淹没。开完会还要填写生产报表和产品传单，这两个是必须认真填写的，而且通常是边工作边填写，稍不注意就会出错，一旦出错这一天的工作就白做了，如果传单填错了，就会遭到后段的投诉，罚款是少不了的。我曾有一次出错而被罚了10元。车间里的卫生是领导最头痛的事，每次来检查时，我们都全力以赴把各个机台的卫生做好。注塑车间的卫生的确不好做，一是油多水多，每天机器里的油一开机就漏，水更是四处漫溢；二是料渣，灰色的ABS料，白色的PC料，总是躲在机台下扫不出来，而今天扫出来，明天又会钻进去。终于有次课长发怒了，指着我们这些人说一定要把卫生搞上去，搞不好都滚蛋。这句话一出，可把我们给害苦了，每天要做的除了完成产量，还要时刻保持好卫生。如果稍不干净，小则会挨骂，重则罚款。我们几个谁下班早谁就帮忙打扫卫生，但不管我们怎样的努力，"5S"（现场管理法的五个项目的简称）就是上不去。

有一次客户来审核，对车间的卫生提出了疑问，部门经理终于生气了，一怒之下把两个课长辞退了，经理自己亲自抓"5S"。之后我们的日子便不好过了，因为经理做事认真，对工作要求比较苛刻。那几天我们都私下里讨论这事，大家都说以后加班时不用提心吊胆了，以后辞工也方便了。

将近两个月后，我逐渐适应了这样的工作生活，一起来的他们几个也差不多。三月份，厂里对员工大调整，因为厂里僧多粥少，决定辞退一些工作不积极的员工。如果这时想申请辞职的话，领导基本上都能同意。平日对厂里有怨言的员工都抓住了这次机会纷纷辞职。

第 5 节

南方的七月天热得要命，进了车间，犹如进了巨大的蒸笼，五十多台机器散发的热量足以把人蒸死，而车间里的通风设备又残缺不全，连空调也没有，只弄些电风扇，可想而知，吹过来的风是什么样子的。特别是晚班，热得人心烦意乱，昏昏欲睡。第二天早晨用手摸一下脸，满是污垢和尘粒。下班回来后，赶紧先洗个凉水澡。那时躺在床上我常常想，自己的未来不能就在这里像水一样蒸发掉，在厂里如果想有前途就得从做试模员开始，这种工作都是体力相当好的人，自己手无缚鸡之力，根本不行，最好的出路只有离开厂子。

此时我的心开始迷茫起来，打工的初衷是边打工边自学自己喜欢的新闻专业。但打工的生活太疲倦无聊了，尽管一再告诫自己努力珍惜每一个休息日读书学习，但总是事与愿违地浪费掉。

有一次给父亲打电话，我诉说了在外受到的种种歧视，他还是希望我能再继续上学。

我的心彻底动摇了，想了一个晚上，第二天我终于决定辞职。

我辞职的时候正值换领班，新来的领班有点女人气，说话拿腔作调的。他给我签字时，只说了句你真的要走吗？我没有回答，只是微笑地点了点头。离开厂子的前一天晚上，我和工友几个聚了一次餐。大家谈笑风生，丝毫没有一点离别伤感的气氛。那夜我没有说太多的话，一次次的叫老板加菜，又一个一个的给他们敬酒。到了晚上 11 点，他们都喝得差不多了，我不敢让他们再喝多，明天他们还要去上班。临走时小庆买了一个西瓜，分吃了几块结束了自己在南通的晚餐，也结束了自己的第一次打工生涯。

我知道自己不是一个合格的打工仔，以继续求学的借口来逃避现实遇到的挫折。以后的路还很长，要如何去追求自己的梦想呢？

在网上看到小庆和小帅他们给我的留言，小庆也已辞了工作去苏州了，他去郑州与同学办了个钢琴学习班。小帅也辞工回老家了，说是去济南找活，而他不久后便结婚生子了。我回复了几句祝福语和一些想念他们的话，之后便没有再联系。

那天终于到了自己跟南通说再见的时候了，我当时有了一个想法，就是要去考大专，继续学习。感觉能去追寻自己的梦想，走自己的路了，心里自然是心花怒放。

辞职后我先回到了山东老家，休息几日后便去找学校。当时我已在山东大学报考了成人高考的新闻专业，通知书也早到了家里，而父亲却反对我学这个专业，他让我学计算机专业，因为我以前是学计算机专业的。他认为我的能力不行，因为新闻专业不是什么人都能学的，而我的性格又比较内向。但他真的无法理解我内心对语言文字的热爱。

八月末，我从朋友那里听说有一个学校正在招生，而且可以半工半读，我当时听了便要去看看，而就在这时父亲却出了事，被车碰了住了院。在医院的那段时间我和母亲轮流照顾父亲，躺在病床上的父亲问我，想好了没有，要去哪所学校。我随意地说要去威海看看，听朋友说，是半工半读的，我不想再让你们操心了，自己的事自己解决。父亲听后，叹了口气皱了皱眉，把头转向窗外，看着窗外一言不发。我也转向窗外，天很暗，雨下起来了，叶子被雨打得颤抖起来。

告别躺在病床上的父亲后，我去了威海，其实我对此行也是比较茫然，真的不知道学校会是啥样。车到山前必有路，不管怎样还是要去看一看。到了学校后，老师们对我们很热情，其中有一位戴眼镜的女老师先让我们考察下学校再作决定是否学习。

威海的天空是那么蓝，心情似乎好了许多。我打消了先前的顾虑，安下心来学习。

在学校时间过得很快，还有两个月就要毕业了，心里想着毕业后找一份好工作，娶一个好媳妇，平平淡淡地过日子。但是如有更高的目标，趁着年少更应该努力奋斗。

毕业后我开始找工作，因为所学的专业是装潢设计，试用期比一般的行业要长些，最短的是三个月，最长的有半年。而试用期是没有工资的，更没有任何的补助。我从毕业到现在换了三个公司，也就是跟着三位老板做过事。三位老板中有两位是女的，但是正规行业经验与社会处世经验是从那位男老板身上学到的。

第 6 节

从学校走出后第一次进入一家正规的家装公司实习，三个月，别的倒是没有学会什么，只是学会了说谎，而且撒谎还不脸红。等到自己想好要辞职的时候，便说了一些精心准备的谎言，当时老板笑了笑说，我感觉你有别的想法，其实你是很有潜力的。她说这样的话在我看来只是敷衍罢了，三个月就给了我二百块钱的工资。

离开第一家公司后，大半年时间围着山东半岛转了一遍。那些日子就这么漂来漂去。离开了威海的荣成石岛来到了乳山。来乳山真的是一种巧合，那天我只是随便在网上看一个装修论坛，没想到里面有一个要招工的信息，打了个电话询问，一听声音是个女人。那女人简单地告诉了我一下要求，说要进行面试，我连声说好，挂完电话就坐车去了那里。面试很快就通过了，第二天便正式去上班。

我在这个公司工作了近一年的时间，算不上兢兢业业，但也没有犯什么大错，对公司还算是不错了。以前想过要离开，我是一个重情义的人，此时离开会对公司有一定的压力，毕竟公司里除了一些流动工人外只有我们两个正式员工。但是我万万没有想到竟然与这位女老板发生了严重的分歧，一时冲动说了不留情面的话，原因很简单，就是看不惯她的为人。她多少有点小心眼。我与她在工作上，会产生不同的看法，引起一些争论。

工作了两年有余，自认为有了点工作经验，对薪水的要求渐渐高了，毕竟这是自己应得的。而且我有了一定的客户源与相应的人脉，但是老板始终没有给我涨薪的动静，相反有几次还不痛不痒地说了些让人捉摸不透的话。

八月份的时候，我想回趟家。当时我把这种想法跟老板说了，其实也就是想把工资都要回来，不再回威海了。老板不是很高兴，我知道她现在钱不多，而且怕我回家后不再来，便说过几天给你，如果你先走，把银行卡号给我，我有钱了给你打过去。说实话，当时我并不是很相信她，因为之前我见到过她并不只一次食言，特别是对一位快要回家过年的木工，愣是把人家的工钱拖了一个月。但不管怎么说她毕竟是老板，钱没拿回来是不能翻脸的。

在朋友家待了几天。那几天也去银行查过，都没有钱汇过来。到了她说的最后期限，仍然没有汇来。我急了，害怕这种女人会小气起来比什么都厉害，于是我给她发了两条短信，她只回了一条，说明天托人捎给我。最后钱是给了，但是工作提成一分没给。

在家待了七天，回来后一切如旧，但是自己的心开始浮躁起来。老板也慢慢看出了一些端倪，有时一天不跟我说句话，说也是带搭不理的。

最终我决心要离开这家公司了。

离开这家公司后我躺在出租房的床上，在日记里总结道：工资是员工的最基本生活保障，到什么时候都不能把这种最低保障向后拖；食君之禄，担君之忧，这也就是我们通常所说的吃谁的就向着谁，如果一个老板不能保证你的最低生活保障，那么你只有一种选择，就是把他炒掉。

我的第三位老板，没有给我的物质生活带来什么改观，但是在信念上却给了我不少鼓励。在他手下做事的日子里，我便跟着他养成了早睡早醒的习惯，学会了每天早醒后都躺在床上思考一天要做的事情，因为只有早上人的思绪与心绪才是最佳状态。

跟着他做了将近一年，从室内设计到室外设计，从家装到工装每天都面对新的工作。我和他的上下级关系始终保持着若即若离，在一起喝酒时称兄道弟，工作时两人会因为一点小事争吵不休，像这种时候每次我都会明白自己的角色，明明是他错了我也得忍让。

更多的时候我们俩会坐在办公室的沙发上一起喝咖啡，一起聊天，他会像长者似的给我讲社会的残酷，什么叫人心险恶。他会举些他自己成功和失败的经历，让我分享与吸取教训。他喜欢总结他人的经验，言简意赅让人受益匪浅：用智慧充实自己，包装到更完善。缜密安排，眼光独到。工人只是为你赚钱的工具。抓住每个人的心理。不要以为每个人都像你一样傻。有事说事，没有必要绕圈子。领导只是你在职时的领导，老师永远是老师。富人有富人的长处，穷人有穷人的短处。酒桌上的规矩是你人生历程中的处世哲学。不要对现任老板抱怨说你的前任老板。追求最大的利益才是合格的老板。钱永远挣不完，懂得要急流勇退。只要结果，不要过程。懂得做狗，才能知道怎样做人。吃得苦中苦，方为人上人。不想只为挣那点工资，只为那些用钱买不回来的经验。合作伙伴的微笑，其实是别有用心的。

以上这些话都被我记到了日记本上，每当晚上睡觉之前写日记时总会不经意地看看。这些浅显易懂的话分量却是很重的，就如"不听老人言，吃亏在眼前"一样，谁都明白这样的话，但是当自己真正地吃亏后才会明白这句话的内涵与道理。老板总会比你聪明，要不也不可能成为你的老板。

当我提前一个月说出要辞职回家时，他惊愕地一时想不明白。我编了一个自认为充分的理由，说是要回家相亲订婚，父母催促得紧。

"订婚可是大事。"他笑着说，表示理解。

在我临走时他对我说："二岩啊，你现在是个好员工，但还不是个好老板，所以回家后别着急自己单干，因为你的经验还差得远。如果真不行或者在家待够了，就再来我这儿，公司随时欢迎你。"

我说："嗯，我会记住的。"

第 7 节

2010 年 9 月，我怀揣着那份创业梦想逃离了城市，回到了我熟悉而又陌生的村庄。

在叙述我返乡后的经历之前，首先要介绍下我的村子。以下这些并非是为了博得大家的同情与怜悯，而我的个人信仰与性格都是很独立的，而且不会因为别人的意见而改变自己的初衷，今天在这里写出来最大的愿望就是希望读者能深入地分析与挖掘，乡村的经济、文化的发展变化与一个家庭或者个人的紧密联系。

我们的村子是很普通的一个小村子，由于地理位置处在鲁西南，离郓城、梁山不远。这里一般都被称为鲁西南平原，而我个人认为应该是中原平原，因为我们的衣食住行都与山东半岛差别很大，特别是口音方面与河南别无二样。这里人都很友善，招待朋友多是豪爽的。

二岩的村子不大，只有几百户人家，形状四四方方的，中间只有一条略宽的马路，这条马路从我记事时便留下了很深的印象。当年县里几乎每个村子只有一条被农用车压得很平坦的土路与省道连接着，在省道的分叉处又与通往我们县城里的路连接。路，如人身体里的大动脉一样，各个器官需要的东西都靠它输送着，农村公路的发展带动着农村不断进步，也改善着农民生产生活的条件，虽然现今"村村通"的政策已基本实现了，但是新的问题也随之而来，那就是公路重复施工，间断施工，盲目施工。记得那时改革开放的口号在农村里叫得最响亮的是"想致富，先修路"，而这个口号本身没有什么错，也很切合实际，大家热情也很高，但由于技术上的问题出现许多失误，造成了许多新修的柏油路，不到一年就出现了问题，许多路坑坑洼洼、大小裂痕。这时资金已短缺，没钱修补，大家只好在这样的柏油路上走了四五年。

村子的由来是有一段历史的，听爷爷讲先辈们是从明朝迁徙过来的。我在此之前查阅了下资料，确有此事，也就是"洪洞大槐树"山西大移民。关于村子的名字为什么叫"龙唐寺"也有是来头的。据说在清朝时此地寺庙众多，香火不断，其中以龙唐寺最为出名，而此寺正好坐落于村子旁，久而久之村子便被外人称为龙唐寺。但这寺庙据传在民国初年便没落了，兵荒马乱的日子里无人顾及泥菩萨，年久失修便荒凉了，只有衰草西风相继经过。在"文革""破四旧"之时被红卫兵小将们砸得片瓦不留，后来乡里下来视察，感觉此地空着有点可惜便提议建个学校。村里的风水大师看罢后捋了下白胡子说，是个好地方，建吧。就这样学校建起来了，名字叫龙唐寺小学，我在这个小学里度过了五年的快乐时光。再后来由于人口增多，村子里越发显得拥挤了，这时有人提议一分为二，老人们都不约而同地点了点头，于是龙唐寺一分为二，东边的叫东寺，西边的叫西寺。

这样美好的童年回忆却随着县里的最新规划而渐渐消失了，随着中小城市的发展，取而代之的是一条条商业街与一栋栋居民楼。

而今天我再次面对这个还处在半发展半开发的小村子时，这里的一草一木，一砖一瓦是既熟悉又陌生，一位失败者的归乡人，不知未来的路要走多远，喜悦中透露着一丝忧伤、恐惧、担忧。此时我想起高中时代读过海子的《村庄》一首诗，那时只是感觉平淡嗅不出所以然来，只是觉得有点莫名其妙的乱绪罢了，但今日在深夜里，我再一次读过，透过窗看着漆黑一团的夜，竟潸然泪下。

> 村庄，在五谷丰盛的村庄，我安顿下来
> 我顺手摸到的东西越少越好！
> 珍惜黄昏的村庄，珍惜雨水的村庄
> 万里无云如同我永恒的悲伤

我的村庄，我为你做不了太多，改变不了你的面貌，更改变不了你日益西落的命运。但愿随着城镇化的建设与发展能为你找到一个名副其实的位置。

第二章 返乡安顿

回到家乡才发现，梦想很丰满，现实很骨感。于是安稳自己：既来之则安之，必须摒弃这样的悲观思想。

听了发小的劝告，还是先安稳地找个地方窝着，等时机成熟了，不鸣则已一鸣惊人。

麻辣鸭脖

三百六十行，行行出状元。看到一个卖鸭脖的一年就能赚十几万，于是决定从小事做起。

第 8 节

从威海坐车到家后，我便给高中同学海涛打了一个电话，让他开车来接我。

我没有直接回家，因为此时家里只有母亲、嫂子在家，父亲与哥哥外出打工去了。我不想回家，因为在农村一般出门在外打工，只有到过年过节时才回家，如果提前回家，村里人会笑话的。我没有跟父母说自己回家了，一怕他们知道后以为我出了什么事；二怕我空手而归让母亲失望。我怕这些担忧会打消了我在家创业的念头。

海涛是我的好哥们，他一米八六的大高个，脸蛋俊朗，有点像陈冠希，精气神十足，活脱脱的一个正宗的 80 后有为青年。

当年高中毕业后我去了青岛上大学，他选择在家创业。如今八年的时间过去了，现在的他已是一个十足的小老板了。他有一个不错的工艺品加工厂，是与青岛一家公司合作的。海涛刚毕业时在工地上打零工，主要是搞建筑铝合金窗加工兼安装。后来自己有了点经验便跟别人合伙开了一家小型的加工铝合窗的店面，经营两年多后因与合伙人谈不到一块，经常吵架，矛盾越来越深，终于两个人在工地上因为小口角打了起来，然后散伙各奔东西。

海涛那两年稍存了点钱，便去了青岛找他表哥。表哥在青岛是做工艺品加工的，让海涛在厂里待了两个月后便想让他在老家办个小厂子。一听到这个想法海涛便立即付诸行动，因为有了点做生意的经验做起来顺风顺水。老家的人工费低得可怜，海涛看中了这一点，从青岛揽些技术要求不是很严的活便开始单干了。

海涛是我们高中同学中下海最早的，也是目前混得最好的一位。他开着一辆黑色的桑塔纳车来接我，一见面我便发现海涛比过年时胖了许多，皮肤更黑了。一上车我便向他说明了自己的意向，我说哥们现在想创业，不打算回城里了，以后就在县城扎根了。海涛听后高兴地说欢迎啊，家里永远欢迎奋斗的有志青年。

那天是我第一次来海涛的厂子，厂子坐落在县城的西北角，是一家独门独院的二层小楼。小楼是他租的，年租金只有五千块，里面虽是毛坯房，但经过海涛等人的收拾也整得有模有样。小楼一层是生产工艺品的场地，二层住人。一层看起来乱糟糟的，五颜六色的工艺品堆放得满地都是，现场只有六个工人穿戴着蓝色的防静电服装有说有笑地忙碌着，这与我心中的井然有序、规范整齐的加工厂截然相反。这哪里是什么厂子，顶多算是个小黑作坊，连厂名与工商执照都没有。二层的宿舍用石膏板隔出四个十平方的小房。由于工人都是本地人，他们都是在家住，楼上只住着海涛一人。

海涛帮我把行李包拎上去后，打开一间空空的小屋，说让我以后住这儿，一会儿他就把楼下的床搬上来。我跟随在海涛身后，简单地看了看，住宿条件虽苦，但也不错。我从内心感谢海涛，除了自己的家以外在这个小城能有一个容身之所已经不错了。我把房子收拾了一阵，又跟着海涛把床搬了上来。看着自己的这个小屋，心里有了一阵阵满足感，以后的几个月要住在这里了，只有等到过年才能回家。

海涛拿了一个拖把递给我，他说晚上蚊子多，一会儿买点蚊香。现在天气热，再买个二手的电风扇。我接过拖把，用水湿了湿便用力地拖了起来，边拖边说，我是 AB 型的血，蚊子不爱叮，整个人冷血也不用风扇。海涛笑我不是地球人，说家里的蚊子跟海边的不一样，它是什么血都喝的。

当天的晚饭是海涛掏钱请的，说是为我接风洗尘。在吃饭的时候，海涛叫来了他的两位朋友让我认识。一位是做服装生意的，叫斌斌，人长得瘦瘦的，一副弱不禁风的样子。一位是做二手车的，叫杜威，他是个胖子，长得人高体壮。当他们俩出现在我的面前时，让我想到了《鹿鼎记》中的那两位胖瘦头陀。

在海涛介绍我时，他们都异口同声地说："戴眼镜啊，一看就是文化人。"

我不好意思地苦笑了一下，有一种被讽刺的感觉，心想，什么文化人啊，本就是一个落魄的书呆子，如果能在城市混好的话还至于返乡吗？

我勉强地恭迎道："现在刚起步，还得像你们这群正宗的生意人学习。"

之后大家便依次坐了下来，因为都是同龄人，聊得、喝得很投机。通过聊天我得知斌斌已结婚五年了，老婆是在青岛打工时认识的，比他大三岁。海涛说他老婆是个精明能干的人，是块做生意的料，以前在青岛服装厂上班，现在回家夫妻两人合办了家服装厂。斌斌现在所有的成绩差不多都是他老婆创造出来的。杜威则不同了，完全是靠自己的努力来打拼，虽然现在还算不上大老板，但每年也能混个十来万，总之，比我们这些打工的强多了。看着他们意气风发的样子，再看看自己真是丢人，在外面混了这么多年还不如人家一年的收入。

喝了几杯酒后他们问我今后打算在县城做点什么。我正想回答时，杜威抢话道："兄弟你养鸡养猪吧，现在很多从城里回来的大学生都在搞这个科学养殖，听说老挣钱了。"

我苦笑道："这个我不太熟悉，暂时还没有这种打算。以后还想从事自己的专业，搞装修。"

杜威说："这个好啊，这个也挣钱，但是在咱们县城做这行必须得有关系，关系到位了就能揽到活。你是打算自己做还是去装修公司上班？"

我说："自己干，过两天去转转市场，先摸摸底，等熟了之后自己想成立个装饰公司。"

说完坐在我旁边的斌斌敬了我一杯酒说："一看就是干大买卖的，来来，干了。"

我与斌斌碰了一下杯，一口喝完了杯中的酒。关于杜威刚才所说的很多大学生返乡创业首选的项目多为种植和养殖，这点是通过媒体和报纸来了解的，而据我仔细研读这些新闻报道后认为有夸张的成分，动辄一年不到就收入百万或者千万。这种一夜暴富的创业神话也不是没有，但是几率顶多有万分之一。搞养殖和种植没有过硬的技术与吃苦耐劳的精神是很难进行下去的，而且最重要的一点是农村流行跟风，比如之前我们村子有一家养鸡，第一年稍赚了点钱，第二年村子里便有五家养鸡的，再之后就会有十几家，不久便会饱和。再比如接下来搞的大棚种植，同样是步人后尘。

第 9 节

第二天一大早我给母亲打了个电话，我是带着很大的愧疚感拨通电话的，自己身在老家，母亲就在咫尺，我却暂时不能回家探望她。

母亲在电话那头问我："在威海怎么样？"

我说："嗯，还行，等不忙的时候回家看看。我以后想在家发展，先跑跑市场。"

"怎么了，在威海不行吗？在家做也行，但是工资太低了，你得考虑清楚。"母亲说。

我说："没事，等时机成熟后我会自己单干。"

母亲说："哦，这想法跟你爸商量了吗？"

我说："还没，等过年的时候再说吧，他现在还在外地。妈，你在家还好吧，身体没啥毛病吧？"

母亲说："没啥事，倒是你爷爷身子差些，我现在没事时就去工业园的厂子去上班，按小时算钱，一小时三块钱呢。"母亲说这话时显示出了农村人很大的满足感。

我劝她别去了，三块钱能够干什么，工业园厂子里面的活又累又脏，等我回家后给你点钱，别去厂子了。

母亲说："这怕啥，一点也不累，咱村里很多人都在厂子里做事。三块钱也不少，够一天的菜钱了。"

我本想再与母亲多聊会儿，但是她嫌电话费太贵，便找了个理由说要去上班了，家里没啥事，让我好好工作。挂完电话后，我忍不住哽咽了起来。我不能再向母亲隐瞒了，等这边安顿下来后，我便回家去看望她。一来在家能好好地陪陪她，二来我回老家的事也瞒不了多久，县城小，说不准哪天就能碰到村里赶集的熟人。

起床后我把一天要做的事情梳理了一遍，要想进入小城的装修界就必须了解市场，先去把全县的装修公司与材料商了解个遍，然后再去各个小区转转，特别是新开盘的小区，顺便去装修的工地细瞅一下这里的做工工艺与装修环境。

早饭是在外边的小摊上吃的，县城里的地摊小吃多如牛毛，随处可见一大片人坐在小板凳上吃着油条喝着豆浆。我们四个人选择了一家人特别多的地方坐了下来，海涛说这家的豆浆好喝，特纯。

我吃着油条，喝着豆浆，看着早起的人们都聚集在这里准备开始一天的工作。他们之中多数是建筑工地上的农民工，还有部分学生，最后便是我们这几个大龄青年。

海涛要了份豆腐脑，边吃边问我，豆浆好喝吧，这条街就他家卖的正宗，所以人多。

我说："嗯，小吃嘛，口味好，又便宜一般人都能接受。"

海涛说："关键是卫生，现在的人都对自己的身体特别看重，前些日子闹地沟油时，你可没见这几家店的生意有多冷。小县城的人都是见风是雨，不经吓。现在他家的生意好多了，这一块人流量也大，你可别小看这个早餐店，最多的时候一天营业额能达到八九百，纯利润能在五百块钱左右，三个人就能完成，就从早上四点忙到九点钟。厉害吧，剩余的时间还能做点别的事。"

海涛说的没错，以前我还真没有想过一个早餐店竟然有这么多的营业额，看来越是小本买卖就越有赚头，风险也低。但是像我们这群"见过世面"

的80后却很少考虑做这种"低三下四"的生意，只会想着天上掉馅饼干一个一本万利的买卖，但最后多数是一事无成，碌碌无为。

三百六十行，行行出状元。

从那天早上看到的和我听到的这些开始，我便慢慢留心注意县城里每一个火爆的小本生意，对比它们的优势与劣势，分析它们的可持续发展。比如县城广场拐角的那家休闲店，夏天时卖冰粥与冷饮，冬天时卖热奶茶与咖啡；商场门口只有三平方的鸭脖店与肉夹馍店，每天生意都不错。这也得益于老板热情，价格合理，小城的人基本上都能接受。像这样投资小，利润大，风险小的小买卖就是我们这些资本不厚的"农二代"们最好的选择。

但那时自信满满的我固执己见，不听劝阻，一心要做专业对口的行业导致了第一次创业滑铁卢，最终又用了半年的时间养精蓄锐才得以翻身。

当然了，这些都是后话。

吃完早饭后，海涛要开车去送货，斌斌也要回家。我与他们告别后，一个人去县城的装修公司摸摸底。

我先是从县城最东边的一家开始拜访。以前曾对这些公司多少有点印象，这次主要是能与经理们聊聊，当然我要借着应聘设计师的名义前去。

我敲开了第一家装饰公司的门，前台一位胖乎乎的女人正在玩电脑。我向她打了招呼，她问我什么事。当我说明了来意后，她看了我一眼，慢吞吞地说不需要，说完她又埋头玩电脑了。

第二家是个小公司，门面小，里面只有一台电脑，脏乱的地上摆满了各种装修材料。当我对着屋里喊了三声有人吗？无人应答。

第三家仍然是个小公司，不过有人在，但是这个人却是一名十多岁的孩子在玩电脑，我问孩子大人去哪了？他不耐烦地看了我一眼说出去了，得一会儿才能来。

今天看来真的不顺，不是女人就是孩子，难道家乡的装修公司都这样吗？当我去了第四家时，终于遇到了一位管正事的经理。这位经理准确地说应该是个包工头，木匠出身，长得很富态，活像一尊弥勒佛。当他得知我的来意后，要我坐下并热情地倒了杯水，我俩唠了半个钟头。他唠起装修的事喋喋不休，特别是对各种工种的工艺与程序了如指掌，这让我佩服了好一阵子。最后他让我留了个电话，并委婉地对我说，店刚开没多久，活也不多，暂时还真用不起设计师，如果遇到有钱人家装修一定会打电话让我帮忙。

那天我一共跑了十多家大大小小的装饰公司，了解到县城的装修市场比我预想的要好很多。特别是与最后一家名为"方源装饰"公司的经理面谈过后，我明确了自己要开个小装饰公司的想法。方源装饰公司是县城内最大的装饰公司，每年所占的市场份额能达到百分之四十，它是家正规的公司，有独立承包工程的二级国家认证资质。方源公司的那位经理姓王，是位很健谈而且又敬业的中年人，长相与绝大多数公司老板一样，短头发，脸上始终面带笑容，微微隆起的将军肚让人有种敬畏感。他与我交谈过后笑着说，正好公司缺少优秀的设计师。

我受宠若惊地说："我的经验也不足，这几年一直在城市里，还不太熟悉老家的行情。"

王经理说："哎，都差不多，但是家里的好做，要求不严。咱们这里的人思想都还老土，只要刮上大白，吊个顶，按上门就行了。只有政府部门和一些商铺装修要前卫时尚些，咱们公司今后的家装会多些，这部分客户对设计很看重。"

聊了一会儿后，王经理问我有以前的设计作品吗？随即我从包里拿出了 U 盘插在电脑上，把之前做过的家装与工装 3D 效果图让他看。

他一张张认真地看后说："嗯，不错。比我现有的设计师水平高多了，还是外来的设计师厉害。"

他夸奖完后便让我说说今后的想法，工资有什么要求？

我说："以后当然就在家里发展了，至于工资嘛与其他设计师一样就行。"

果然不出我所料，王经理随后说："我们公司的工资标准是这样，试用期三个月，试用期间基本工资是 800 块，过了试用期是 1000，然后再根据工作的年限来增长，业绩的提点是另算的，一般都是 2 个点，包括主材。"

我不由地喃喃自语："800 块啊，试用期有点长啊。"

王经理见状乐呵呵地说："咱们是小县城，800 块已经不低了啊，再说还有业绩提点呢。"

我说："嗯，是这个理。我回家考虑一下吧。"

他说："好啊，你留个电话吧，回去想想，想好了给我回个电话。"

第 10 节

回到海涛的厂子已是下午五点，工人们此时都陆续下班回家了。晚饭海涛说要在厂里做，一会儿去买菜。稍坐了会便跟着海涛出门了。在路上海涛问我这一天跑得怎么样。

我怅然若失地说："一般吧，目前县里的装饰公司大大小小不下十五家，正规的不多。"

海涛听后说："刚开始别着急，我虽然不懂装修这块，但是我知道现在新建的小区都是精装修，以后市场肯定会大。你刚来先混混关系，有了关系就会有市场。你知道明年咱们县里有几个小区要开盘吗？"

我说："这个还不太清楚。"

海涛胸有成竹地说："一共有三个新小区要建设，而且都是咱县里的人开发的。"

我说："三个小区建设估计得一年半完工。等完工后装修的活一年能揽十户就够本了。"

海涛说："十家就够本了？你们搞装修的利润有多大？"

我说："以前搞装修挣钱，竞争不大，能有百分之三十的利润，但现在充其量有百分之二十五吧。"

海涛说："是纯的吗？"

我说："当然了。"

海涛听后啧啧地称赞装修这个行业好，利润竟然这么大，而且风险也小，表示以后要跟着我干。

在吃饭的时候我向海涛提意，我可能要在厂里住上个把月，租金就不给了，但是生活费一定要给。海涛听后生气地说，大家都是哥们怎么能像个娘们一样。最后争执半天，海涛说啥也不同意要我的钱，但是要求两人轮着做饭。

与海涛同住的那段日子，我每天都会把菜提前买好，饭也早早做好。海涛有时会忙厂里的事，顾不上做饭，慢慢的做饭这任务就落在了我一个人的身上。

在县城跑完公司又去跑县城的各个小区。到了小区后我在门口徘徊了一阵儿，决定先去售楼处看看。售楼处里只有两位年轻的女售楼员躺在沙发上聊着天，她们见我进来便立马站起来问我是要买房吗？

两位售楼员热情地接待了我，讲解她们公司所售楼的优惠政策，最后问我需要什么样的户型、楼层、价位。我随口敷衍了几句，随后就问起她们装修的事，样板房是怎么个装修档次，是哪家公司做的，现在有没有入住的，里面有多少户正在装修……

第 11 节

从她们口中我得知样板房是方源公司装的，一期的装修率已达 50%，入住率也达到了 10%。我了解到这些有价值的信息后便找了个理由从售楼处走了出来。

这时在小区的门口遇到了同村的发小二亚，他正骑着摩托车往小区开去。我急忙喊住了他，他惊讶地停下车问我什么时候回来的，在这里干什么？

我打量了下二亚，他的工作服上沾满了白色泥浆，头上脸上也挂的到处都是。我对他说自己刚回来没几天，在小区里转转，以后打算在家乡发展。并问他这一身怎么弄的，刷墙了？二亚抽了一口烟说他现在干刮腻子活呢，他现在也是跟着他姐夫搞装修，专刮大白。他问我打算在装饰公司做设计，还是打算自己开店？我略带惭愧地笑了笑说，想开公司啊，但是本钱不够，经验又不足。二亚说别急，慢慢来，你这几年一直在外地，对咱县城的市场不是很了解，等熟悉了再单干。他劝我先去找个公司干，等时机成熟了再跳出来自己做。

二亚随后要去工地，正好我也想跟他去工地看看装修，随后我跟着二亚到了他们正在施工的工地。这是一户两居室的房子，瓦工、木匠、油工的活都已完成，只剩下墙上的乳胶漆没有刷。我随意在屋子里转了下，装修的木工工艺一般，特别是窗套包的缝隙太大，还有个别的钉子打得太密集，就从这一点可以看出老家的装修马马虎虎。特别是整个房间也没有什么设计风格，电视墙只用石膏板做了个简单的过时的造型，墙面都是清一色的大白墙。

当我把这些问题说给二亚听，二亚不以为然地笑了笑说，家里的装修都是这样，居家过日子只要不是毛坯房就行，小县城的人们品味也就这样，再说都没啥钱，怎么可能装出富丽堂皇的效果来。

我决定晚上要请二亚吃顿饭，让他为我讲一下县城的装修市场，毕竟二亚的姐夫在县城做装修已有十来年了，经验和人脉都积累了很多。他姐夫从最初的油漆小工到现在的中等装饰公司的老板也算是摸爬滚打出来的。我想二亚在他姐夫那里多少知道些明年的装修市场前景如何。

下午五点钟的时候给二亚打了电话，让他来土家菜馆。刚点完菜，二亚便到了。酒菜上齐后，大家边吃边切入主题。我长话短说把自己这次回家乡创业的想法与近日了解到的市场情况都告诉了二亚。二亚听后连连地摇了摇头说有创业的想法是好，但是别太着急盲目，也不能光看见别人干得红火，挣钱可不是光看表面。

说着他便猛吸了一口烟，开始兜售他的经验。

二亚举了县城内一个青年回乡创业的事，对方与我的年龄差不多，也是设计师出身，但他比我早半年，现在在县城的中心租了一间写字楼创办了装修设计公司。开张半年来生意一直不怎么好，开张至今仅仅接了两家活，而这些活都是他当公务员的老爸介绍的。

听了二亚的话后我感到后背发冷，整个人像掉进了冰窟窿一样。本来飘忽不定的心此时更加迷茫了。正说着，我的手机嘀嘀地响了起来，拿起来一看居然是方源公司的王经理发的短信。他问，考虑得怎么样了，我们公司这个月有个大活要开工，期待你的加入。

我把这条信息读了出来。

二亚问："是方源公司的那个王经理？"

我说："嗯。"

二亚听后说："我建议你先去方源公司上班，等干个半年多了解整个市场后再跳出来单干。你现在手里没有关系，没有工人，经验也不足，最好先去公司锻炼一下，多跟老板客户处处关系。咱这个小城不认你装修活干得多好，设计得多精美，只认关系。"

听完二亚的话后，我犹豫了一会儿，便给王经理发了条短信，明天上午去公司谈。

第 12 节

第二天我起得很早，到公司后，王经理热情地把我请到沙发上坐下。问我是否想好了确实要在公司干，我点头说想好了。

接下来经理与我详谈了薪金标准。每个月基本工资 800 元，提成是两个百分点，过一个月后基本工资涨 200 元，三个月后再涨 200 元，提成不变，每月 10 号发上个月的工资。王经理说这对我是特例，要我在公司不要声张。

我点了点头。看来也只能如此了。

王经理把公司里的主要人员给我介绍了一遍。监理王峰，三十多岁，宽宽的脸上戴着一副厚厚的眼镜，他长相和蔼可亲，只是眼睛小了点。

女设计师于芬，80后，年龄比我稍长两岁，属于典型的大龄剩女。她个子矮矮的，身材胖胖的，行动迟缓，像只笨拙的鸭子。最让人不可思议的是她竟然不化妆，而且说起话来一惊一乍，像个没长大的孩子。

工长老陈，五十多岁，一脸横肉，胡子拉碴。说起话来总爱开玩笑，当我伸出手与他握手时，他就拿我的手涮了一把。他说，还是年轻人有活力啊，看看这双细皮嫩肉的手，就知道没出过多少力。

与他们这群老乡相识不到三天便打成了一片，毫无在城市中上班时的陌生与拘束。王经理给我安排了工作任务，给我另配了一台电脑，先让我熟悉下工作环境与工地。之后的两天我都在工地上跑来跑去，和客户、工人打交道。

公司的业务基本上分为两块，一块是客户主动上门来咨询和老客户介绍的，基本上属于家装；另一块是工装，大多都是关系户，政府的活多些，还有部分私企。我到公司熟悉环境和业务后便开始谈单了。前几天接待的客户都是来咨询装修的，由于是夏季天气还很热，家装一般这时不怎么开工，客户都是先来看看样板间与部分设计好的方案。

第13节

两个星期后，我接到了第一个3万块钱的家装小单子，这家男业主看了看公司的样板间后便很快交了定金并签了合同。男业主雷厉风行，很有东北爷们的范儿，而我也很喜欢跟这样的客户谈单。男业主的家是个小户型，3万块的精装修基本上能搞定，里面除了电视墙与部分吊顶要设计外，别的都是平常的装修样子。

在我接完这个单子后的一个早上，监理王峰说中午有人要请客。我推辞说，中午有事，要去二手自行车市场看看。

王峰说有事先放一放，人家这次主要是请你的，我只是借光凑个热闹。我疑惑地问是谁，我刚来县城不久，也不认识什么人啊？王峰说是卖装修材料的老板，行业规矩，咱们跟他们是鱼和水的关系。必须得去，别的事先放一放。

中午下班后，王峰开着他的小踏板车载着我去了一家中档的酒楼。在距离门口很近的包厢里看到一位中年男人坐在那里。见我们到来便乐呵呵地和我们打招呼。

"小岩是吧，我听王峰说起你了，真是一表人才。看这一头长发就知道了，是大设计师的范儿。"他笑着说。

听到这话我感到浑身不自在，不过我心里还是美滋滋地接受了他的称赞，忙对他说哪里啊，瞧你说的我都不好意思了。

等大家都坐稳后，王峰介绍说这是林总，咱县最大的材料商。我忙把头转向他说：林总好。林总说，叫我林哥或林胖子就行，咱们今天认识了以后就是哥们啦。

我笑了笑，仔细打量着这位林胖子。四十多岁的他一身肉，体重估计得有二百多斤，脸上的肉更多，一说话下巴的肉一坠一坠的，包厢里尽管吹着空调，他仍然浑身汗淋淋的。

酒过三巡后，林胖子问了我些行业上的事，我简短地说给他听。酒桌上的我话语一向不多，因为多年已养成这个习惯，怕喝酒说错话得罪人又误事，所以便自觉谨慎沉默起来。林胖子见我不怎么说话，便开始滔滔不绝地向我讲述他的发家史。

林胖子讲完自己的奋斗史后感慨了一番，说现在自己的财运过去了，只能当一天和尚撞一天钟了。

我在一旁听着，心想你这个撞钟的胖和尚身价起码得有五十万，这两年生意再怎么缩水也比我们这些在外面化缘的小和尚强百倍啊。

散桌之前，我郑重其事地对他说："等以后兄弟只要是碰到这方面的客户一定先想着林哥你。"

林胖子听后乐呵呵地说："那就多谢兄弟了。只要兄弟能记着老哥我，我一定不会亏待你的。"

第14节

趁没上班前去买了一辆二手车。精挑细选后只看中了一部山地车，试骑了两圈感觉不错。与老板讨价还价，最终以八十元的价格成交。

我美滋滋地骑着这部车上班，感觉自己捡了个大便宜，到公司后便向同事说起这部刚买的自行车，但他们都埋头工作没人理我。看看公司门外停靠着王峰的小踏板，于芬的QQ轿车，就连工头老陈也是一台9成新的电动车，我还号称大设计师呢，只有这么一辆快要淘汰的锈迹斑斑的自行车。人比人，气死人。在公司炫耀不了，只好骑着这部车回到海涛的厂里向他炫耀了一番。没想到海涛一看这车，先来了句这车顶多值五十块钱，模样好看，但是架子太老了。我惊诧地说道，这车我花了八十块呢。海涛听后打包票地说，你呀买啥东西都不会砍价，多花了这么多钱还跟捡个宝似的，这车顶多骑上半个月就得大修。

海涛的话果真应验了，不到两个礼拜就补了三次胎，换了一个手闸，花了我将近二十元钱，按这样的速度维修可真是赔大了。花点钱算是小事，就怕这车关键时刻掉链子。有次我骑着车去工地，没想到在半路上又一次破胎了，害得到我推着车走了三里路，整整浪费了一下午时间，回到公司被王经理训斥了一顿。

虽然我是个恋旧物的人，但是这台自行车实在没法让我恋上它。终于决定骑上它回趟家里看望母亲，回来后就把它低价处理了。

已经快一个月了，我必须得回家一趟。二亚肯定把我回来的消息告诉了母亲，我想她一定很担忧，如果我这次贸然回家她一定会问我为什么回县城了不敢回家。如果真这样问，我一时真的不知该怎样回答。

向公司提前请了一天假，和海涛打了招呼，海涛要开车送我，我拒绝了。因为这几天他厂子的事太多，正是需要用车用人的时候。

村子离县城很近，从县城的闹市区到村口只有8里路，骑车顶多用二十分钟的时间。我带了两件换洗的衣服，买了点补品顶着烈日蹬着车向村子骑去。我家在村子的最北面，下了宽敞平坦的公路再绕一段土路就到家门口了。

到家后已快到中午了，正在厨房里忙碌的母亲见到我后先惊喜后生气地埋怨起来："你是不是没钱了？回到县城这么多天了也不来家看看，要不是人家二亚跟我说起，真不知道你还想骗我到什么时候！"

我笑着说："哪有啊，我回来也没几天，一直在朋友那里住。二亚没跟你说我要自己搞装修的事？"

母亲说："说了几句，你住哪个朋友家，一住就这么长时间。咱家有地方还住人家干什么？时间一长人家不烦啊？对了，你这一来还走不走？"

我说："不走了，以后就打算在县城混。不过我还得住朋友家，他家离公司近，他是我的一位高中同学。我现在正在一家大装修公司上班，先慢慢地学习经验，多认识些朋友，等过了年想单干。"

母亲一听我要单干便紧张地说，先别着急自己干，等过春节你爹回来跟他商量一下。这些天挣点钱先攒着，别自作主张地瞎搞，等栽了跟头后悔都来不及啊。我告诉母亲没事的，我自有分寸。说完我便把从超市买的东西都拎到了屋里，母亲见到我买这么多东西，又埋怨我乱花钱。

放下东西后我走到厨房帮母亲做饭，母亲已炒好一个菜了，见我突然回来又做了一个菜和一个汤。吃饭的时候母亲问了我一些女朋友的事，我平淡地说吹了。母亲听后叹了口气说："二岩啊，你都这么大了，对象的事你不让我们多管，但是等你过了三十在咱们这里可真就找不到了，找不到媳妇就打一辈子光棍吧。"我搪塞着对母亲说："以前谈的女人都是城里人，她们看不起我这个乡下人，所以这次我决定找个门当户对的农村女孩。妈啊，你儿子这么优秀还怕找不到老婆，现在县城里像我这么大年龄的单身青年多的是，肯定能找到的，你们就别操心了。"母亲皱了下眉头说："你在外面混了两年，嘴怎么这么贫啊。"

我说完之后没敢再多说话，任母亲在一旁唠叨。那天我的胃口大开，一连吃了三个馒头，母亲做的家常菜真是百吃不厌，记得有一首歌唱道"吃遍了山珍海味，最后还是母亲熬的那碗疙瘩汤最美味。"

母亲做的白菜粉条汤，喝起来很香、很香……

第 15 节

在家待了半天，临走时塞给了母亲一千块钱，嘱咐她想吃什么就买什么。母亲硬是不要，非要我存起来娶媳妇用，最后她推辞不掉，就只留了五百元。

回到县城后我把自行车以五十元的低价卖了，然后又添了三百块钱买了台二手电动车。电动车的电池是八成新，白天骑，晚上充电，它陪伴了我几个月没有出现过大毛病。

夏天转眼就过去了，瑟瑟的秋天夹杂着秋雨毫无预兆地到来了，气温也下降了十多度。秋季是装修的旺季，在公司里我们都加班加点地接单子，最忙的时候一天能接待十多位装修的业主，连不怎么谈单子的王峰也从工地上跑回来"忽悠"客户。这段时间公司新开的工地达十多家。生意越忙王经理的脾气越大，因为公司里的大小事他都得过问，工地上稍出点错他就火冒三丈。当时我还真不懂为什么生意这么好却不见王经理高兴。以后我才明白过来，因为当老板是最操心的，生意闲时发愁，生意忙时更发愁，生怕哪个工地一不小心出娄子，就得返工维修，还得天天看着业主的脸色行事。

在公司最忙的时候我趁机捞了两把外快。一笔是在林胖子那里，我领了几位有钱的客户买了他家的地板与瓷砖，林胖子很爽快，讲信用，当天就把返点全部给了我。第二笔是给一位叫徐晓杰的 70 后医生设计的婚房，设计费不是很多，只有五百块钱。徐晓杰开始是想找我们公司来装的，由我负责接待，我根据他的要求出了两套方案，他都很满意，但是后来让他看了公司的报价，他反复说报价太高了接受不了。那个报价已经是打完折的，王经理也说不能再低一分钱了，他爱装不装。后来徐晓杰没有再来公司，方案一直存放在公司的电脑里，我以为他去了其他公司了，后来他打来电话说要把方案买下来，让我开个价。我当时随口说出八百块，他听后嫌价高，还说就几张效果图哪能用这么多钱，最后按五百元成交，而后他又请我吃了顿饭。

跟他吃饭的时候我才知道这家伙是个生意精，虽然职业是医生，但是手里却经营着两个网吧，身价不下五十万。在饭桌上我盯着略显肥胖的徐晓杰说："这事千万不能让公司知道，知道后王经理肯定会把我给开了。"徐晓杰眯了眯眼睛说："放心吧兄弟，我是那种过河拆桥的人吗？做生意最讲究的就是信用。"说完这些他又平淡地说："唉，你们装修这个行业的利润挺大的，如果我这房子真交给你们公司来装，最起码得赚一万多块吧？"我大声地叹了口气道："哪能啊，现在装修根本没有那么大的利润，都是人们瞎说的，以讹传讹，如果真的有这么大的利润，大家都抢着做这行了。公司报价是五万块，利润顶多在六千块。这还不算后期维修与意外添料。"他听后冷笑着说："你小子不实在，我一个亲戚是个木匠，里面的道道我多少还懂一点呢。下一步我打算投资酒店，到时设计这一块就找你了，设计费可得打个折啊。"

听到这我心里暗想，这人真是不可貌相，更不能以职业来论身价，徐晓杰这家伙可不是一般的生意精。将来跟他处处关系，人脉上多少能打开一点通道。

但是我的这种想法是自作聪明，与精明的人打交道，只能谈生意，不能做朋友的。后来我就吃亏吃在这种天真幼稚的想法上。我拿这两笔外快在公司里只有王峰一个人知道，因为他也从林胖子那拿了一笔。在拿到外快的第二天我便跟王峰说要一块吃个饭，忙里也偷点闲，喝酒缓解压力。

我和王峰两个人选择在街边摊上吃烧烤。王峰说这是闹中取静，特别喜欢这种生活气息。小城的秋夜很凉，一场秋风吹过就把白天的烦躁与闷热一扫而光，路两边的柏杨树叶哗啦啦地掉落，这不免让人有点触景生情。

王峰打开了瓶啤酒，递给我时说今天晚上不醉不归啊！

我听王峰的语气有点惆怅，问他是不是有心事。他点了一根烟叹了口气说别提了，这几天我就像风箱里的老鼠，公司、家里两头受气！我问怎么回事，平时不见你愁眉苦脸的样子，今天怎么跟丢了魂似的。喝了两瓶啤酒后，王峰打开了话匣子。

王峰说在公司里这两天与老王闹了点别扭，等过一段时间打算辞职，受够这气了。我听后劝他不要意气用事，如果真想辞职等过年时再说。

他打断了我的话，说："你是不知道啊，假如你整天跟我一样受着这份气早走了，也只有我像个傻子一样死心塌地地跟在老王手下做事。比如今天在工地上，地板少算了一平方，他竟然让我自己掏钱给补上，你说说有这样做事的吗？这不是明显看我不顺眼，有哪个监理能把地面铺地板的面积算得没有一点误差？还有交工问题，有两家客户来公司闹事，还不是因为老王把人家装修的钱给挪用到别的地方了吗！套装门都订好一个月了，你不打给厂家钱人家能发货吗？就这事老王埋怨我。二岩你说说有这样办事的吗？"

听着他连珠炮的诉说，我连忙劝他别生气。当老板的都这样，考虑的东西太多一时半会顾不上我们，产生误解也正常。他说，正常啥啊，我这半辈子算是白忙乎了，事业不顺心，感情也不顺心，真的是白活了。

王峰在公司里与王经理的矛盾是由来已久了，开始我真没注意，直到有一次在公司里看到王峰跟王经理争吵，我才意识到问题的严重性。于芬私下里跟我说过王经理早就想着把王峰给开了，但是由于人手不够，怕忙不过来，所以一直忍着。她还说王经理急着把我招进来一是因为我的设计水平确实不错，二是因为有把王峰开了的想法。

那天我和王峰一直喝到晚上十一点，把整箱的啤酒都喝光了，两人东倒西歪地互相搀扶着走在空荡荡的大街上。我虽然是醉意十足，但是头脑还算有点清醒，这种清醒在酒精的刺激下越来越模糊，生活中的不愉快与工作的失意都给抛到脑后了。

第 16 节

接下来的一个星期，大家都相安无事、按部就班地工作着。我以为这样忙碌的工作会让王峰和王经理的矛盾能大事化小，小事化了。但没想到一天下午两人的争吵又一次开始了，而这次争吵直接导致王峰愤然离去。

那天下午，王经理一言不发地坐在公司里的办公桌前玩着电脑，烟一根接着一根地抽。我斜了他一眼，此时办公室里只有我跟于芬和经理仨人，不多时王峰便骑着小摩托从工地上回来了。

王经理抬头看了他一眼说："王峰回来了啊，怎么样工地上有事吗？"

王峰正在倒水，扭过头说："没事啊，挺好的，工人都撤了，刚保洁完。"

王经理放下手中的电脑，站起身来走向沙发，边走边对王峰说："你过来坐坐。"

王峰喝了口水，把杯子放在桌子上走了过去。

王经理说："工地上真没什么事？你知道吗，刚才客户来交尾款了。"

王峰说："嗯，知道。"

王经理说："那你知道不知道因为这个工地公司亏损了多少？客户是一分不少地把钱都交齐了，但是公司却多付出了将近两千块钱的额外费用，你说说这些钱都花到哪了？还有，你一定要记住，你是给我打工的，不是给客户打工的，胳膊肘不能往外拐。替客户着想没有错，但是别处处袒护客户，得为公司的利润考虑。吃谁的就应该向着谁这个道理不懂啊！"

王峰涨红了脸没有说话，眼睛一直望向墙角。这时办公室里静得可怕，只能听到各自的心跳声。

王经理又接着说："王峰你说说看，这么长时间公司待你怎么样？有哪次欠过你的工资。你刚来公司时多好，怎么现在变成这样好坏不分了。公司前段时间是有点资金周转困难，现在不都补上了吗？你一天到晚对着别人都和颜悦色，对我却总是绷着脸，什么意思啊这是？"

王峰终于开口说了句："我对公司对经理什么意思都没有，我只是本着对工作、对客户负责的心态做事的。你可能觉得我看你不顺眼，那是你自己的看法。"

王经理苦笑了一声："嗯，既然这样你下个月不用来了。"

王峰自然地回应道："好啊。"

随后两人都不动声色，沉默不语。

两人就这样看似心平气和地表了态，算是一种和平的辞退与辞职方式。特别是王峰有种喜悦之色，完全没有生气，这一点让我真的很佩服。等王经理走出公司的时候，王峰大大地吐了口气说："终于解脱了，舒服！"

我小声地贴着王峰的耳边说："你就不怕到时扣你工资？"他不屑地说："他敢，如果真这样我会去投诉。"

于芬也在一旁劝他："别这样啊，你们这是怎么了，为什么要跟王经理吵啊，就这点小事至于闹僵吗？王经理刚才一定是在气头上，所以才说了那样的话，要不等会儿我劝下他吧。大家都共事这么长时间了，怎么说分开就分开了？"

王峰接话道："算了，你的心意我领，今天的结果正是我半年前想要的。"

到了月底王峰真的离开了，他的工资与提成王经理一分没少都给了。后来的几天里我上下班时都没有再在小城见过王峰骑着小摩的的潇洒身影，直到在一次买菜的时候邂逅了他。

此时的他手里拎着几包方便面，脸上的皱纹明显增加了，凌乱的头发像秋草一样被风吹得东倒西歪，不过他的脸色倒是比以前红润了很多。我拍了拍他的肩膀问他这段时间怎么样，在忙些什么？他说过段时间就去济南，那里有个亲戚，也是搞装修的。我说离家这么远，老婆怎么办？他无奈地笑了下说离了。

那天与王峰在菜市场分别后，我们便没有再见面。之后偶尔在网络上碰面也就是相互打下招呼。在 2011 年的五一劳动节时我们在网上聊了很长时间，他说自己在济南发展得很好，以后争取在济南买套小公寓，不再回老家了。

王峰从公司走后的第三天，王经理便从一个中专学校调来了一个女实习生，王经理让我和于芬负责带她。我自认为是个热心肠的人，无论是在哪家公司上班我都会真心实意地教新来的实习生。因为我当年走出校门时也是非常迷茫，多么希望有人能带一带，丰富一下自己的工作经验。

一场冷雨过后，已是初冬。

装修的淡季来临了……

每天按时上下班，一天都对着电脑屏幕发呆，只是有时画几张图或去工地看看，没活的日子真让人心烦。一天，海涛打来了电话。

海涛在电话中声音急躁地说："出事了，你认识工商局的人吗？"

我说："没有啊。怎么了？出什么事了？"

海涛随即说："也没多大事，先挂了，等你下班后再细说。"

"嘟嘟"的挂电话声在我的耳边响起，我意识到这次海涛遇到的事肯定不是小事。

第 17 节

果然不出所料，我急急地回到海涛的厂子后才知道这次他真的遇到大麻烦了。

回到厂子后映入眼帘的是乱七八糟的货品，机器被贴上封条，看到这，我的第一反应便是厂子被工商局查封了。此时厂子里只有海涛、斌斌还有海涛同村的大个子，三个人正蹲在一边抽烟，工人们早已不见了踪影。

晚上的时候我从海涛的口中得知这次灭顶之灾竟然源于一位被辞退的女工。那位女工有五十多岁，在海涛的厂子上了两天班就不再来了。按照厂子的规定七天之内的试用期非正常辞职是不会发工资的，更何况她只上了两天班。但她以手脚不灵活，活不好干为由离厂并要求把两天的工资给结了。海涛拒绝了，并且对她说这两天的工作量不大，还浪费了许多材料，而且还造成了许多残次品，不找你要钱就不错了。那女人就在厂里大闹起来，说啥也得要回两天的工资，拿不到工资誓死不走。僵持半天，一时厂门口聚集了很多人看热闹。海涛一看，便急了，打电话叫来了两位朋友把她给抬了出去。那女人也不甘示弱，推推搡搡后便大声地质问海涛："你今天给不给俺结账，最后一遍问你。"

海涛斩钉截铁地说："不结，你去法院告我吧。"

那女工没有去法院，而是去了工商局。一个小时后，那个女人带着工商局的人员来了，而且还有电视台的记者。

海涛的厂子无任何手续，属无证经营。

海涛意识到了问题的严重性，于是赶紧打电话托关系，一连打了十几个求助电话，终于找到了斌斌在分局上班的舅舅。但是无论怎样托人找关系，都为时已晚，工商局的人只用了半个小时便把工厂给封了，并下了两万元的罚单，责令停止生产，等补办好所有的手续后再开工，临走时又把两箱打包好的产品拉走了。

晚饭大家都没胃口吃，坐在楼上商量对策。四个人都闷头抽烟，沉默了好一阵子。

大个子气呼呼地说："要打听一下那个女人的家在什么地方，今晚要先去砸了她家的玻璃，再在茅坑里弄些大便把她家的门糊个遍。"

这个提议得到了斌斌的响应，我没有作声，瞥了眼海涛。海涛说："先不要惹是生非，把眼前的事搞定了再说。"

斌斌说："明天我让舅舅再去找下他们局长，少交点钱，然后再请他们局里人吃顿饭，送点礼肯定没事。"

大个子听后表示赞同，说先这样办着。

海涛皱了下眉头说："最重要的是把那两箱产品弄来，快到发货期了，不能耽误了日期，要不青岛的那批尾款就要不回来了。"

这时大家才意识到那批货的重要性，必须先把货要回来，罚款肯定不能交这么多，至于办证等等再说。当天大家商讨后一致同意先让斌斌的舅舅去说人情，打电话给青岛厂家那边稍等等再提货。。

躺在床上我思考着今天海涛所遇到的事情，真是不值。本来就是工人两天的工资，顶多六十块钱，现在可好被封了厂还得交罚款。由此看来有时不能太固执，必须学会变通与退让才能避免意想不到的麻烦。

我向王经理请了一天的事假，第二天一早便跟着海涛一行人去了工商局。斌斌的舅舅已经在那里等着了，海涛让我们在门口先等着，他和斌斌的舅舅去找局长。

我们在门口等了两个钟头才看见斌斌的舅舅和海涛出来，他们两人一人手里抱着一箱被工商局拉走的产品。我们快步地过去接了过来，这时海涛的脸色不怎么好看。斌斌的舅舅见到我们便主动地说："行啦，破财免灾吧。"

海涛说："都忙了一个上午了，叔叔咱们去吃个饭。"说着海涛便把斌斌的舅舅拉上了车。

在车上斌斌的舅舅对我们说："东西要回来就不错了。没有手续竟敢办工厂，你们也太随意了。这次是给你警告，罚五千块钱要说少也不算少，花钱买个教训吧。过后赶快补办好所有的手续。"

海涛一边开着车一边点头说谢谢。

在酒楼吃完饭后，海涛开车把斌斌的舅舅送回了局里。之后我们便回到了厂里，感慨了一番，便都动起手开始生产青岛那边剩余订单上的货。

三个小时后我们利索地完工了。

第三章 突发意外

在家喝了一碗母亲做的白菜粉条汤，感动得泪流满面。

与另一位同事结为好友。

准备创业的钱，突然被大哥挪用，现在身上所剩无几了。

第18节

在公司呆坐了一天，下班后匆匆地赶回了海涛厂里，走到大门口时发现那张我贴的招租广告已被人撕掉了。进屋后看到海涛一个人正在玩电脑，屋里头烟雾缭绕。

海涛见我回来张口便说："厂子不开了，转行干别的！"

我惊讶地问："怎么了？为什么不干了，青岛那边的尾款没给结？"

海涛说："结了，是营业执照的事。"

我说："不是斌斌的舅舅给办吗？五千块钱，你手里没有流动资金？如果是钱的事，我卡里有钱你先拿去用。"

海涛说："不是，是各方面的原因。青岛那边的定单明年会少很多，现在这边的工人都要求涨工资。办乱七八糟的证件得花上万块钱，就这个小厂一年才十多万的利润，我再交点税还能剩下什么啊？"

我沉思了一阵说："这么好的厂子说不干就不干了挺可惜的，真没有别的办法了吗？"

海涛说："其实我早就不想干了，现在一下子出了这么个事更是让我彻底放弃了。"

"那以后你打算做什么？"

海涛说："我打算明年开饭店，那一直是我的梦想啊。一说到饭店我就饿了，走，今天咱们俩去土老帽菜馆吃去，我打算按着他家的模式来经营。"

我说："就咱俩，他们呢？"海涛说："大个子回家了，斌斌回他的服装厂了。对了，你知道吗，今天中午的时候被开除的那个老女人来骂街了。"

我笑着问："当时你在？"

海涛说："当时厂里一个人都没有，我也是听邻居说的，她骂了十多分钟就走了。对了，咱门口的招租广告是你贴的吧，我揭掉了。兄弟，这样的广告不要贴，万一工人看到了还以为厂子真倒闭了，那他们还不得疯了似的来找我要钱啊？我手里的现金还不够支付两个人的工资呢！"

我听后若有所思地点了点头。

不久后，海涛变卖了厂里的机器设备，与青岛那边断了合作项目，收到尾款后他便主动打电话给工人，让他们都来厂里领工资。海涛没有拖欠他们一分钱工资，而且还请他们吃了顿散伙饭。

那天的散伙饭我也去了，在回来的路上我问海涛为什么还要请工人吃饭，厂子都关了，花钱请他们吃饭是肉包子打狗有去无回，这样做完全没有必要。

海涛笑了笑说："这顿饭必须要请。工人跟着我干了快一年了，饭钱都是小钱。钱，怎么挣、如何用，可是有说道的。比如那个老女人两天工资才多少钱，我就是不给她，这是个原则问题，谁坏了规矩谁就得承担。那些工人的钱我一分不少地都给了他们，请他们吃饭是让他们记住我这个人。咱们还年轻不能跟那些老奸巨猾、勾心斗角的商人比，诚信很重要，县城本来就小，如果丢了诚信以后再想找回就很难啦。"

我似懂非懂地点了点头，感觉现在的海涛更加成熟了，没有了原来的单纯，不过我真的很不喜欢他的这种"成熟"，有点让人陌生。

我跟着海涛把厂子又重新收拾了一下，把原来"工厂化"的样子变成了"居家"模样。机器设备弄走后，我从工地上弄了点乳胶漆把各个房间重新粉刷了一遍，之所以这样做，是因为海涛说这个大院子的租期还有一年，现在不好转租，先腾出几间房间租给附近的学生住。

海涛租用的这所厂院虽然离县城中心有点远，但不远处是一所中学。招租的广告贴出去没两天便有五六拨学生来看房子，房子很快就租出去了。租期为半年，租金每月为一百元。

厂子关门后海涛开始紧锣密鼓地忙碌于他的"土家菜馆"，我在公司越来越坐立不安了，虽然每个月都能按时拿到那份微薄的工资，但是我心中的梦想始终在脑海里萦绕……

正当我做规划准备创业时，公司突然接到了一个大单，王经理点名要我负责这个项目。这个项目要过完年才能完成，也就是说如果我接了这个项目后还得在公司待上六个多月。而我来公司最初只打算做到过完年，当时虽然口头答应王经理要做上一年，过完年我便不打算再回公司了，如果这样自动离职顶多扣我十天的工资。

就在我左右为难时，又一件意外的事彻底打乱了我的创业计划。哥哥打来电话问我身上的钱多不多，他急需两万元钱。我说有点，但也不多，问他用这些钱做什么？他说去年在青海做生意找熟人贷了点款，现在还款的日子快到了，还差两万元。如果我有的话先垫上，等以后会连本带息一起还给我。我提了提嗓门对他说："咱哥俩还说还不还的事干嘛呢？我手里有点钱，不是很多，本来这些钱是我准备开装饰公司用的，你现在要急用可以先给你打两万。"

哥哥听到这话后很高兴地夸了我两句，随后便把银行账号发了过来，并嘱咐我不要告诉父母和嫂子。

我顶着烈日把两万元钱汇到哥哥的账号，一脸惆怅地走出了银行。虽然两万元钱只是我卡里的一小部分，但是也把我的创业计划给打乱了。我曾多次计划卡里的每一分钱的用处，哥哥肯定一时半会儿还不了的，看来如果明年要开装饰公司必须得削减预算了。

这样想着，我便开始埋怨起哥哥来，什么时候借钱不行，非得在我踌躇满志计划创业时来借钱。农村家里一般孩子多，我们家只有我们哥俩。在我很小的时候还有一个弟弟，不幸在六岁那年出车祸去世了。哥哥的文化程度很低，初中没有毕业便辍学到青岛打工了，他上学时挺调皮，打工时也不省心，跟着老乡在青岛瞎混。浑浑噩噩过了两年一分钱没有挣到，倒是娶了一个不错的媳妇。

我的嫂子是一位深明大义的女人，在农村属于百里挑一。长得虽不太漂亮，但很懂事，办起事来干净利索。哥哥与嫂子在2006年结婚后便开始创业了，他们刚开始在一所中学的附近开了家鞋店，专门卖运动鞋。生意一直不见起色，硬撑了一年便关门歇业了。之后哥哥在一次走亲戚时，听到一位在青海做生意的人谈起那边的钱好赚，鼓动哥哥也去试试，哥哥最终被那人说动了，做起了羊毛、牛毛的生意。由于需要大量的资金，家里又没有，他便自作主张地找他的朋友贷了五万元钱，用这些钱囤了大量的货物，想着涨价时能卖掉挣上一笔。但是就当他做着发财梦时，金融危机来了，囤积的货一下子全都跌了价，最后不得不忍痛低价卖了出去。这样算下来，加上自己的本钱和贷款，最后还赔了六万元钱。今年年初他不得不背着债又一次去青岛打工，这次他老老实实地找了份司机的工作，开始了他的挣钱还债之路。

嫂子在村子的北头开了一家幼儿园，嫂子思想前卫，看得远，不到两年幼儿便增加二十多人。就在嫂子准备扩张时，陕西省南郑县发生了一起私人幼儿园的凶杀案，导致9人死亡，包括7名儿童。这次事件后，国家有关部门下发紧急通知，所有没有手续的私人幼儿园全部关闭，嫂子也就解散了幼儿园。但那以后，她又考了正式幼教资格证，在县城里一家正规的民营幼儿园打工。

嫂子心中一直也有个创业梦想，但是现实就是这样的残酷，一些意外的事件都会不知不觉地影响到某些人的命运。

第 19 节

　　我一边忙着公司的工装项目，一边下班后跟着海涛在县城里转悠，看看能不能找到适合开饭店的位置。海涛的计划正在一步一步进行着，他心目中的饭店定位是中档类型，以特色的啤酒鸭为主打菜，现在是万事俱备，只欠东风了，等找到一间合适的店面就可以大展宏图。

　　那是一家邻近广场的两层烧烤店，总面积约有一百五十平方米，老板是夫妻，他们一见到我和海涛便说这里的生意很好，每年都能轻松赚个十来万，现在由于要忙别的事所以就转让了。

　　当海涛问起转让费时，女的张口说五万元，一分不能少。海涛考虑了一下说回去跟父母商量一下，等明天给回话。

　　我们告别了这对夫妻，驱车又在县城其他店转了一圈后才回家。回到家后海涛决定就选这家店了，明天再去谈一下价格，争取四万五拿下。

　　第二天海涛正要给那对夫妻打电话时，他的父亲来电话，说他爷爷病重刚刚被送进了医院，他的父亲要海涛马上带着钱去医院。

　　有时命运就是在最紧要的关头捉弄人，偏偏这时选择了要开始重新创业的海涛。

　　我下班后直接去了医院。在病房门口看到了海涛爷爷正躺在病床上，海涛和他父亲在一旁守候着。

　　海涛看见我，便从病房里走出来，他小声地说："是脑出血，得做手术，预约明天做。"

　　说完他长叹了一口气说："上天不公，非得这个时候出事，光手术费就得一万多，这下开饭店的梦想是泡汤了。"

　　海涛爷爷这次突发疾病一下子把海涛的计划给打乱了，前前后后为老人治病花了将近五万元，而海涛自己拿出四万。海涛家本来就不怎么富裕，父亲是位农民，以种地为生，前几年攒的积蓄都给海涛做生意了，现在家里出现了这么档子事，海涛当然要掏钱了。

　　等海涛把那辆开了两年的桑塔纳车以三万元钱卖给了杜威，好不容易凑够了钱时，那家饭店已转给了别人，海涛最终还是没有开成饭店。

　　那段日子海涛像丢了魂似的，他围着县城溜达，时不时喝得酩酊大醉。

海涛自从卖完车后性格变得急躁。我明白这是人失意的结果，需要自我调节，经过一段时间才能平复。

离过年还有一个月，海涛竟开起了出租车。

立冬过后的一天，我接到了以前自己做过私单的客户电话，就是这一通电话让我第一次尝试到了合伙做生意失败的滋味。

第20节

电话是我以前的客户徐晓杰打来的，他在电话中问我明年有什么打算。说明年想跟我合作开一家装饰公司，主要是接一些公装的活，他负责揽活要工程款，我负责设计与工地这一块。听到这，我感觉项目不能随便答应，又一下难以回绝，我说先考虑一下。他说让我三天之内给他回个电话，如果不行再找别的设计师。

放下电话后我思考了很长时间，特别是衡量了一下自己目前的状况，钱只能拿出三万元，如果真的是自己一个人创业，根本没有丰厚的经济条件，而且连人脉关系也是半生不熟的，为了慎重起见，我把此事说给了海涛听，和他商量一下。海涛一听就表示担心，他说这事得整明白，合伙的买卖不好干，而且怎么投钱，如何分成，这些事都必须提前说好。我说这些事情我都会跟他见面详谈的。他又问那人人品怎么样？还有啊，接单子是他，最后要账的也是他，能保证他把要回的钱平分吗？如果赔钱了谁来承担这种风险？

海涛见我事情考虑得挺周全，便没有再多说什么，最后还不住地叮嘱我这事最好跟家里人商量一下。

海涛说的有道理。这种事一定要事先跟父母商量，虽然他们都是农民，不曾做过什么大生意，但起码让他们把把关也是理所当然的。当我把这事告诉了母亲，母亲很担心，让我等父亲过年回家再做决定。

但我没有理会母亲的话，心想要等父亲回到家，黄瓜菜都凉了！因为每年他到家时差不多是腊月二十七八，那个时候再做决定会失去机会浪费宝贵的时间。

第三天我毅然给徐晓杰打了电话，表示同意合作，具体事宜见面后再谈。他听后高兴地说那是必须的。

这时我犯下了第一次创业中的第一个错误，那就是不听老人言。虽然在前期的准备上没有考虑周全，轻易信任别人，对自己过于自信。但是我的这种敢想敢做的作风还是值得肯定的，因为谁都有第一次，谁都会失败，跌倒并不可怕，可怕的是那种跌倒后感觉趴在地上比站起来走路舒服的心理。

星期六那天我跟王经理请了星期一的假，在县城转了一圈，看看是否有中意的店面。下午又骑着电动车去了徐晓杰的家里。

我们两人边喝茶边谈合作公司的事。他先把自己的计划说了出来，在县城的东边正好有一套他亲戚的空房子，年租金为三万元，不过是毛坯房，要重新装修。

当我问怎么投钱、怎么分钱时，他满不在乎地说："一人先拿三万，房租和装修的钱估算四万，剩下的钱购置电脑和办公用品，再留一万作流动资金。利润这方面你放心，咱们不管挣多挣少都是五五分成，你负责设计和监工，我的圈子广，我负责揽活和要钱。"

我听后沉默了一会儿，便说道："我可把话说在前面，咱们真要合作了，家装与公装分开来，家装必须要先收取预付款再开工。公装活基本上得垫资，我可一分钱也拿不出啊。"

他说："这个你放心，公装的事我全包了，垫资的钱我出。"

我说："那咱们得过了年才能开始干，我过几天就去辞职。"

"嗯，这个是必须的，你那边年前处理好，等年后过了正月十五就开始装修。"徐晓杰说道。

我俩又规划了公司开张后怎样宣传，找什么样的材料商、工人合作等问题。

几天后我坐在公司思前想后还是不放心徐晓杰的为人，决定找个机会试探一下，看看他的家底到底有多厚。终于有一次他主动给我打来了电话，说是他们哥们聚会要我一块凑个热闹。听到这话，我一口答应了。

那天的聚会很热闹，徐晓杰把我介绍给他的朋友，跟他们说这是咱们县最有实力的设计师，以后家里装修都记得找他。我听到这话笑呵呵地和对方打招呼，心里却不是滋味，你们一个个都是老板、医生，身价二三十万。相比之下感觉自己真像个刚入行的马戏团小丑，只知道傻笑。与徐晓杰从酒桌上告别后，我在回去的路上信心满满地想着大展宏图、共同致富的情节，这情节让我有点飘飘然。

离过年还有二十天的时间，我在方源公司负责的工地基本上都进入尾期了，只有一个工装活刚进行到一半。在我准备向王经理提出辞职时，于芬竟然知道了我辞职的想法，她劝我再想想，不要盲目地单干。如果不打算在公司干了也不用现在辞职，等公司放假之前把工资都领完，过完年再跟王经理提也不迟，这样的话顶多扣八天的工资，如果在正缺人手的时候辞职肯定不会批的。

我谢过于芬，想想也是，为了那点属于自己的工资只好同意了。

第21节

那天夜里，我彻底失眠了。这一切来得是不是有点太快了？想想前几天自己对创业还犹豫不决，现在就要放手大干了。先不管以后与徐晓杰合作怎么样，只要大家都有钱赚就行。

我的安逸与犹豫可能是因为在一个特定的地方待的时间长了，会有一种惰性，这让我想起了"温水里煮的青蛙"的启示，机不可失，时不再来。之后的几天里我在公司刻意地把本职工作做好，年前能完工的就催促工人完工，不能完工的也尽量把图纸都保存在电脑的桌面上。过完腊八后王经理便宣布要放假了，等过了正月十五再来上班。王经理是位很不错的老板，做人做事光明磊落，按劳分配，员工的工资都发到手了，只有些未完工的工程提成说等过完年再算。放假前又开车领着我们去饭店吃了一顿犒劳饭。

总之这样的举动令我很内疚，王经理对我越好，我的心里越觉得对不住他。

腊月二十父亲从外地回来过年，问我这几个月都在家干了些什么？我编了点小小的谎言，说自己还好，在一个装饰公司上班，一个月能拿到两千多。父亲听了没有再说话，我知道他肯定是失望的，因为父亲一直想让我在外面好好地闯荡几年，锻炼一下自己，但是自己没本事，提早收拾行囊从城市狼狈地回来了。

其实我曾经不止一次地梦想着留在城市里，买套房子，找个心爱的人结婚，永远地留在城市里做一个小市民。但现实社会是公平的，不会因为你的软弱与无能而可怜你。父母他们何尝不是这样想，让儿子把户口迁出没什么前途的农村，去城市过着让人羡慕的小资生活，但是他们不会知道如今的城市里有多少"农二代"为了一套房子而月月从微薄的工资中挤出点钱还银行的贷款，又有多少刚踏入社会的学子蜗居在黑漆漆的地下室。他们都为了那个不足挂齿的、卑微的梦想而努力奋斗着。

而我曾经也有过和他们一样的梦，但现实让我把那个梦放弃了。

父亲对我辞职的事一直耿耿于怀，强烈地反对我回到家乡发展，他的意愿是我再在外边摸爬滚打两年，有了丰富的经验与充足的资金后再谈创业。我明白父亲的苦衷。父亲是一位要面子的人，虽然他只有初中文化，但他当过兵，相比村里其他的村民，他更有见识，看得长远。

亲人与邻居的不屑眼光让我感觉像在寒冬之时被人用冰锥扎了一下，我不害怕非议与指责，但是却怕他们的那种眼光。在亲人与邻居的眼中我是高材生，应该有出息的，至少比那个一事无成的哥哥好多了。但事实却相反，哥哥早已成家立业，而我仍碌碌无为，连个媳妇都没有娶上。

最尴尬的一次是一位邻居过年串门，问我这几年挣了多少钱？我都无言以对，只是闪烁其词地说："没挣多少，马马虎虎。"他笑道："一年挣不到五万，那学不是白上了吗？"

春节期间百无聊赖，在去给爷爷奶奶拜年时，遇到了有钱的叔叔。叔叔一见我就问有对象了吗？当我说到还不曾找到合适的时，他就鄙夷地哼了一声，然后说这下好了，年龄这么大了，在农村可不好找了。

叔叔的话不是关心，而是明显地瞧不起。因为我们这个大家族里都是土生土长的农民，只有叔叔后来在县城做铝材生意发了家，全家四口都搬进了城里。渐渐地与我们这些穷亲戚疏远了，只有过年过节时会有点走动，来了也是向我们炫富的。

在农村，像这样有钱的亲戚巴不得与那些穷亲戚断绝联系，因为在他们眼中，自己步入城市，是个有身份的人，怕有穷亲戚掉身价，更怕穷亲戚向他们借钱。

第 22 节

我打算跟徐晓杰合伙开装饰公司的想法没有告诉家里人，想等自己都规划好，与徐晓杰谈妥后再告诉他们。

父亲见我不再回城市的主意已定，工作也稳定了，所以那段日子也没有再说什么。有一次他在饭后对我说："你好好地工作，在家找个差不多的女孩把婚订了，也了却了我和你妈的一份心思。"

我也考虑必须这样了。村里的同龄人都已结婚，甚至比我小三四岁的也都结了婚，而我作为一个从城市里逃回来的失败者独自一人，村里的人们也都投来异样的眼光，年龄都这么大了还没有对象，在城市混不下去了没办法才回来的，肯定是没挣到钱，等等。邻居的嘲讽言语，没想到如今自己竟然体验了。

父亲在村子托了位媒人为我张罗着相亲的事，母亲也没闲着，去教堂做礼拜的时候也向教友们打听谁家的姑娘还未出嫁。看着他们二老忙碌的身影我也只能答应开始相亲了。

就在这时我在威海的同学陈鲁给我打来了电话，问我这几个月都在忙什么，也不知道聚聚。我说自己在家忙着相亲呢。他一听便高兴地问："有相中的吗？如果没有，我们村正好有一个好姑娘，而且年龄只比你小一岁。"我一听忙说："好啊，明天怎么样？这几天在家待得烦透了，正好想出门散散心。"他哈哈大笑着说："行，我现在就去问问她家里人的意思，等晚上给你回个话。"

挂完电话后，我便跟父母说同学要帮我介绍对象的事，明天可能要去看看。母亲听后高兴地连说了三声好，父亲在一旁问对方什么人家？年龄多大？我说，这个还不太清楚，只知道她比我小一岁，等明天见了面再多了解一下吧。

为了这一次相亲我做好了充分的准备。先是上网查了有关网友们相亲的经历，又专门请教有过相亲经历的朋友，感觉信心十足。相亲之前我向陈鲁打听了一下对方的简单情况，他说女方高中文化，个子很高，完全符合我的要求。当时自己脑子里就想象着她的模样，憧憬着我们订婚后的美好生活。

那天我好好地打理了一番。洗头、刮胡子一阵忙活，走时穿上一套黑色衣服，还特意围了一条灰白色纯棉围巾。下午，阳光充足，一点没有冬天的感觉。为了郑重起见，我让海涛从杜威那边借了辆中华车，踏上了相亲之路。路上的行人不多，我吸了一口气，望着车窗外的田野村落，浓浓的乡土气息扑面而来，紧张复杂的心情顿时也放松了许多。车快到村子的时候，我们停了下来，在路边的商店买了两盒烟。在我们农村，相亲的时候一定要拿香烟，不论你是否会抽，见了对方家的男人都得敬个遍，而且还得买好烟。

我们把车开到了陈鲁家门口，下了车给陈鲁的爸爸让了一支烟，便进屋小坐了一会儿。这空隙，我跟陈鲁聊了一会儿家常，又在他家屋前屋后转了转。陈鲁说这个房子是他父母住的，他自己的新房已经盖好了，就等着装修了。

正聊着，女方的父母来了，茶早已沏好，我一一倒入杯子里，这时我不由得以在公司接待客户的心态来见女方的父母。我提前站起身来给二老点了烟，并请他们坐了下来，他们身后的女孩并没有进屋。我用余光瞟了一眼，女孩穿了件浅蓝色羽绒服，头发是刚烫的波纹卷。

女方的父母说话口气都很平和。她父亲一边点着烟一边问我："你跟陈鲁在一起，在青岛工作？"

我听后纠正道："是威海，我在威海工作，不过现在准备在家发展。"

他哦了一声，接着说："是威海，有时青岛跟威海口音一时分不清。你家是龙唐寺的？你们村姓夏的多吧？"

我回答道："对，百分之九十都是姓夏的。"

双方唠着家常，跟她的父母谈话看起来简单，但心里还是挺忐忑的，稍有不慎，都会给对方留下不好的印象。让我感觉不快的是她的父亲知道我在县城上班工资收入一般时，皱了下眉头，似乎有点不满意。

和女孩在屋里独处很是尴尬，站了一会儿，她先开口问我在哪里工作，一个月工资多少钱？现在有什么打算等问题。入乡随俗的习惯我还是懂的，但对于这样很直接的提问让我一时接受不了，总感觉对方太现实了，不太礼貌，也给我留下了一种俗气的印象。

谈了约五分钟我们便没有了话，她主动走出门，我随后也跟了出去，陈鲁迎上来问我感觉怎么样？我没有回答，只说到外边再谈。出了门，我直接坐进了车里，稍停顿了一下，找借口说不太合适，我不喜欢烫发的女孩。陈鲁听后一脸的怨气，说以后结婚让她拉直就行了呗。

陈鲁埋怨我要求太高，根本不像个相亲的样子。

第 23 节

第二天，我给陈鲁打了电话，让陈鲁把我的祝福转达给她，第一次相亲就这样结束了。眼看就要过年了，父母急着说等过两天再去别的村子相亲，我拒绝了，我不想再去体验这种无聊的相亲形式。但最终我还是抵不过父母的压力又去相了亲，女方是亲戚的邻居。

那天是大年初二，下午的时候我坐车去了亲戚约好的地点———一个小集市路口，见面时间定在三点钟。我本来要去买烟和糖，亲戚说不用了，这次不必那么拘谨，人不多，只有她和家人。

　　不多时对方相亲的来了，只见三个人骑着一辆脚蹬的三轮车缓缓地从村口的小路驶来。我们站在村东头，她们的车子骑到了西头便停了下来，我连忙迎了上去。三人中一位是身着朴素，围着一个黄色围巾的中年妇女；另一位是身着泥灰色羽绒服的中等个子女孩，她的皮肤有些黑，在冬日的阳光映照下显得有点憔悴；还有一位是扎着马尾辫的小女孩，一脸的稚气。

　　亲戚说："那位穿羽绒服的女孩便是。"说着亲戚便拉着我走到女孩眼前介绍。大家打了招呼，便聊起了家常。我和女孩都十分拘束地站着，没有说话。这时那位中年妇女把我的亲戚拉到了一边，一番耳语后，亲戚便让我们去那边走走。

　　我们边走边聊，沿着路边走了两个来回。谈话的内容也很简单，就是问年龄、职业、关于未来的想法以及对方有什么要求等。一切都了解得差不多了，我便告诉亲戚要回去了，晚了便没有车了。双方告别后，亲戚问我满意吗？我微笑着说，还可以吧，等回家跟父母商量一下再说。

　　回到家后母亲问我相亲如何？我简单地把情况说了一遍。这时父亲问她的家庭情况怎么样？

　　我听后有点不高兴了，说只要人好就行，管人家家庭条件干什么！谈一段时间看看再定。母亲听后说还是要慎重。

　　吃完饭后我给亲戚打了一个电话，顺便说了自己的想法，想把她的电话号码要来有时间聊聊。亲戚这时郑重其事地说，差不多就定了，别老是挑三拣四的，眼睛都花啦。我听后说，结婚是大事必须要想好，要不然会后悔一辈子。

　　亲戚介绍了她家的情况，她的生父早年去世，妈妈再嫁，生了一个男孩。听后，我的心里同情感油然而生。挂完电话，我把她的家庭情况给父亲说了，父亲明显不高兴，说啥也不愿意。他说这种门不当户不对的婚姻会让整个家族蒙羞的，也让自己在村子里抬不起头来。我默不作声，毕竟这事是自己说了算，他们的意见只能做参考。

　　这时亲戚的电话打了过来，我出门去接电话。亲戚有点遗憾地说："刚才跟她打电话，她说先不给电话，说是明天还要相亲，等等再说。"听到这，我觉得自己好可怜。亲戚又说："你别跟她谈了，她这人一点也不识趣，吃着碗里的还盯着锅里的，等以后我再给你找个好的。"　我谢过亲戚后，说先不看了，暂时我还没有结婚的打算，不能耽误了人家。

第24节

那一夜我有些伤心，在心里告诉自己一定会有个她正在远处等着我，只是我们缘分还未到。但是接下来不得不面对现实——相亲，生活还得继续。

第三次相亲的对象是邻居介绍的，对方是个实习的护士，年龄比我小一岁，家住在县城的北面，具体的名字不记得了。我只记得那天上午我骑着电动车去她所在的医院，在邻居的介绍下，我和她在一间休息室内相见。她长得并不美，个子也就一米六左右，身着厚厚的衣服，外面是白色的护士装，整个人包裹得像个雪球。

我向她点头打了个招呼，对方微笑了一下，这时我发现她的满口牙齿都被金属样的东西覆盖着。

我和她在休息室内谈了一会儿，她看了一下手机说："不好意思，我一会儿还有事，先这样吧。"我笑道："没事的，有机会再聊。"

临走时我们留了电话号码，但之后我们没有再见面，只是简单地以短信的方式聊了两句。说实话，我对她没有感觉，真的提不起兴趣来。

这几次的相亲经历我总结出了一点心得：相亲就如做生意一样，有本有利，本就是自己的相貌与家庭，利就是能抱得美人归。但是话说回来，相亲成功后，接下来是订婚，现在在农村订婚也保不准都能结婚，很多订婚都是由于一见钟情或在双方父母的压力下决定的，这只是一种形式，双方婚姻基础并不牢固。

第25节

写到这里我要用少许文字来介绍一下几位同学与同村好友。因为我们在上学时大家都是学生，但是经过几年的社会洗礼大家都变了，他们之中有的已腰缠万贯，有的碌碌无为，有的身陷囹圄，有的已离开人世。

为我介绍对象的陈鲁是我在威海上技校时的同学，我们都是学装潢设计的。陈鲁长得五大三粗的，古铜色的皮肤给人一种安全感，他人缘特好，能喝酒，而且喝完之后就上脸，本来皮肤就不白的他喝完之后就如同被太阳暴晒了一样。

　　我在威海的同学有很多，现在能联系上的也就只有四个了，一个是陈鲁，一个是心国，一个是王萌，另一个是韩平。之所以能与这四个人联系，因为我们是老乡，以前在威海上学的时候，遇到困难，大家经常相互鼓励。但是毕业后都各奔东西，陈鲁和我依然留在威海，陈鲁进了一家南方大型连锁装饰公司天天扛着包进小区拉业务，心国和王萌在威海待了不到半年便回老家了。心国回到家不久便相亲结婚了，现在已有了一个快两岁的女儿，而他现在早已放弃了原来的专业改行学刮腻子了。王萌是我们几个人里家庭条件最好的，爹妈都是吃"皇粮"的，他来威海上技校纯粹是为了玩儿，他喜欢大海。他在学校里基本没有上过课，天天玩网络游戏，泡吧谈对象，考试从来没及格过。但是他的命最好，毕业后在威海混了半年，混不下去了便丢下包袱直接打道回府了。回到家后老爹便给他买了台面包车在县城里拉客，但是这个活很累很熬点，他只跑了半年便把车给卖了。后来他爹托关系把他弄到县城建局当临时工。韩平是个很普通的哥们，人很老实，他在威海待了一个月便去青岛船厂找同村的人学起了氩弧焊。当时同村的人都笑他这个学白念了，念完之后照样跟他们村里人一样在工厂里打工。对于这样的嘲笑，韩平能忍受。他认为没有白念的书，学知识也是为将来打基础，只有现在打好基础，将来工作时才会轻松容易。

　　我回到老家没有主动和这四个人联系，有时在网上会聊上两句，不过我们定下誓约，不管谁结婚一定要通知大家。心国结婚时我们都去了，当时大家在酒席上都喝多了，因为谁都没有想到最早结婚的竟然是心国，因为几个人里面数他最小。但是没有办法，心国在家排行老大，下面有一个弟弟，在农村老大如果不结婚老二会很难找到对象。

　　介绍完在威海的同学后，再介绍一下我的乡村伙伴。2011 年的大年三十晚上，一般在乡村里都有一个特别的聚会，同村同龄的伙伴们都会聚在一起喝酒。这几年我一般都是与二亚、小万、猛子、华生、堂弟小涛一起聚在一家火锅店，大家聊聊一年来的经历，总之很惬意很和谐。我们六个人中，除了我，他们都已结婚，而且孩子大部分都会打酱油了。

　　二亚就不用再介绍了，几个人之中我跟他最铁，今年他媳妇第二胎生了一个儿子，让他高兴得不行。

　　小万也与我同岁，他家是单亲家庭，父亲在他很小的时候喝农药自杀了，母亲在他十五岁时改嫁到他乡，幸亏他爷爷奶奶健在，而且还有一个在县城做粮油生意的叔叔。他高中没毕业时便辍学跟着叔叔做起了生意。小万精明能干，在我们村也是位响当当的人物。去年他骑着摩托车在村口被人给撞了，当时肇事司机没有跑。小万被送到医院检查，结果并无大碍，医药费也没有花多少，他的亲戚想讹人家一把，那位司机想着早点破财免灾，给了两万块钱了事。事后小万的亲戚里有一位眼尖的人，一下子认出了那位肇事司机是县工商局的某局长，这下把小万给弄得惴惴不安起来。因为小万是做粮油生意的，由于市场竞争激烈，免不了弄些低价油卖给商家，如果这位局长带人来查，那么以后生意就没法做了。于是连夜将这些钱送了回去，连医药费都没有要。

猛子是我最熟悉的哥们之一，这家伙比我小一岁，是我最近的邻居，两家只隔了一道红砖墙。人如其名，他长得生龙活虎，人高马大，从小胆子就大。他敢拿着竹竿捅马蜂窝，结果可想而知，脸上头上都被马蜂蜇了。猛子虽然是个胆大的人但是有时心却很细，而且也很仗义。他的文化程度比小万还低，小学一毕业就跟家里人闹着要去菏泽的武校练武，结果只学会了打架，最终初中没毕业就让学校给开除了。猛子不上学了，正好跟着他有钱的老爹搞起了建筑，现在已是一个不大不小的包工头了。

华生在我们五个人之中年龄最大，长得最帅。他目前在县城开了个理发店，勉强维持生计。华生上完小学后就辍学了，之后在社会上混了几年也没混出啥名堂，后来去菏泽上了技校，学习了理发这个手艺。他现在的老婆就是那时在技校时谈的，现在两人膝下已有两个男孩了。华生点子多，人很聪明，但就是有点沾赌，"赌也是生活的一部分"他总挂在嘴上。

堂弟小涛与我同岁，只是我比他大两个月，他已结婚三年了，孩子已半岁了。堂弟初中没毕业就跟着在县城做铝合金生意的叔叔做事去了。他人很稳重，而且也会过日子，家族每次聚在一起时都会将他当成我们的榜样。

在这里之所以要把他们一一介绍是有原因的。一是大家都是同村同龄人，家里都没有什么背景，想以他们的成长经历与创业经历来跟自己比较一下，看一看各自的优点与缺点都在什么地方；二是我们每年都会聚一次，通过一年的生活历练，从中感悟大家的变化，也折射出一部分农村青年的现状。

第四章 新年开始

2011 本命年，穿起了红裤头红袜子。

开始筹钱租店，与合伙人谈合作。

相亲去了，被一位自我感觉良好的小资女伤到自尊了。

第26节

2011年的农历年刚到，我就穿上了红色的内裤，希望这样的浓烈色彩能冲淡本命年的霉运与厄运，但是没想到这一年却是我活得最累、最失败的一年。

这一切都是从韩平的死亡开始的。

2011年的正月初四，一个温暖的日子，我跟母亲去了姥姥家。亲戚很多，讨论的话题大多围绕着我的"单身问题"。我一时无语，心情烦躁，在姥姥家急急地吃了两口饭便回家了。对于婚姻一事我还是觉得要随缘，走一步算一步吧。

第二天一早，我给陈鲁打电话商量聚会的事，这时我才知道韩平出车祸了。陈鲁在电话里断断续续地说人已经不行了，我问韩平在哪个医院，我马上过去。陈鲁说不用了，等他通知定个时间让所有的同学一起去。

上午陈鲁来电话，简短地诉说了韩平去世前后的情况，他心里非常恐惧，不想再多说。

我与韩平的关系一般，但是我们都跟陈鲁有着很铁的关系，所以在饭桌上经常见面。韩平出事的那天去亲戚家喝酒，回来的路上出了意外。没出事之前他已经喝得大醉，但却执意骑着摩托车回家，在十字路口出的事，车一下子撞到了桥墩子上，人也给甩进了河里。

我们约好后去医院为韩平送行。回来的路上，我提前下了车，一个人走在回村的路上。望着已经走了二十多年的这条路是百感交集，人生的路是平坦还是坎坷，是遥远还是短暂，是希望还是绝望。人这一生不可能是一帆风顺的，前面的路该怎样走呢？

韩平的突然离世让我的心情很郁闷，我为韩平英年早逝而感到心痛。晚上睡不着的时候心里特别难受，想找个人唠唠，把心中的不快都倾诉出来。我躲在被窝里打开手机——查找朋友的电话，发现打给他们都不合适，想找个女人倾诉，但是我手机里的女人电话号都已被我删除，看来只能自己在黑暗中默默哭泣了。

我试着让自己忙碌起来，把所有的不愉快与悲伤都抛到脑后。但是一旦停下工作的时候心情就感到压抑，便会怨天尤人。为什么命运如此不公，死神却偏偏夺走他的生命？难道我的本命年就是在这种氛围中度过？我情愿这一切都结束，但是现实却不是如此，生活还得继续，活着的人对生活更应该充满美好的希望。

徐晓杰一个电话打断了我的思绪。他责备我："怎么这么长时间才接电话。"我打起精神提高语调说："刚才在门外，风大没听见。"他在电话那头没有对我多说废话，直接派了两个任务给我：一是赶紧把公司的名字确定下来；二是让我负责把公司的租房合同准备好，尽快设计出门头与室内的方案。我像下属一样地说："放心吧，一定都能办好。"

挂完电话后，我意识到时间的紧迫，必须抓紧筹备公司的事了。而我此时最重要的是怎么跟方源公司的王经理提辞职的事，琢磨了半天，我放弃了原先发短信辞职的想法，直接打通经理的电话。在电话里我先给王经理拜了个年，接着谈了自己工作的个人打算。王经理听出了端倪，问我是不是要辞职不干了。我笑了笑说是的，然后又找了些辞职的借口。王经理听后，他直截了当地说："可以，这个在你自己，你得想好了，一旦离开了以后就别想着再回来了。"我也果断地回答说："我已经考虑好了！"

关于装饰公司的名字我很早在威海工作时就曾想过，当时就想着参考一下城市里别人家装饰公司的名字，不过徐晓杰却觉得很俗气。当天下午我在家里上网查把感觉不错的公司名字都记下来，并做了门头效果图。一切完事后，我打电话给徐晓杰。他现在很忙，让我明天拿着图纸去他单位。

第二天我便骑着电动车去了徐晓杰工作的医院，一上楼就闻到一股很浓的消毒水味，我下意识地捂了捂鼻子。也不知从何时起，我对医院产生了恐惧感。

到了徐晓杰坐诊的地方，隔着窗户就看到这家伙穿着白色大褂正为一名病人看病，感觉他挺忙的，门口等着看病的人不少，就想着先等一下。

徐晓杰在嘱咐完最后一名病人后才看见我在门口站着，忙招呼我进去。我把图纸和选好的公司名字的单子都递给了他，他看了两眼后表示对效果图还比较满意，公司的名字他反复研究了一阵，决定用"尚鼎"这个名字，他说这个名字即有高升通达之意，又有维固鼎盛之气。我也比较看好这个名字。

徐晓杰让我这几天把店面盘下来，他去工商局把证给办下来，店面该装修的先装修，最后把所有的花费列个清单，等开业的时候一起算。

正月十五那天中午，我和家里人坐在一起吃饭。饭后父亲叫我坐下来，好好地谈一谈今年的打算。父亲平时爱喝茶，尤其喜欢铁观音，我每次过年过节都会给他买上几两。饭后沏上一壶茶，和父亲聊聊天也增进了父子之间的感情。

父亲喝了一大口浓浓的茶后，点了一根烟说："小子，你也别瞒着我，你的事我早就听你娘说了。你可想好了，今天你走的这一步是你自己选择的，如果干起来还好，如果干不起来可得从头再来。我现在也知道你年龄大了，翅膀硬了管不了，是好是坏都是你自己的事了，我和你娘也只能攒点钱给你把房子盖上，等娶了媳妇我们就省心了，你们愿意怎么折腾都是你们的事了。"

我没有多说话，只是一个劲地点头。其实我当时的心里最迫切的倒不是找媳妇的事，因为在农村讨老婆也就是老一套，门当户对，两人一看顺眼就能成。但是结婚的事毕竟是人生中的大事，相亲都这么多次了，竟没有找到一个适合的，应该说是缘分未到。再说了，自己今年的主要任务是创业。

父亲见我默不作声，又说："你那个合伙人我没有见过，只听别人说过，人品还行，就是心眼挺多的。你这么小而且又实在，如果以后有了麻烦肯定是你吃亏。而且他现在口头上说赚了平分，到时你见不到钱怎么平分？"

我说："到时都有合同的，肯定会按着合同办。再说，你儿子这几年在外面也不是白混的，这些事都经历过。"

父亲听了苦笑一声说："不是白混的？你这几年都混成啥样了？挣到钱了吗？钱没挣到，媳妇也找不到，你还好意思说。"

父亲这样的话的确戳到我的痛处，我知道父亲说的都是实话，一切都是为了我好。但是听后心里很难受，想找个没人的地方大哭一场。是啊，年轻人光有信心与努力是不行的，大家在创业之初都是眼高手低，太乐观地看待一切事物，不懂得适应环境变化，结果总会被老人的预言说中。

那天与父亲谈了约有两个小时，母亲也在一旁听着，时不时还插上两句，我知道她最关心的还是找媳妇的事。

父亲从口袋里掏出了一叠钱塞给我说："这里一共是五千块钱，你拿去用吧，虽然不多，但以后也能救个急。"

我推辞了一阵说："我有钱，不需要，你们留着买些营养品吧。"后来实在拗不过父亲，我接过钱紧紧地攥在了手中，心里感到更愧疚。

临走出屋时，母亲小声地叮嘱我说："这钱别让你哥和你嫂子知道。"

农村有个习惯，就是出远门的或者做生意，基本上都要过了农历二月二，也就是龙抬头。过了这个节才出门走动，但是近几年信息时代的到来与物质利益的诱惑，人们早已摒弃了这种古老的传统，一般过了正月十五就准备出远门了，不出远门的也都开始准备做新一年的事了，所以我跟徐晓杰约定正月十六把店面的租赁合同签下来，开始准备内部装修以便早日开业。

第 27 节

签租房合同的事基本上是我一个人完成的，徐晓杰说自己正忙医院的事，让我全权负责。他已给那位房东打好了招呼，让我直接去就行。

我与房东在店门口碰了面，房租一年为三万，押金二千，我和徐晓杰每人交给房东一万五，押金各承担一千。我仔仔细细地把房子看了一遍，整个使用面积只有六十多平，但做办公室足够了。

房东人看着面善，宽宽的脸上架着一副厚重的金边眼镜，说起话来文绉绉的。只是在签合同的时候，他一个劲地在我耳边说房子租便宜了，如果不是看在徐晓杰的份上能多租五千。说完这些，又说干装修挣钱，小伙子能干之类的话，听得我耳朵都快生茧了。人真不能貌相，看起来白白净净、知书达理的家伙竟然如此啰唆。

查看了水电表的数字后，房东便把卷帘门的钥匙给了我。接到钥匙的那一刻心里还小小地激动了一阵，因为我将成为这个店面的主人了，我暗下决心一定要把公司经营得红红火火。在回去的路上我和徐晓杰通了个电话，他还是那句话，一切你先看着弄就行了。

晚上，我躲在房子里仔细地给店面装修的经费做了预算。按着以前画的图纸装修下来起码得五千块钱，这还没算办公家具。自己现在银行卡里的钱只剩下一万五了，还得预留一万块钱以防意外。

关于店面装修的方案徐晓杰没有意见，完全信任我能把店面装好。方案我沿用了都市现代简约艺术手法来设计，顶面只用石膏板吊了个简单的边顶，内藏三个射灯。形象墙面没有做什么造型，墙上贴满了黑色的暗花壁纸，用亚克力雕刻了公司的标志，用玻璃粘在了墙上，另外三面墙上都刷成了灰色。水电管线并无装修改造，原地面砖很好，没有改动。

内部的硬装完工后，我又开始在集市上转悠选廉价的软装材料，在摆放电脑桌那面墙上我定做了三个隔板架用来放些小工艺品和书籍。之后我给徐晓杰打电话让他把老板桌送过来，他在电话里头推说了一番，说自己忙的抽不开身，让我找辆车来拉。

我打电话给以前在方源公司上班时认识的做推拉门生意的老余师傅，借用一下他的车。老余在电话里头说没问题，让我等十分钟。

老余在我的印象中一直不错，年龄虽不到四十，但前顶头发基本上掉光了，看相貌却有五十多岁的模样。他有三个孩子，为了生活早出晚归很是操劳。

等了二十多分钟老余才到，我坐上车带路到了徐晓杰的家里，把办公桌椅、打印机等物品搬上了车。我和老余把这些东西从三楼搬下来，累得大汗淋淋，这让老余有点生气。我陪笑说："晚上余哥别回家吃了，我请你搓一顿，顺便谈谈咱们之后的合作。"

听到这，老余收起了那张涨红的脸，喜笑颜开。这家伙是个聪明人，知道我要从方源公司跳出来单干了，当时对我说，二岩你要是另起炉灶，可别忘记了老哥我。

晚上，我们去了一家中档饭店吃饭，我给海涛打了电话让他也过来，海涛正好是白班，他说一会儿就能来。

海涛来后我给他们相互做了介绍，大家都是生意人，脾气很合得来，也没有拘束。

海涛问了我公司整得怎么样了？打算什么时候开业？我说差不多了，月底就能完工。海涛听后点了点头，但还是有些替我担忧。

我能理解海涛，毕竟他是为我好，没有半点私心。与别人合伙还是多长一个心眼比较好，像我这般迂腐之人最容易被别人骗，吃了亏还替别人说话。

老余见我俩唠个不停，他插不上话，只好一个人喝闷酒。我见他这样便连忙为他倒了一杯酒表达我的谢意。老余一直想要探我的家底，问我投资多少开公司，合伙人是谁？我遮遮掩掩地说了两句搪塞他，因为公司还没有开业，有些话真的不能多说，毕竟老余跟方源公司的王经理挺熟，这样的话尽量少让他知道，避免以后产生误会。

第28节

晚上回去的时候我去了海涛那里。此时的院子空落了很多，宿舍里面没有一个人，静寂得有点可怕。我问海涛那些学生呢，他说都走了，房子到下个月初到期。我俩简单收拾床铺，床很窄，两人只能勉强挤在一起睡。海涛对我说他还要开一段时间出租车，等时机成熟了打算开个小宾馆。

我问他怎么不开饭店了？他叹了口气说，厨师不好找，地点都没有相中的。开宾馆倒有地方，现在就是差点资金，打算找个熟人贷点款。

一听到贷款我心里就有点犯嘀咕，立马劝海涛先不要着急贷款，宾馆的事必须考虑周全，毕竟是一次大的投资。对于年轻人贷款做生意我一直是持反对意见的，因为我们一般都是眼高手低，如果没有十足的把握这个款最好不要贷。而且贷款还得找熟人请客送礼，利息高不说，还得承受着创业的各种风险。我把贷款的顾虑说给海涛听。海涛自信地说："没啥事的，我现在手里有十万，只要再贷十万就行了。"

海涛又给我算了一下宾馆一年的利润，接待的客户多为周边学生，还有KTV服务员。贷款分期还，两年内能还清。海涛又让我算算装修能花多少钱，先让我整个大概的预算。

第二天早起后我洗了把脸便与海涛告别了。回到自己的办公室里稍坐了一会儿，心里老是想着住宿的事，家里肯定不能住，而海涛的这个院子马上到期了，是否应该跟海涛再合租住在一起？思考了半天决定还是要跟海涛一起住，有事可以相互照顾一下。

下午没事时去旧货市场淘了一个八成新的电脑桌，又买了饮水机和一些办公用品。这样一来，办公室用品添置得差不多了，终于有了点公司的样子。安顿好后，我开始起草公司发展的初步规划。在我准备这些的时候，海涛也来办公室了，他看了下内部装修感觉还行，只是少点生机，他说要等我正式开业时送几盆花来。

我忙完自己的事后出去，看是否有合适的房子出租。我一向不太喜楼房，最终定在了城北面的一个小院，二居室，有厨房、厕所。我打电话让海涛来看了下，他看了只觉得房子有点阴森森的，别的没说什么。房东是位老太太，说这只是长时间没有住的缘故，你们如果不放心可以向邻居打听一下。

海涛听到这话没有再说什么，毕竟那边的房子马上到期了，必须要搬家了。

搬家的时候本想着东西不多两个人能很快搬完，但是等收拾完东西的时候竟收拾了一大堆，海涛开着出租车来来回回拉了四趟才彻底搬完，真是破家值万贯。海涛走后，我一个人把房子打扫了一遍。收拾完后长长地吐了一口气，望着眼前的一切，感觉新的生活即将启程，未来充满了希望。

回到店里，我稍坐了片刻便去了广告公司。看一下他们给设计的门头效果图，门头的整体色调是黑色，"尚鼎装饰"四个大字是白色的，四边又用不规则的花边处理了一下，显得很有艺术感。为了突出公司特色，我又让设计师在"尚鼎装饰"下面加了几行小字：专注于家居、别墅、商业公共空间设计与施工。在右下角加上了我的手机号，之后给徐晓杰打了个电话，问他是否也把他的电话留在上面，他同意了。

门头我让他们用喷绘做的，是最便宜的一种，因为现在用好材料做门头有点浪费，如果生意好了，后期再换成高档的也来得及。门头安装好后，我让他们用红布先遮住，因为我们这里做生意有个讲究，就是不到开业的时候门头一般是不能让它露脸的。

接下来就是找工人的事了，装修有五大工种，水工、电工、瓦匠、木匠、油工。水电工在小县城市面上好找，这个可以用以前在方源公司上班时的宋师傅；瓦匠也好找，我同村里就有很多好手；最难找的是好木匠，因为家居装修重中之重就是这道工序。以前跟方源公司的木匠老胡说过，但是怕两家活赶在一起应付不过来。油工已经跟上次给办公室装修的张师傅说好了。而基础材料必须跟林胖子合作，但是主材如地板、室内门等，我想自己搞定，可以在网上联系到厂家直接代理，这样能省下不少中间的费用。

至于公司开业后的宣传，我将重点在网络上宣传，在本地的论坛、信息港与贴吧上发布了装修知识的帖子与部分效果图，又去广告公司喷了几张广告窗贴。

前期工作进行完，我细细地拢了一下近期所有的开销，将近一万块钱，这些账目大到办公室装修，小到碳素笔、收据单。我一一地列出表格，又拿着花销的单据对了两遍，确认无误后我给徐晓杰打了个电话，徐晓杰在电话里头很爽快地答应了费用的分摊问题，说等到周末碰面再详谈，临挂电话时他让我去把营业执照给办下来。我在电话里头告诉徐晓杰，只用到工商局办个体户营业执照就行，注册的经营内容为室内设计与材料零售即可，他听了半天，最后似懂非懂地又说了那句，行啊，你看着先弄吧。

装修的营业执照是分等级的，一般公司注册三级施工资质就行了，这个必须要有五十万的保证金才行。而注册个体就不用了，但是个体工商执照去公开的投标场合是没有资质的。

第29节

办营业执照也是我一个人去的，先到照相馆照了几张一寸照片，之后拿着身份证与租房合同去了工商局。以为办证会花点时间，没想到现在工商的部门办事效率提高了不少，交了三十四块钱不到一个小时就办下来了。

我拿到营业执照走在小县城的街道上，长长地舒了口气。创业的梦想即将启航，未来的路有多坎坷，因此，创业中的艰辛、失败我必须有思想准备，这种信念才能支撑着我坚持下去。

周六海涛要请帮忙贷款的朋友吃饭，请客的地点是在县城数一数二的大酒店里，包厢的房间名字也是特意挑选的——888。

我跟着海涛提前到了酒店，在包厢里稍坐了一会儿，喝着茶闲聊了会儿。海涛信心满满地说，这次能成的话一下贷二十万，省得以后缺钱花。

我担心地说："拿什么抵押，贷这么多可得想好了。"

海涛一脸平静地说："没事，我有把握，这次一定要做大，挣钱就得胆大。你知道吗，钱滚钱，为什么有钱人越来越有钱，就是这个道理。穷人都是挣点小钱存起来，不敢投资也想不到投资。二岩，不是我说你，有时你办事太谨慎了，这样有时可以帮到你，但有时可能害了你。"

我说："谨慎一点还是好的，毕竟咱们都年轻，家底薄，万一亏了就得从头再来。"

海涛说："这个我都想好了，开宾馆风险比开饭店小多了，也不用操太大的心，每天只等着点钱就行了。"

海涛接着说："我现在没有结婚，如果结婚了更好贷，拿着结婚证托个人就能办出来。"

海涛要请的这位朋友姓王，从他进包间时我就对他产生了浓重的厌恶感，但是为了面子为了正事不得不跟随着海涛巧言令色地吹嘘他。姓王的四十多岁，脸上戴着一副银边眼镜，干瘦的身子像是有点营养不良，穿着也很普通，只是他脚下的那双皮鞋擦得极亮。

他一进包间就规规矩矩地坐了下来，说话声音有点小，聊了几句家常后海涛便让他点菜。他很客气地点了几个菜后便直接进入了主题。他把身板挺直像在大会上发言的领导一样严肃认真地说，贷款的事不好办，要等等，如果一切顺利的话下个月中旬钱就能批下来。

其实姓王的说这话的时候我早就把他卖关子的心思给分析透了，他平时装惯了，在外人面前一直说着款难贷，无非是想说自己能力有多强，顺便给海涛来个下马威，意思是说这钱可是我拼了老本帮忙的，你海涛看着办吧。

饭后已是下午两点多了，在回去的路上我抱怨姓王的有点不靠谱。

海涛笑着说没问题，以前他帮忙办理过好几次了。海涛贷款的事正在进行的时候，他爸不知听谁说海涛要贷款做生意，火冒三丈地从家里赶到县城。他爸死活不同意海涛贷款，在出租房里他连吼带骂地把海涛训了一顿。怪他擅自做主，胆子越来越大了。这么大的事也不跟家里商量一下，赔了怎么办？

海涛面无表情，只是一个劲地说不会赔的。

我发现我们农村这一代人在面对父母的批评教育时都是一个样子，默不作声，连还口都是那么的不自信。这可能是跟我们的成长环境与教育方式有关。比如小的时候父母、老师永远是对的，而自己的特立独行都是错误的，都是不可取的。然而就是这样的顺从、听话、孝顺导致了大部分的80后青年活在父母前辈们的阴影下，我们不敢反抗、不敢说半个不字。

伯父回去的时候顺便要带着海涛去相亲，称对方是个护士，在县医院上班，条件挺好的，让海涛收拾一下就去。

晚上的时候海涛高兴地回来了，我问他相亲如何。

海涛说："挺好，长得好看，个子也高，我是相中了，但不知人家啥意见，我想明天约约她。"

我附和道："那就好啊，只要你相中了就行，不要犹豫，大胆地追就行，弟弟支持你。"

海涛接下来说："这女的要求挺高的，我跟她说自己暂时开出租，她挺反感，所以我打算赶紧换工作。"

我问他："不打算开宾馆了？"

他叹了口气说："再等等看，家里人说啥也不同意，老爹说如果我真贷了款他就跟我断绝父子关系。我可不想做个逆子，我老爹是个很固执的人，一旦决定了就很难改变想法。现在先顺着他的意思办，看看能不能把婚事定下来。"

我基本同意海涛的这个想法，家底不厚的年轻人不要在没有十分的把握时贷款做生意，周转资金倒可以，但是想要放长线钓大鱼就一定要三思而后行，一旦不小心翻了船可能会一败涂地。我哥就是活生生的例子。

第30节

店面的硬件与软件基本上配备完成，"尚鼎装饰"终于可以试营业了。而这个六十多平的公司只有我一个光杆司令，我给徐晓杰打电话让他来一趟，商量一下开张的事，顺便把账对一对。

等了半天，徐晓杰终于来了，他慢悠悠地来到刚装修好的办公室，与他同行的是一位中年男子。我与他们打了招呼。

我问徐晓杰办公室整得怎么样？他四周打量了一下笑着说不错，比他想象的好多了。说完他把脸转向他的同事说，怎么样？还不错吧，这是二岩大设计师的作品，他同事连连点头称赞，将来他的新房一定要找我们给装修设计。

我与徐晓杰聊了会开业的事，之后我把装修与办公用品的费用给提出来。他听出了我的意思，说不急，这点钱还算钱，等一切都弄完了再说。我心想，有钱人站着说话就是不腰疼，真是饱汉不知饿汉饥。

开业的事徐晓杰不打算大张旗鼓，随便放点鞭炮，请几个好友摆上一桌就行了。而我的意思是把工人也都请来，徐晓杰听了有点不乐意，说工人就算了，活都还没干怎么先请吃饭。本来想与徐晓杰好好谈谈以后公司发展的规划及运营，但他并不太在意，老是说先慢慢来，不着急。又谈了会他便借有事先走了，临走时说等这个礼拜天要我去量一下他朋友家的房子，是婚房，让我出几张效果图。

送走了徐晓杰后我发现自己太在乎面子，办事不到位，而且不愿意拉下脸来跟他谈公司收支方面的话题。比如今天本来要跟徐晓杰把装修办公室与办公用品的单子对一对，把钱要回来，偏偏被他的敷衍之词糊弄过去了。现在徐晓杰对这个公司并不用心，关键他是在职人员，其他的投资项目还不少，以后哪里会有闲心来照顾这边。

二月中旬我回了趟家，家里已没有什么人了，父亲已跟着村里的外出务工大军去了济南，母亲到工业园上班了，哥哥也去了青岛，而嫂子依然在县城做幼师。

我在家里收拾了一下自己的衣服，为院子里的两棵桃树浇了点水，然后坐在院子里。我仰望着天空，感触人生的路就是这样的反反复复。有时我真的很厌恶自己，我的梦想从这里起航，中途是一帆风顺还是遭遇不可预测的风险，你都要去面对。

难道这就是命，一位"农二代"经历的辛酸、坎坷和迷茫？

骑着电动车一路到了县城，回到了出租房小睡了一会儿。海涛不知什么时候回来了，一把推醒了我，说赶紧起来，去看看那天相亲的女孩儿。

海涛说的这位女护士叫肖林，与我同岁。肖林这么大年龄了还在相亲，我是不是眼光太高了，是不是有过一段不平凡的情感经历？

跟海涛侃了会大山，我无意中发现广场的西北角有家咖啡厅，这让人有点意外，这么小的县城居然有家咖啡厅。我提议要去里面看看，海涛没有意见，他说肖林可能还得十分钟才能到，到了后正好在咖啡厅谈谈。两人走进去一看，才知道这里并非是那种正规的咖啡厅，准确地说这是个简单的休闲吧。

这是一家面积很小的店，装修极为简朴。PVC吊顶，淡雅的墙面壁纸，黑胡桃色的壁柜，红色格子地毯，想不明白这样的装修风格怎会与"休闲"二字扯上关系。里面摆了四张休闲桌，本来就不宽敞的地方多了几分拥挤，最让我感到不舒服的是那块红地毯，极不搭调，而且铺得也不平整，走路不小心就可能会被绊倒。

"欢迎光临。"店主见我们进来，很热情地迎接我们。

店主的话在小县城里一般是听不到的，也让我打消了要退出去的念头，既然来了就品尝一下他们的现磨咖啡吧。我仔细看了一下价格表，要了两杯8元钱的摩卡，并嘱咐店主糖要少加。我们坐了下来，这时我注意到墙的两面都贴满了心形的小纸条，看了几条后，才知道这是"许愿墙"。这一点让我感觉有些创意，上面大多数写的是美好的愿望。这也足以说明了这家店的消费群体多以年轻的上班族或初高中生为主，一般结了婚的人很少有闲情光顾这里，只有情窦初开的人才会坐在狭小的空间说着情意绵绵的话。

虽然这样想着，自己也随手在桌子上拿了一张纸，写下"2011年，新的开始。"写完之后粘在了墙上。海涛见我如此认真，笑我太小孩子了，要写就写个财运滚滚来。

店主把煮好的咖啡端了过来，我看了一下咖啡的颜色，很正，品了一下，味道还可以。

我问了问店主生意状况如何，他无奈地笑了笑说："不太理想，来店里喝奶茶的多，小本买卖勉强维持。"

我听后叹了口气，心想生意越来越难做，老婆越来越难找。

喝了一口咖啡，很浓，有点苦涩，用小勺又均匀地搅了搅，慢慢地用手晃着，突然感觉此情此景有点像电影《绿茶》里的情节，那位热衷于通过一杯茶来品读男人的相亲女也是如我们这般的执著多变？

这样想着又低头看了下手中的咖啡，想起郭德纲回应周立波的那句话：喝咖啡高雅，吃大蒜低俗。喝杯咖啡也能整出这样骂人的事来，我咖啡也喝，大蒜也吃。想到这便一口把剩下的咖啡一饮而尽。

很苦很涩。

这时海涛带着肖林来了。海涛是趁我喝咖啡的时候发短信告诉肖林我们在这个小休闲吧的。总之我对肖林的第一印象还可以，她长得标志，在农村里算是数一数二的美女了，说话带着甜美的笑容，她笑起来会有两个可爱的小酒窝，个子也高将近有一米六五。乡下人夸一个女孩长得漂亮，往往会说人家闺女长得像个电影明星，肖林长得很像演员徐静蕾。

彼此打了声招呼后，海涛便给她点了份奶茶。此时的我坐在那里有点小小的尴尬，我这个"电灯泡"当的太不合格了，于是找个借口离开了。

第31节

在广场上溜达了一阵，看到广场南面不知什么时候新开了家名为"爱宠屋"的宠物店，门头装饰得挺大方，但里面的生意却是冷冷清清。

无论是咖啡厅还是宠物店，我都不赞成在这样"五线"都排不上号的小县城开店。一是因为小城的人均收入很低，根本没有达到小资的生活水平；二是人口流动量太小，由于地处内陆，除了路过的行人，没什么旅游景点能把人留住，仅靠本地的消费群体是没有市场的。喝咖啡？大家都是农民，如果在别人面前说出来，他们肯定会笑话；养得起宠物的人都是有钱的闲人，在全县这样的人真不多。在农村养狗是为了看家护院，养猫是为了抓老鼠，即使它们生病了也很少有人找兽医看病，如果死掉了挖个沟埋掉就行了。所以说这种休闲式的消费场所不适合在县城生存。

此时自己的店刚准备开张，我到担忧起这两家小资的店面了。以后每每经过的时候都会有意无意地关注一下两家店面的经营情况，果然过了约半年的光景，那两家店相继关门。这也给我敲响了警钟，从中吸取了更多创业的经验与教训。

"尚鼎装饰"正式开业之前我做了两套房子的设计，都是白忙活，根本不好意思收他们的设计费。第一个客户是徐晓杰介绍的，那天他打电话让我去县城北边的"凤凰湖"小区量个房子，客户是他医院的同事。徐晓杰在电话中特意嘱咐我说，他同事想自己找人装，不想包给装饰公司，让我去跟客户好好谈谈。

我明白徐晓杰的意思，这种单子一般很难做成的，最主要的是因为客户有时间自己来装修，而且极不想与装修公司打交道。

我打了辆出租车去了号称县城最高档、最具有升值潜力的凤凰湖小区，这个小区外部看起来很高档，但是房子的质量并不好。去年我在方源公司上班时曾经在这个小区接过两个单子，装修还没开始不是地暖漏就是卫生间防水不行，总之问题挺多。

　　到了小区后给客户打了个电话，对方是一对即将结婚的年轻人，两人都在医院上班，装修的新房要当婚房。我与他们打了个招呼便山南海北地聊了起来。我谈客户有个习惯，一般不会先谈装修的事，先了解对方的职业、爱好等，让对方先信任自己。他们两人都很随和，男的是标准的文艺青年，如我一样瘦瘦的脸上戴着一副不大不小的眼镜；女的则有点小鸟依人的样子，头上留了一款很卡哇伊的韩式发型。他们的房子有 90 多平方，标准的两室两厅，说真的对我来说很好设计，主体颜色搭配要符合婚房的特色，还有电视墙的造型、背景色彩也很重要。他们俩人也没什么要求，对装修的事更是一窍不通，只是不停地说要环保，质量一定要过关等。现在的人环保意识增强了，一提到装修就谈"甲"色变，我又费了点心给他们讲解了装修板材的事，让他们放心大胆地装修。

　　量完房子后，我委婉地问了下他们装修施工的事，女的说想让家人负责装修，只让我先设计，看看效果。

　　听到这我心里有了底，这两口子想套套方案，装修施工肯定没戏了，但是设计费必须得要点。

　　我们这个小县城已经形成了一个约定俗成的规矩，男的出钱买房，女的出钱装修。所以家居装修这样琐碎的事最后都由女方来敲定，而我一向不太喜欢与比我稍长的女人打交道，这个弱点到目前仍没有改变。

　　与小两口告别时，我说设计方案要等三天才能出来，到时电话联系，他们连声道谢。走出凤凰湖小区后我给徐晓杰打了个电话，告诉他房子刚量完，戏不大。他说没事，慢慢来，先给他们做做效果图，这两人不是有钱人，从老早就哭穷说装修没钱。最后徐晓杰说这两天在医院跟他们碰碰面，问问他们的意思。

　　在给这小两口做方案时我接到了同村猛子的电话，猛子说他家的二层楼房要重新装修，要我帮忙给设计一下。我热情地答应了。

　　猛子家在我们村还算比较富裕，他老爹前几年做建筑承包挣了不少钱，去年在村西头的公路边上盖了二层小楼开澡堂子，经营了一年，由于生意不怎么好现在想重新装修一下。一楼打算租出去，二楼住人，装修成家居样式。

　　在电脑前我忙了一个上午，用 3D 把模型都建好，各个参数也调好后，骑着电动车回了家，在家拿了点衣服便给猛子打了个电话要去量一下房子。

猛子在电话中说让我直接去就行了，他爸在家里。

我推开门进了猛子家，二叔很热情地拉着我坐了一会儿，二婶这时给倒了壶茶。二叔给人的感觉干净利落，无论是脸上还是穿着都不像农民，倒像城市里的白领。他带着我楼上楼下看了看房子，说这房子太难装修了，让我想法儿给设计一个合理的方案出来。

我转着看了一遍房子，当即表示没问题，两天后给方案。说实话就农村这房子设计起来真的没一点技术含量，主要是把区域分割好，再把客厅的墙面刷成彩色乳胶漆就行了。我又一个房间一个房间地为二叔讲解设计方案。

二叔听后非常佩服我，对我是赞不绝口。

量完房子后已是下午五点了，二叔留我晚上吃饭，我没有推辞。心想这可是村长请的客，必须得给他面子，再说他也是诚心要请这顿饭的。设计费肯定没有，但是这顿饭必须得吃，而且以后有事还得向他请教。

二婶做了四个菜，外加一个紫菜蛋花汤。猛子提前从工地上回来，身上的白色泥巴把他装扮成了一位十足的建筑工人模样，我不得不佩服猛子的吃苦耐劳的精神。在饭桌上，二叔拿出了他珍藏的白酒给每人斟满，我知道二叔是久经沙场的人，酒量一定惊人。我先敬了他一杯，说以后侄子长期就在这一片混了，以后还请多多关照。

二叔有点受宠若惊地说："咱叔侄还分这么清楚干嘛，照顾肯定是应该的，以后有这方面的活少不了小侄你，放心吧。"

酒过三巡大家便开始高谈阔论起来。在酒桌上二岩别的本事没有，就是喝酒有量有数，即使喝得再多也绝不会在酒桌上胡言乱语，只是静下心来听酒中豪杰们胡侃乱吹。

猛子显然喝酒喝急了，涨红的脸上表情十分夸张，口若悬河，不停地絮叨。

第32节

猛子眉飞色舞地说着他二十岁那年的雄伟壮举，当时的他别看年纪轻轻但已经算是位不大不小的包工头了，手底下有十来个工人。猛子虽然文化程度不高，但却继承了他爹的精明，青出于蓝，猛子比他爹多了份胆大勇猛。

别人都说单打独斗成不了英雄，但猛子打破了这种说法。二十岁那年正好赶上县里的招商引资大潮，县里很多大型项目都在热火朝天地建设，政府把郊区的农田都规划成了科技园，有很多工程都要公开招标。猛子很早就嗅到了这块肥肉，但是他没有公司，所以没有承建资质，人手也不够，资金也垫付不起。所以他只能从别人手里要点零散小活跟着瞎忙乎，他那几日天天跑工地，请别人吃饭，但是效果都不大。

终于机会来了，有一个县里引资的纺织厂要建设，承建方因为资金问题一时耽误了工期，工程队的老板恰巧晚上喝酒在回家的路上被撞死了，这下老板手下的工人都成了一盘散沙，非要拿到工资才能上工，要不就天天坐在工地示威。大老板一看马上就到工期了，而承包活的老板又出了事，只好被迫向别的工程队求救。而此时离合同上约定的工期差十天了，那时正是工人最忙的时候，按照施工进度根本完不了工，谁也不愿意接带尾巴的工程，猛子这时主动请缨，接下了这个任务。

大老板和猛子谈好条件，八天之内必须完工，否则工钱一分也拿不到。猛子当天就调齐了二十多人加班加点地施工，又特意从他老爹那里调过来十个人帮忙。那几天猛子与工人同住同吃，终于在第七天的时候圆满地完成了工程。老板非常高兴，如数给了猛子应得的工程款，另外又额外奖励给他一个红包。

猛子很识相，当时说啥也不要，希望老板以后能多给他点活就行。

大老板见猛子人不错，是个将才，便与他结成了忘年交。此后猛子在这位老板和他老爹的照顾下事业顺风顺水，现在已成为了我们村年轻一族里数得着的有钱人。

机遇是给有准备的人，我们究竟该如何准备才能更好的抓住机会呢？猛子的经历给我很大的触动。

离开猛子家时已经是夜里十点多了，这么晚了也不想回家了，而且母亲早已睡下，她还不知道我回过家。我慢慢地骑着车在返回县城的路上，夜晚的风吹在脸上让人微微有点醉意。

回到出租房后发现海涛没有去开出租车，正在卧室里上网。他见我回来很意外，问我不是回家了吗，怎么又回来了？我说去村里的朋友家帮忙看房子了，他们非得拉着喝酒。

海涛说："看你的样子根本没有喝多少，你先坐下，我出去买点菜，再弄两瓶啤酒喝。"

看他一脸忧伤的样子我便没有劝阻。今晚海涛肯定有事，自从他开出租车后他是不喝酒的，除非遇到特殊事情。

我俩一人一瓶啤酒下肚后，海涛借着酒劲说出了最近的烦心事。海涛说他要与肖林订婚了。我祝福他道："这是好事啊，为啥要愁眉苦脸呢？"

海涛诉说了内心的惆怅，而他的这种心情，也只有我最能理解。海涛与肖林订婚首先得准备好两万元钱的彩礼，这点彩礼在大城市里根本不算多，谁家的姑娘都想找个有钱人家，而且农村人更爱攀比。如果一个村子里的姑娘把彩礼价要上去后，跟风的肯定不少，而这个彩礼钱一旦涨上去就如同中国的油价、房价一样没有下跌的迹象。肖林要海涛结婚前把开出租的这份工作给辞掉，最重要的一点是海涛必须买房子。

肖林工作的单位是县医院，为了将来的幸福生活，更为了上下班方便，她的父母表明态度，要海涛在县城里买套两居室的房子作为结婚的条件。

海涛说他买的房子在县城东边的一个开放式小区，售价为 1900 元一平，首付五万即可。

海涛很无奈，他现在手里的钱并不多，订婚得花一部分，买房子交完首付，还得预留一部分装修和结婚用，花销很大。

就这样海涛的创业梦想又一次在现实面前夭折了。

一个月后他与肖林正式订婚了，订婚之后海涛就搬走了，和他的未婚妻两人开始同居。我这房子太大，一人住有些浪费，所以我决定再住两个月就换个小点的。

说实话两个免费的设计方案我都没用心去做。一是没心情，二是感觉自己还是在白忙活，空落个好人的称呼有什么用。尤其是徐晓杰同事的那个方案，小两口到公司看了下方案，感觉很满意，但走的时候想把图纸给打出来，我没有同意，直接告诉他公司有规定，不能随便给客户的，得先交一部分订金才行。他们一听到"订金"二字，脸立马变了色，当即给徐晓杰打电话说要图纸，没想到的是徐晓杰竟然同意了。我强压着心中的不满给了他们图纸，他们一脸堆笑地称赞我的设计水平高，并说了一大堆恭维的话。

　　送走了这对占便宜的两口子，我又把给猛子家设计的图纸在网上发给了猛子。猛子这人很讲究，知道我平时爱喝咖啡，特意在超市买了些送到我的办公室里。我心想，还是做大生意的明白事理，今后要把心放宽放平才能当个合格的老板。

第五章 开业大吉

终于开业了，场面很低调，完全像台独角戏。

有一天，女客户说我长得像台湾的周传雄。我说自己胡子拉碴像个狗熊。

被工人指着鼻子威胁，我想动手打他。理智告诉我冲动是魔鬼。

第33节

　　尚鼎装饰终于在 2011 年 3 月 18 日开业了,场面很低调。

　　这是我与徐晓杰商量好的,他不想太隆重,简简单单就行,毕竟这是他的副业。开业的时候徐晓杰这家伙仍然没有休班,所以整个过程完全像台独角戏。上午的时候我把鞭炮排成了一个"8"字,海涛便用打火机点着了,噼里啪啦的声音让人有些兴奋,特别是那一股浓重的硝烟味,不知怎的我从那时起便喜欢闻到满地鞭炮碎屑这种硝烟的味道。

　　在饭店里我只订了两桌,所请的人都是我的好友与同学,海涛,王萌,猛子,小万,华生等。工人请了木工老陈,油工,瓦工,还有材料商林胖子。那天大家都很给面子,喝了不少酒,中午的时候徐晓杰没有来,他给我来电话,说医院有重要的事,要我看着招待,花了多少钱都先记在账上。

　　两桌饭钱没花多少,不过这次我对徐晓杰有了点看法,架子大,请都请不来。他是家大业大,真的拿我这个人当小卒用,合伙的生意徐晓杰不管不问,拿我做摇钱树了。

　　从开业那天起我便对徐晓杰多了个心眼,他产业多,这头不行那头行,而我就不同了,一旦栽倒可没有人来扶我一把。

　　尚鼎装饰开业的第一单是海涛介绍的,是搞二手车的杜威。这个单子从头到尾我都努力认真地去做了,但是中间还是出了点差错。房子是阁楼,杜威前些年大搞二手车、黑车的确赚了不少,投资意识浓厚的他把钱又投在了房子上,这个阁楼目前是他的第三套房子。

　　对这套房子的装修,杜威没有别的要求,简简单单就行,七十平的房子就想花个万儿八千的,随随便便找工人弄弄就行反正是租出去。我按照工程量报了下预算,一万五千块。他惊讶地张了张嘴嫌贵,又去掉了客厅的吊顶,最后就剩下了一万三。仍嫌贵,他又找了家装饰公司报个价,对比一下,谁的价格低就让谁做。

　　听到这话我心中压下了火,心想就这么点活还不够费时间的呢,爱找谁做就找谁做,屁大点的活还找这么多公司对比。今天真是见识了什么叫有钱人。

　　第二天杜威把合同签了,最后签合同的时候我又让了他两百块钱,他还不知足又让我给点赠品。为了尽快完成公司开业以来的第一笔单子,决定答应赠送给他一套普通的坐便器、水盆与龙头。

他听后乐呵呵地走人了，临走时说如果做好了要请我吃饭。

杜威走后我拿着计算器精打细算了一下，这个单子做好后只能挣一千块钱左右，如果中间出了差错可能会是白忙乎。为了控制预算，我在市面上找了普通的工人，整个装修是按着出租房的标准来完成的，木工用的是老陈，而腻子工用错了人。本来是想省点工费，结果多操心不说还比平常多花了不少。腻子工李鹏是第一个到我办公室找活干的工人，瘦瘦的他给我的第一感觉还可以。他嘿嘿地说自己手里工人多，活干得不错。我见他衣着朴素，面相忠厚老实便相信他了，让他直接去干阁楼的活。

中间的环节为了尽可能地节省开支，有些材料的搬运都是我自己扛上去的。我身子本来就瘦弱，加上是七楼，每扛一次都会累得气喘吁吁。但是为了能省点搬运工的开支必须自己受累了。其实这样的搬运活我在六年前就干过，那时我和陈鲁在学校没课时就经常出去自己找点活，给货运站装卸啤酒、方便面，给花店搬花等。最累的一次是在建筑工地上往四楼扛沙子，由于工地上没有电梯，全是人工一袋袋往上扛，四个人扛了一天。等到下午五点钟干完时我们身上、头上全是泥巴、沙粒，脸都成了挖煤的样子。而我浑身上下像散了架一样难受，回去后足足休息了三天才缓过劲来。

人不可貌相，这时的我犯下了厚黑学中的最大错误，就是轻信他人。后期二亚听说我用李鹏干活，他直接说我傻，李鹏这家伙是个吃喝嫖赌的垃圾，不能因为可怜他而委屈了自己。李鹏干的活的确是丢三落四，活还没干完就天天要生活费。半个月他终于把活干完了，等到验工时一看，活太差了。

而后期杜威以腻子刮得不平为由扣了五百块钱。这人说变就变，昨天杜威在工地上还说说笑笑呢，今天交工时他却一本正经地挑茬找毛病，这干得不行那干得不行，让他一说全是毛病。我站在一旁听着，心里已知道他想把尾款给扣掉。面对咄咄逼人的他我没有说太强的话，就说行啊，看着给就行。第一次合作我认了，因为中间人是海涛，怕真把话说急了海涛没面子。

最后算下来给杜威装这个房子基本上没有挣到钱，还落下了用人不当，糊里糊涂的名声。

关于第一个客户基本上没有挣到钱的事，我早在几天前就对徐晓杰讲了，他也不在乎这个小单子能挣多少，自始至终他都没有过问，我也没有

多说，也是从那时起我们两人中出现了一种无法言说的隔阂，正是这种隔阂直接导致了后来我们的分道扬镳

"尚鼎装饰"的第二个客户是一位小富婆，说她是小富婆一点也不为过，因为她只比我大一岁，出入开着宝马 X5，手提 LV 包，全身上下都戴着金光闪闪的饰件，身上穿的都是名牌。

她是徐晓杰介绍的，后来与她相处后我才知道，她竟然是徐晓杰未婚妻的妹妹。我们见面后徐晓杰让我叫她桃姐，刚见面时我凭感觉就断定这个女人不简单，高挑的个子，长长的头发垂到腰间，但是说不上来她的这种气质是高雅还是低俗。

那天我坐着徐晓杰的车到了桃姐的玉器店，里面两位小营业员接待了我们。在车上的时候徐晓杰告诉我说这个玉器店要重新装修，让我好好设计一下，店主不差钱。

我在玉器店看了一阵子，现有的装修方案还行，就是比较陈旧了，跟不上这个快节奏的时代。因为现在奢侈品消费的群体都是高端客户，他们要的是面子，全然不会顾及商品的自身价值，必须抓住他们的这种消费心理才行。

桃姐给我说了下具体装修要求，我都一一记在了本子上。由于大家都是同龄人，桃姐跟我沟通很爽快，她信佛特意要我做一个玄关放佛龛。她对风水更讲究，我在出门时一不留神踩了下门槛，她立马开玩笑地指出我刚才犯了一个错误。我不解地问哪儿出错了。她笑着说不该踩门槛，佛家有说道，必须得迈过去才行。我象征性地说了声抱歉，表示理解与尊重，其实自己心里暗暗地嘲弄她们这群道貌岸然的俗家弟子，信佛只是为了财富与私利，并不是那种纯净的信仰。

桃姐临走时说先按着这样的布局来做个效果，如果有不明白的地方再问下小微。我转身看了一眼桃姐所说的小微，原来两位营业员中瘦瘦的化了淡妆的那位叫小微。我跟她打了声招呼，她腼腆地回应了一下。此时我注意到她们两个人的脖子上都用红绳挂着一个花生米大小的翡翠，真不愧是卖石头的。

离开桃姐的店后，在回去的路上徐晓杰说："她是我媳妇的小妹，有的是钱，方案千万做好了。以后还指望她能给咱们介绍大客户呢。"

我说："这是必须的。她的这个店面不大，无论怎么装都花不了多少钱，那些展柜都是成品的，还能用上。咱们做的只是外部与内部硬件装修。"

"咱不指望这个活能挣多少，而是靠她的关系，以后能拉几个大活。

你别看店面不大，里面的货都很值钱，看见她员工脖子上的那块石头了吗？就那一块值这个数。"说着他伸出了五个手指在我眼前晃了晃。

我问："五百？"

徐晓杰郑重地说："是五千，厉害吧。"

"桃姐应该还有别的生意吧，玉石这东西在县城不是一般人消费得起的。看她挺有派头的，年龄不大啊！"

徐晓杰立马变了脸色说："这个你就别问了，把方案做好就行了。"看见徐晓杰这副德行，我的心里自然明白了七八分，你这姐夫当的真合格啊，谁的钱都挣，里外通吃啊。

回到办公室在电脑上做了一阵图，便感觉无聊。下午的时候有些尺寸我还得去重新核对一下，走到玉器店后，桃姐不在，只有两位营业员在聊天。我故意在门口驻足了十分钟的时间，生意并不怎么好，熙来攘往的人倒是不少，但都没有一个人去店里看看。

我踱着大步进去后，营业员都很热情，尤其是小微，一会儿给搬凳子，一会儿给倒水，一时间让我有点受宠若惊。我拿尺子量完房子的尺寸后便与小微聊了起来。小微长相一般，与那首流行歌曲《小薇》所唱的不同，她的眼睛小而圆，鼻子上方的斑斑点点特别多。

我侧面地问了下小微关于桃姐的事，她支支吾吾地说桃姐是女强人，现在仍是单身，家产已过百万。最初桃姐是做导游出身的，后来便辞职下海了，做起了玉石与房地产生意。

第34节

首次的方案桃姐不是很满意，主要是嫌太复杂花哨了，不怎么实用。听了她反馈的意见后，我立刻重新修改了一下。三天后方案终于定下来了，最后她又谈到了整个工程的报价。给桃姐的这个报价我稍稍做高了一些，毕竟是工程活，总会留有一些尾巴被客户压着不给，所以最后就算我拿到整个预算的百分之六十也可以保本，剩下的能拿多少就看自己的本事了。

总报价是二万八，按着市场价格打了个折扣，最后让到二万五。就是这么低的价格桃姐还是嫌贵，说店这么小，而且只吊了个顶，没有做多少东西，怎么会弄出来这么多钱。

我一一给她解释报价都包含哪些项目，先是前期的拆除工程，这个活儿全是体力活儿，产生的装修垃圾多，必须用车拉到指定的垃圾处理站。然后是电路得全部改动，木工活多且复杂，材料全是环保优等品，再是油工，还有些辅料等等。

我还没有介绍完，桃姐便不耐烦地说："算了，别说了，说了我也不懂，我先给徐晓杰打个电话。"

桃姐在电话中向徐晓杰抱怨价格高了，再往下压压价格，看看最低多少钱能做。

最后桃姐把电话递给了我，徐晓杰很直爽地问我这个活能挣多少。我说差不多五千块钱吧。他唏嘘了一下说，这样吧，我的那份不要了，直接给她让掉，两万二做吧。

我随口也答应了，装修过程最少得一个月，我这个月不能跟着瞎忙，多多少少得挣个生活费，所以我的那份必须一分不少。

最后在电话中跟徐晓杰达成协议，桃姐的整个装修由我全权负责，包括工人、材料、后期维修等。合同价格为两万二，这中间挣多挣少都属于我个人的，徐晓杰只赚个人情。

签合同的时候桃姐再三叮嘱我，装修的活一定得做好，做不好扣钱。

我立马郑重地向她表示，做不好活我倒贴钱。她听后笑了笑。签完合同后她突然夸我长得像台湾歌手周传雄，被我惭愧地给否认了，我怎么会像人家情歌王子那样有男人味。

随后她又问我结婚了吗？我说没对象。她有点惊讶，立马说要帮我介绍。她一张口就提出小微来，说她家里条件不错，独生女，娶上她下半辈子可以少奋斗几十年。经她这么一说我还真有点动心了。

其实我的这个想法源于最初我给桃姐准备装修的时候，小微从桃姐口中得知了我的这种意向，她对我没什么意见，只是对桃姐说处处看吧，一切随缘。从那以后我每次去她那，小微都热情十足地哥哥长哥哥短的叫着，让我头皮发麻。

对于找媳妇，我现在早就把心态放平了，一切都无所谓，只要能看得起我，能生孩子就行，什么人美、家富等都是浮云。

虽然小微长相一般，我在内心也能接受，我与小微的关系若即若离。一是因为她在桃姐手下工作，在她工作时我不敢多言；二是我在等待时间能把我俩的感情慢慢地培养出来。

一个礼拜之后我无意当中听到了小微说的一句话，正是这句话把我彻底地从梦境中拉了回来，也正是这句话中止了一段本应该是"伤心欲绝"

的恋情或者是婚姻。

我们俩人在小吃街吃饭时，她无意中说，家里人知道了我们的事，父母有点不支持。她说这话时眼睛没有正视我，我刚开始也没认真听，心不在焉地"哦"了一声。她接着说，不过你可以考虑一下到我们家，反正你家里还有一个哥哥呢。听了这句话我腾地一下火冒三丈，这分明是入赘嘛。

本人在乡下属偏大类型的80后三无青年，但是志气从不会输给任何一位功成名就的同龄人。加上自己原本就是大男子主义，如果要做人家的上门女婿，真是丢光了祖宗的脸面。所以宁可打一辈子光棍也绝不会动当上门女婿的念头。

对女孩家招上门女婿，我是绝对接受不了的。

我没有对小微说粗暴低俗的话，那天陪她吃完了饭便相互道别。临走时我对她说，咱们处对象不适合，从现在起咱们还是做普通朋友吧，我不是你们想找的人，你也不是我想娶的人。

小微愣了一下，好长时间才缓过神来，她没有说话便转身走了。我不知道这个娇生惯养的丫头能否听懂我刚才所说的"你们"与"我"的真正含义，无论她今后要嫁给谁，我都祝福她。

桃姐的装修紧锣密鼓地进行着，我当初答应她不超过二十天完工，必须加班加点地让工人做。桃姐前期把所有的玉器石头都打包送到别的地方了，两位营业员也放了假，桃姐把卷帘门的钥匙交给了我。

装修前期，电路改动较大，主要是顶棚的灯线。电路这部分活我全部包给了一位姓宋的大哥，他这人比较内向，以前上班时就曾打过交道，心眼特实，与其他偷懒耍滑、爱占便宜的工人形成了鲜明的对比。

宋哥是半路出家的电工，但是他做事勤快，肯低头学习，话也不多。他走的电路后期很少出现问题，最重要的是他要的价格比市场上便宜。所以给桃姐的店面装修电路的活全部包给了他，他算了下手工加料钱只要了我八百块钱。这个价不高，如果在市面上找个少一千块钱都没人干。

宋哥换了件脏兮兮的工作服，戴上了口罩，拿着切割锯开始画线开槽了。看到宋哥如此卖力地干活，我不禁想到了现实中他这种类型的人。以前形容一个人"老实"是对他的褒奖，但现在你说"老实"就是木讷呆傻的意思，而且吃亏不落好。在这个科技发达的社会谁都会说吃亏是福，但是真正等到自己面对时却不肯吃亏了。而宋哥是我回到家乡后遇到的第一位不跟我要心眼的工人。

在我正为桃姐的店准备木工用的材料时，出现了一个小的插曲。去年我在方源公司上班时用过的一个木工找到了我，那天他推开办公室的门冲我笑了笑说："二岩你这地方可真难找啊，怎么样，活还多吧？"

我说："还行吧。"

他说："咱们去年的账还没算明白呢，你现在财大气粗了还差那点钱啊。"

我苦笑了一声说："去年的那一百块钱你还好意思要啊。"

他听了以后青筋暴露，气急败坏地用手指着我说："你不给是吧，那好，我今天就不走了，看谁脸皮厚。"说完他坐在了沙发上点着了烟，抽了起来。

趁他抽烟的空当，我放下了手中的工作，仔细地回想去年这件留尾巴的事。我在方源公司上班时，在临近过年时给一个小区做样板间。王经理把这事全权交给了我，当时我找到了这位木匠，给他看完图纸问了多少钱能做，他磨磨唧唧地算了下说得两个工400块钱。由于时间比较紧，我当即答应了他。当时给他配完料我就回公司了，下午的时候他打电话说，活干不了，两天干不完，得再加一百块钱，不行的话就走人。我听后狠狠地在心里骂了声娘，这个关键时候还讨价还价，我生平做事最怕被别人牵着鼻子走，但事到如今，只好勉强地说好啊，到时一块来公司算。

两天半，他干完了活，我简单地验了工，大问题倒没有，都是些小毛病。当时心想算了，让腻子工修补吧。王经理听我这样叙述木工做活时说，先给他400块钱，剩下的过几天等交工后再给他。我照王经理的意思给了他，他很不乐意，说以前干活从来没压过一分。我说，这次不一样，公司哪能跟私人的活相比呀？放心吧，钱肯定少不了的，如果公司真不给的话我从我的工资里拿出来给你。他听后屁颠屁颠地走了。接下来甲方的监理审查出样板间几个大问题，一是阳台的吊顶高低不平，二是卫生间用塑钢包的管道竟然散了架。我立马火气十足地打电话让他来修。但是这家伙说有事，来不了。我的火气"噌"地上来了，大声地吼道，如果你不来，那一百块钱就别想要了。说完我就把电话给挂了。随后赶紧打电话找了别的木工。说实话像这种维修活别的木工都不愿意做，一般都是谁的活谁修，所以他们都推三推四，给多少钱都不来。最后我好说歹说，木工最少要200块钱，少一分也不行，但为了赶工期也只能如此了。样板间最终如期地完工了，而我为此自己多付了100块钱。

事过三月，今天这家伙竟然找我来要钱，而且堂而皇之地坐在我的办公室里与我大谈诚信，真是欠揍。

最后他见我仍不理睬他，终于气急败坏地说："不给我是吧，以后有你好受的，我一定会找人要回来的。"

看着他气急败坏的样子，我佯装镇静地说："好吧，你等两天来拿吧。"

他气愤地说："说好了，我会回来的。"

望着他的背影我欲哭无泪，刚才自己是否太懦弱了，连个工人都敢蹬鼻子上脸。不是怕他能把我怎么样，而是怕他那张口无遮拦的嘴，因为此时"尚鼎"刚开张没多久，声誉怕被这家伙给败坏了。

我生平最恨的就是别人平白无故地威胁我，自认为是个懂得感恩的人，但同样也是个记仇的人，凡是敢在我没有做错事的情况下威胁我、诬陷我的人，我都会牢记在心的，必要的时候会采取行动进行反击。想给海涛打电话商量下怎么教训一下他解解心头之气，刚要拨又挂掉了，这样的事先不要给他说了。海涛自从搬到他未婚妻那住，我们很少再见面了。他现在正沉浸在爱情里，给同村的猛子打了个电话，向他说明了我的想法，晚上的时候让他约着华生、小万一块来街边吃个饭商量下对策。

第35节

下午去了趟林胖子那里，这家伙坐在沙发上正在沏茶。他沏茶的动作完全是一种优美的艺术，细心认真。都说有钱人抠门，但为雅兴、为面子，却可以大把大把地掏钱，我真有点搞不懂。

林胖子见我到来，露出了职业的笑容，站起身来很有礼貌地说："快来坐，你来得正是时候，我刚好沏了一壶龙井，快尝尝。"

我笑道："林总真有雅兴，我喝不惯，太麻烦了，还不解渴，要来就来个大杯。"

林胖子谦虚地说："都是瞎整，我这正在学习中呢。茶也是生活娱乐休闲的一部分，一茶一世界嘛。"

我没有继续听林胖子瞎侃些人生哲理，这样的大俗大雅的话对我来说是对牛弹琴。我把桃姐店里用的材料单子递给了他，让他赶紧派人去送料。

他接过单子看了看说："活挺大的，怎么接的？"

我说是别人介绍的。他见我不愿意说，也没有再问，把单子给了一位穿工作服的小伙子让他拉材料去了。趁这段空闲我把今天上午工人向我要钱的事给林胖子说了一下，而且添油加醋地把那个工人描述成蛮不讲理的无赖。

　　林胖子喝了一口茶，肚子咕咕地响了一阵后说："林子大了什么鸟都有，你打算怎么办？把钱给他？"

　　我说："当然不了，就算真的给他也决不会让他就这么轻松地拿到钱。我今天晚上打算找人收拾他一下，别以为我好欺负。"

　　他听后立马说："兄弟你可不能这样啊，这个工人我早就听说过，在县里可是出了名的人品不好，你真要把他给打了，他还不得讹死你。这种人一旦缠上，他就会像糖稀一样缠着你，不能因小失大。"

　　我若有所思地点了点头表示赞同，这事必须要三思而后行。

　　他接着说："兄弟，这事还得从长计议。你先想想这家伙是怎么知道你出来单干的，而且他是怎么一下子就找到你的店的。这背后有高人指点啊。"

　　我顿时想起来了，他的这一席话解开了我心中的疑惑。

　　我说："肯定是方源公司的王经理，除了他没别人，我来县城从没得罪过谁，看来是我的不辞而别让他有想法了。"

　　林胖子眯了眯小眼说："我可没说是人家王经理，是谁，兄弟你自己好好地揣摩下，我要去点材料去了。"说完他站起身，头也不回地走了。

　　肯定是王经理在背后指使工人来向我要钱的。看来同行是冤家这话一点不假，我这刚开业不到俩月他就率先下手。为了确保自己的判断无误，我回到办公室用电脑登陆了QQ，跟于芬聊天，最后我装作无意中提到了样板间的事，顺便问她上次那个做样板间的木工这几天去过公司没。于芬说去过，王经理准备用他做下一个样板间呢。

　　这下一切明了了，这个工人被王经理当枪使了。

　　晚上的时候只有猛子和小万过来了，华生他们都没有来。我问起原因，猛子叹着气说："华生这家伙算是完了，上道了，现在已经由小赌变成大赌了。"

　　三个人点了几盘肉，三杯扎啤吃了起来。猛子知道我请客一定有事，问我有什么要帮忙的尽管说，别不好意思。我简单地向他俩说了下那位挑衅的木工，而后又表明了自己的态度，说这事从长计议，先把钱给他，等以后会给他点颜色，现在操之过急反而会弄巧成拙。

　　他俩听后都表示赞同，异口同声地说不能因为一点小事而大动干戈，冲动是魔鬼。特别是小万，他慷慨激昂地说起了自己的朋友的一件事，因为买烟跟小店的老板吵了起来，最后一气之下小万的朋友打电话叫来了两个哥们把小店给掀了，那位老板在自卫中身上也挂了彩。小店的老板也不是孬种，叫来了更多的人，把小万的朋友给团团围住，打得都跪下来求饶。最后小万的朋友被警察给带走了，罚了钱还被关了几天，想想一点都不值。

小万说完这些后感慨了一句："现在能不打架就不打，都说君子动口不动手。有钱人打架，把人打伤了顶多赔个医药费。但咱们不行，所以非万不得已时别动手。"

猛子大口喝着扎啤，喝完后当即表示赞同小万的话，他说："二岩啊，你以前太老实太善良，你的工人为什么敢这样指着你的鼻子说话？有时候工人并不值得同情可怜，他挣着你的钱还给你脸色看，想要当老板必须要改掉心软的毛病。就比如我吧，我天天跑工地不知要发多少脾气，有些工人必须天天在屁股后面骂才听话。如果工人敢指着我的鼻子说话，反了天了，肯定会一个嘴巴子过去，抽他个两天不能张嘴吃饭。"猛子的话一下子把我的火气引上来了。是啊，我本善良，奈何成恶。

我长这么大还真没有正儿八经地打过一次架。小时候在学校经常被人欺负，有时哭了后就去找哥哥来帮忙出气。现在虽是成年人了，但让我平白无故地打人我还真下不了手。特别是等心平气和时，想想打架的后果真感到有点可怕。算了，和谐社会还是以和为贵吧，大家都是底层人士何必相互为难。

第六章 适者生存

遇到了几位装阔的客户，发现越是有钱人越抠。

这几天就是点背啊，什么倒霉事全都赶到一块了，喝个凉水都塞牙。

终于接到了一个大单子，把本钱捞了回来。但之后却又因为一个大单子把钱赔了进去，最终与合伙人散伙。

第 36 节

第二天我如数地把钱给了那位木工。之后我一本正经地对他说："咱丑话说在前面，第一以后管住自己的嘴，别在外面胡说；第二以后说话注意点，别用手指着对方的鼻子，我这是脾气好，如果脾气不好早给你两个嘴巴子了；第三我记住你这张脸了，总有一天我会加倍要回属于自己的东西。"

那个木工听了有些不知所措，嚅嚅地说："别这样啊，我老张的人品你还不知道……"

我本来就在气头上，于是打断他，大声地说："赶紧滚吧，有多远滚远多，我不想听你瞎唠叨。"

他听我这样一说，委屈地说："你这个小伙子怎么这样说话呢，算了算了，我不跟你计较，以后咱们绝不会再打交道了。"说完他摔门而去。

离桃姐的店面交工时间只有五天了，我坐在电脑前很无聊，想去一个没有人的地方透透风。正望着电脑屏幕发呆，桃姐打来了电话，她说，五天后要验工，因为下个月六号要重新开业。挂完电话后我赶紧去工地看了看，再有三天活肯定能做完。

顺利完工后先给徐晓杰打电话让他来看一下，他在电话中很兴奋地说马上就过来。来了之后他仔细地看了看，挑了几处毛病，总体来说是过关了，但让桃姐来验工之时必须要把卫生打扫好，我正要找做保洁的过来，这时徐晓杰说不用找了，他家里的一位堂姐做这行，可以少花点钱。

我答应了，这钱让谁挣不是挣。

桃姐看似很随和，但是其验工的态度比徐晓杰还认真严肃。壁纸要重新贴，部分木工活要返工，只有腻子还算可以。两位工人忙了半天，终于让桃姐满意地点了点头，之后她又说以前店里的灯要重新安上，问我是否能找到工人，我向她推荐了宋哥。我把宋哥的电话给了她，让她自己去联系，这样安装费的事他们两人协商吧。临走时我向桃姐提起工程尾款的事，她有意把话题转向别处，说等开业后吧，这么点钱差不了。

好吧，谁让欠钱的是大爷呢。我忍气吞声地陪着她走了。

晚上独自躺在床上看书时，电话响了起来。接过一听是宋哥，他说明天桃姐要让他去安灯，费用的事怎么提？

我说："这还不简单啊，活多就多要，活少就少要。来回油钱得个五十块吧，你自己看着要吧。"

他有点难为情地说："真不想去，这样的活多半是白帮忙的。"

挂完电话后，我闭目沉思，下一步要怎样走，桃姐的尾款肯定要不回来了，她的意思已很明白，那点钱就当是她重开业随的礼金了。

第二天我没有回办公室直接跑到新小区跑客户去了。蹲了半天不见有意装修的客户，都是些自个瞎忙的老头老太太，正打算回去时宋哥来了电话。他说灯给桃姐接好了，她很满意，临走时只说了句谢谢，一毛钱也没给。我说你没向她提啊，他说我想提来着，她又是让水又是让烟的，安个灯花了不到五分钟，我哪好意思啊，想着她自己能主动给点呢，谁知道一句谢谢便把我给打发了。

最后我告诫他这些有钱人都这样，下次她再打电话找你就推了，别去了。有过这次还会有下次的，老想占小便宜。他听后说，以后说啥也不去了，我先挂了，有事再联系。

跑小区没有任何成效，只好在家守株待兔打电话。我的电话本上都是以前在方源公司上班时记下的老客户，趁有时间都打一遍，套套关系，告诉他们我已自立门户，如有需要装修和做效果图时说一声。打电话果然有了成效，杨总在电话中让我去他的店里一趟，说正好有个活要找人来做呢。

我放下电话欣喜万分，立马直奔杨总的火锅店。

杨总是做餐饮生意的，在认识他之前他主攻白酒生意，后来经朋友的指点便来到老家做起了餐饮生意。杨总四十多岁，一脸富态，身体略微臃肿。第一次见面是在方源公司，他要找我画几张效果图，一张三百块钱，公司提一半，我只拿到1200块。画这几张效果图可费了我不少时间与精力。他投资的餐馆占地一千多亩，八个包间，大厅与散座的空间都必须出效果图，杨总出的钱不多，要求十分挑剔。前前后后用了半个月时间，改了不下五次，在施工期间，杨总也没少打电话让我去工地指导一下，去一次得向王经理打声招呼，时间不能太长。这中间杨总请我吃了两顿饭，主要是让我帮着木工把工期缩短一点。吃人家嘴短，拿人家手软。既然杨总如此会办事，我也会趁下班的时候去他的工地上转转，虽然有时帮不了什么忙，但是只要人露个脸，杨总还是很高兴的。

到了杨总的办公地点，他正坐在沙发上看报纸。我上前和他打了个招呼，他很有礼貌地放下报纸给我倒了一杯水。说了些客套话，便直接进入主题。杨总现在想在县城的中心开一家类似中式快餐的店面，房子已看好，过两天就签合同，前期先把装修的方案给定下。前些日子找过一个设计师出过方案，但是没有相中。言下之意我便明白了两点，一是杨总的要求比较高，二是他所说的那位设计师我也听说过，设计费要的很高，不见钱不放图。估计杨总是舍不得花大价钱买图纸。

我现在是一个人吃饱全家不饿，设计费会自动降低的，反正闲着也是闲着，说不准还能从杨总这里接点其他的活呢。我向杨总说明了自己的意向，方案我来做，钱不会要太高，效果图与施工图一共给 1000 块钱就行。

杨总一听会意地笑了笑说："嗯，还是老弟实在。这样吧，明天我开车拉着你去房子看一看，先把尺寸量了，图纸越快越好。"

我说："没问题，咱们这次会比上次合作得更愉快。"

说这话时我的心里在隐隐作痛，这么低的设计费全县也就我能要得出，没办法，不做会饿死人的。

离开杨总的店时，他要挽留我在他那吃饭，我找了个借口拒绝了。

半道上徐晓杰打来了电话，让我去县南边的一个小区量个房子，户主是他单位的同事，很有钱，要我好好做。挂掉电话，有心无力地骑着车去了那个小区。其实对于徐晓杰介绍的单子我真的没有了工作的激情，有很大一部分都是套方案的，从开始就没有想着把装修的活包出来。

到了地方后，给户主打了个电话便上了楼。门开着，户主是位三十多岁的瘦削高个，戴着一副小眼镜。还有一位大叔在场，估计是他爸，手里拿着尺子东画画西量量，整得很专业的样子。与他们打了个招呼，便开始交谈了，房子有一百多平，是瘦高个的婚房，要求简洁明亮。

在交谈中我特意向他爸询问了些装修的知识，果然他是一知半解，而且他无意中说了句，装修公司太黑了，不放心。

我听了顿时没了心情，微笑着说道："我不是装修公司，是设计工作室，只出设计图纸，不做活。"

大叔听了，不太理解地说："就这房子还用啥设计，我自己就能出几套方案。"

我匆匆地记下了瘦高个的电话便下了楼。真是林子大了什么鸟都有，徐晓杰也真是的，明明知道人家要自己装还让我过来，这不是拿我开涮吗。

第 37 节

在办公室里忙了两天，把杨总的单子做了出来，瘦高个的单子在晚上的时候随意整了一下。杨总的单子总体来讲很好做，效果图做的也满意，没有太大的难度。把图纸都打印了出来，杨总看后没有什么异议，直接按着图纸交待好工人做就可以了，在选材上他没有底，让我帮忙采购。这个活我很乐意做，因为又可以小赚一笔了。

提前给林胖子打了个电话，说有个大活一会儿就去选材。林胖子很客气地说："好，我在店里等着。"

选材很顺利，林胖子不愧是老手，不用我在旁边引见指点，他就与杨总打成一片，好茶好话供着。前期一共采购了两万元钱的料，杨总看了下列表，直接交了两千元的定金。临走的时候杨总对林胖子说，以后缺料了我会让二岩代我来订的。林胖子一脸恭维地看了我一眼，说放心杨总，咱这里的料在全县价格最低，质量最好，二岩是我兄弟，为人也实在，这个你尽管放心就行。

此刻我在心里由衷地佩服林胖子，真会说话，话虽不多但一针见血地说到点子上了。

与林胖子告别后，我回到了公司。这下裤兜里渐渐地鼓了起来，桃姐的款虽没有给全，但也算挣了些，前前后后算下来这几天一共入账六千元。从桃姐那里挣了四千，杨总那里一千，林胖子的提成一千。这些钱都是我个人的收入，不会入公司的账，更不会让徐晓杰知道。这家伙到现在连公司的费用都还没有给我，这些我个人的收入何必分给他一半。

下午的时候约瘦高个来看方案，二十分钟后他开着一辆旧夏利来了。我给他倒了杯水，开始讨论方案与报价。他大致看了一遍，好像有心事，皱了皱眉头说，我可以把这些东西拷到 U 盘上吗？我想让家里人也看看。

我故意提高声调说："这个不行啊，公司都有规定不交定金、不签合同，图纸是不能带走的。"

没想到这家伙笑着说："哎呀，兄弟，你就一个人还是公司啊，没事的，我可以先跟徐哥说一声。"

我笑了笑说："公司不在人多，在于精，我从业五年了，每个方案都会认真做的。这样吧，如果真想拷走的话，先交二百块钱的定金吧，也不多，就一顿饭钱。"

他听后小眼睛转动了一下，面无表情地说："关键现在这套方案不知道家里人满不满意，要不这样吧，我先给徐哥打个电话。"

我说："不满意可以免费改的。"

但是他故意没有听我说话，便拿起手机开始打了。

不用想徐晓杰肯定又是先放图，后面的事情他来处理。瘦高个把电话递给了我，电话的那头徐晓杰说，就先给他拷吧，要那么点钱还不够伤感情的。

我生气地说："徐总啊，我可不像你有铁饭碗，我也得吃饭啊，不能每次都白出力吧。"

他说："行了，兄弟，这钱从我身上出行吧，就这点钱也放不下，以后怎么挣大钱。"

我哼了声："好吧，徐总，听你的。"

挂完电话，瘦高个不好意思地说："一会儿请你吃个饭吧。"

我没有说话，给他拷完图后漫不经心地说，算了，我现在戒酒了。

看着瘦高个屁颠屁颠地开着破车走了，我在心里狠狠地骂了句："都是些什么人啊，舍得花钱请客吃饭，就舍不得掏二百块钱。"

第38节

刚搬进的这个出租屋离木工老陈住得很近。房子不大，是个二居室，外间可以做饭，里间是卧室与一个小卫生间，月租仅150元。这个小屋早在一个月前就看好了，当时生怕被人定了，就提前交了一百块钱押金。这次的房东是位四十上下的妇女，开始她并不同意，说是时间太长，将近二十天的空置，无奈之下我又多给了她五十块钱，就当作这几十天的房租吧。

搬家这天我把海涛叫过来帮忙，来回两趟便把家里的东西倒腾了过来，晚上的时候请了老陈跟海涛吃饭。三个人没有喝太多的酒，只吃了些饭菜，简单地说了会话。老陈现在还是做方源公司的活，他一直埋怨王经理如何的不讲究，活都干完三个月了，只给了点生活费。他这边刚说完，海涛又开始了，订婚花了一笔，买房子又是一笔，年底结婚更是要花一大笔，这几年挣的钱全用上也不够，还得借钱。

我默默地听着他们对生活的抱怨和对金钱的向往，时不时我会心不在焉地附和着。晚上九点散桌，送走他俩后我叹了口气，这顿饭吃得真难受，本来想向他们发泄下心中的不快，但是却被当成发泄的对象了。看来家家都有本难念的经。

带着几分醉意回到了出租房里，在半道上被一个倾斜的下水道口崴了一下，一时间脚痛得不行，一瘸一拐地到了家，没有脱衣服就躺在了床上。

接下来的几天里没事时就去杨总的工地上转转，其实就是为了讨杯水喝用以打发无聊的炎炎夏日。杨总还算给面子，每次都会主动地把好茶给泡上，午饭的时候会挽留我一起就餐。杨总为人很低调，身价已近千万的他还是开着一辆抵债的破奥迪。一次我坐在他的车里去买料，他说县里的交警大队长是他的老同学，以后开车遇到事了打一个电话就行。

我心里对这话真没当回事，毕竟人家只是说，不必当真，再说目前我还不会开车。杨总很信任我，他说我为人实在，做事认真，以后定能有所作为。他说自己手里有些大型公装活，嫌我年轻一时不敢放手让我接手。我也知道有些公装活我是没有能力接的，一是没钱，二是没人，徐晓杰更是靠不住。先慢慢地接些小的公装与家装活，等自己在装修圈子熟悉了，工作有了口碑，功到自然成。

下午徐晓杰打来电话说过两天有一位女士要装修美甲店，风格韩式的那种，她找了很多公司都没有好的方案。先让我在网上找些参考资料，等过两天去量下房子做出效果图。接下来订单会接踵而来。

我听了很高兴，不管结果怎么样，只要有单子做就行。

快下班的时候去了电器商场，想换台新的饮水机，原来的那台线坏了。在商场转了半天都太贵了，最后看中了一台促销机，只有99元。

结账的时候营业员笑着说："这种饮水机小了点，家里能用得着吗？"

我说："就自己一个人，喝不了多少水。"

她笑了下表示理解。但是她哪里会理解一个人公司的难处呢。

坐了一天，身心都很疲惫。回到出租房后炒了个鸡蛋西红柿，狼吞虎咽地吃了起来。三个馒头下肚后有点胀，于是有了想出去走走的想法。出了门沿着河道走去，这是一条外环城河，河水很清，微风吹着河面，我没有穿外套，晚风吹得人有点冷。这时天色已渐渐变暗，路灯已亮了起来，看着升起的炊烟，我的心也跟随着浮动。

望着络绎不绝的回家人群，突然想家了，虽然才一个月没有回家，不知我那棵竹子开始抽笋了吗？

抬头望着天空，月亮和星星格外的亮。我踱着步子放下了白天所想的一切，享受着这份宁静。人有时就得这样，热闹喧嚣过后便思念安静，忙碌过后希望能进行反思，净化自己的心灵。远离勾心斗角，远离金钱铜臭，独处一室才是原本的自己。

第 39 节

礼拜六上午徐晓杰把美甲店老板的电话给了我，让我直接跟她联系就行，毕竟之前就打过招呼了。

电话很快就打通了，她在电话中说自己正在店里，可以让我来量下房子。

我骑着电动车拿着手提包去了她的店。本县城最繁华的地段就在那里，因为离中心广场近，也算是半个步行街吧。那里的房租很贵，五十多平的店面一年的房租差不多三万元。对于这个美甲店的装修方案，我前期在电脑上做了很多功课，在电脑上查阅了多种风格的方案，而且还去县城的其他美甲店转了转。

离店不远处我下了车，把车停靠在一家网吧门前。到了店门口便看到一位穿着花色连衣裙的女人站在门外，我上去打了个招呼。她很有礼貌地把我请到了店里面。这个店面积有一百多平，里面有点乱，几位力工正在拆除一些东西。女人很干脆，开门见山地说了自己对这个店装修的要求，以韩式田园风格为主调，材料要用到镜子、不锈钢、白油等。我仔细地听着，顺便打量了下她的容貌。她长相很普通，大众国字脸，烫着卷发，她说着话把双手叉在腰间。这时我便注意到她的手修长白皙，指甲涂抹得很艳丽，真不愧是做美甲这行的。

正与她交谈着，来了位长相彪悍的男人。

她介绍道："这是我老公。"

夫妻把各自的想法阐述了一下。我听完后感觉方案不是太难，而他们心里已都有了方案，只要把这些拼凑到一块，出来效果图就行了，图一定要逼真漂亮，这样才能把自己的"真才实学"展现出来。男的说要把原来装修的都拆掉，墙面重新刮掉，然后他又问了我些专业的问题，比如，顶棚原来的黑胡桃色木质吊顶可否重新拆掉喷成白色油漆。

我说："这个工程量太大了，不好完成，没有好的油工是喷不出来的，再说上面的顶是免漆的，不能改变颜色。"

没想到那男的哼了一声，笑着说："兄弟太不专业了吧，这哪是免漆的，是油漆的，我都提前问好木匠了，是可以改色的。"

听到这，我顿时明白了这对夫妻的用意。工人都提前找好了，还用我这个设计师来干嘛。顶棚的面板改色是不可以，因为时间太长，油漆工肯定不会干这活的，不出活不说，工钱还要不上去。木工这样说纯粹是为了接活。

好吧，既然你都这样开始看不起我了，那我也只好顺水推舟地"糊弄"了。

女人见我脸色不太好立马说："原来的装饰通通都不要，还改什么色，重新装新的。"

那女人说她电脑里有些现成的案例图可以让我参考一下。我记下了她的 QQ 号，说做完之后就联系。

离开他们的店后我在步行街逛了一会儿，买了件上衣便推着电动车回出租房了。

美甲店的装修的方案我用了三天的时间才做完，三张 CAD 平面图，四张效果图。做完之后我并没有急着跟他们两口子联系，QQ 也没有主动加他们。这次方案我是用心做装修，只想着挑战一下自己，毕竟这是第一次做韩式风格的商业空间。

第四天的时候我有意骑着车从美甲店经过，伴随着隆隆的机器声，大量粉尘弥散在店中，有两名工人正在施工中。看来工程人家自己先干上了。我急忙给徐晓杰打了电话，让他来公司一趟。

徐晓杰来了就问我美甲店的方案做得怎么样了。

我说："昨天就做完了，一直没给他们打电话。"

徐晓杰愣了下说："怎么不打，人家是很着急的。"

我说："不用打了，打了也白打，人家都已动工了。我刚才经过她店里，木工正干着呢。"

徐晓杰听到后脸色有些难看，说如果这样就算了，设计图纸也不能让她看。

随后我俩唠了会儿下个礼拜车总装修项目，徐晓杰说的车总是他的同学，夫妻两人都在搞园林绿化工作，有钱。新房子是在县城北边一所高档小区，如果装修肯定会是大包的。

我说："大包就是包工包料，连主材也包括。这样的活能挣得多，光主材的费用就可以稳赚五千块钱。"

徐晓杰听到在一旁乐道:"这样的话大包要6万元,利润应该在一万五左右。"

我听了反驳说:"没有这么多,因为还得预留出一点预备金,最多一万二吧。"

说到这里,我把公司之前的开支细说了一遍,让他把前期我支付的费用算一下,而且我还特意让了一步,前三个月的水电费都由我一个人来承担。

就算我如此让步,徐晓杰还是像没了余粮的杨白劳一样哭穷。他说:"这样吧,下面车总的项目下来利润均分后,我那份就抵这个钱了。多退少补吧,做完这个单子,后面桃姐要给介绍个大活,少说也得挣个十几万吧。下个月你要找些好的木工与腻子工。"

我口里应许道:"好啊,只要钱没事再多的工人我都能找到。"

其实我的心里却嘀咕:"徐晓杰真会装啊!我那么点钱还算钱啊,拿没着落的单子应付我!"

送走徐晓杰后我接到了美甲店女老板的电话,在电话中我故意装作不知道她已开工了,说图刚做好。她让传到QQ上看看。

我说:"没问题,设计费一共是五百块钱。我先把小图传给你看看,如果相中了的话咱们见面再谈。"

她说:"钱没有问题,但是我必须得相中了才能付钱。"

我说:"好的,现在就给你发过去。"

我把那几张效果图都用PS软件调成了像素很低的小图,这样只能看个大概的轮廓,具体的物体色彩与大小根本看不出来。这样做其实是我们这个行业的自我保护,怕一些客户看到图纸不付钱而不得已才这样做的。

果然几张图发过去后都成了"肉包子打狗有去无回",女人没有再打电话给我,QQ信息也没有。看来这次又是白忙活了。

第40节

车总他是开着一辆半旧不新的吉普车来的,来之前我曾让徐晓杰给他打过电话。当那辆散发着泥土气息的吉普车停靠在公司门前时我早已在门口等候。车总夫妻两人是一块来的,我便微笑着向他们点头示意。

他们俩给我的印象特别好，一看就知道是实实在在的客户。两人都三十多岁，车总穿着很普通，没有什么特别引人注目的地方。车嫂戴着一副眼镜，下巴较尖，感觉这种人应该在生活中很在意细节的。

他们到办公室，车总四周看了下，赞赏办公室装饰的艺术氛围很浓，也想要这种风格。

我笑了笑说："这个好像有点太艺术化了，家里不适合。"

车嫂听后也跟着说："你可别瞎说了，咱们搞的是室外园林的，家里还想搞成什么艺术风格。"

车总很憨厚地笑了笑，表示收回刚才的话。

倒了杯茶后，聊聊家常，我便向他们介绍了近年来的装修工艺与水平，何种风格适合家庭。车嫂听完后开始询问价格。

我说："价格因人而异，多少钱都能装。咱家装修起码得居上环保，因为家人的健康是第一位的。"

说了一通让他们听得云里雾里的专业知识后，便去现场看看房子的格局。开着车到了现场，我快速地把房子测量了一遍。现场交流起来很方便，这地方做电视墙，那地方做个石膏板造型，卧室做两个推拉门衣柜。此刻我的心里基本知道他们家装修要多少钱了。房子九十多平，按照市场价中等工艺来算的话，起码一平方得五百块钱，再加上坐便器，洗面台等，总共得五万元钱。

这时车嫂问我大约得多少钱能装下来。我没有跟她细说，因为搞装修的人都知道有些底价是不能在现场说的，必须看完方案再定价格。

与他们又聊了些无关紧要的话题，我让车总先把装修押金交了再说，明天可以去办公室谈方案和价格。方案加加班就能做出来，这两个月正是装修的好季节，前期先把水电改了，瓦工铺完就行了。

回到办公室我便加班把平面图，效果图做好，做完之后把报价表也做了出来。审核了两遍后便给徐晓杰打了电话，让他明天务必来办公室与车总定下方案，交定金，这个大活必须揽下来。徐晓杰在电话中说让我把报价稍稍提高点，要留点还价的余地。

做生意的人都明白夜长梦多，项目一旦有点眉目千万不能等，能签的就签，不能签的先要订金。客户在没有签合同的时候走出了门，这单子就不知会是谁的了。之前我在公司上班时就遇过这种事。本来讲得好好的，但是最后不知就被哪家公司的人横着插了一杠子，把项目撬走了。

第二天，徐晓杰与车总一同来到了公司。我先让车总他们两口子看了下方案，他们的要求说实话并不高，只要求硬件实实在在，价格公道就行，不能糊弄，把别的要求都跟徐晓杰说明白了。徐晓杰让我报价，我把列表的项目一一，都给他们说了出来。我和徐晓杰一个白脸一个红脸地应对他俩，报价表上的总价格为五万五，车总与车嫂算了算说，差不多。最后一拍板，五万二以大包的形式定了下来。

合同很快就签了，前期车嫂先给了两千块钱的定金，等水电线路改造完工后把首付给补齐。但是令我没想到的是第二天刚开工就与车总闹了点不愉快。

开工的第一天我就办了两件欠考虑的事。

第一件事是整个房间的走线活都包给了宋哥，一切路线图都是按着车总的要求来定的，但上面有几处错误，我特意按照家装的规范给改了过来。房子的户型还算可以，只是入户门正对着餐厅的门，而餐厅又与厨房连着，所以餐厅的墙必须改动，这些活我都包给了宋哥。

一直缺钱的宋哥并不想接砸墙的活，嫌太累，挣不着钱。

我说了好多好话他才勉强同意了。在砸墙的时候我没有提前跟车总沟通好，比他预期的少砸了五公分。等宋哥的活干完了，他们夫妻验收时，车总说墙砸少了。我只好打电话让宋哥来，宋哥推诿了下，意思是不能白来。

挂完电话后我向车总解释了情况并说已安排好了，明天工人过来再砸。

下班的时候宋哥跟我要了车总家的钥匙，向我解释说打电话的时候正忙着，现在有点功夫。我说就砸五公分就行，该多少钱干完活再算。宋哥见我郑重其事地说到钱的事，他就痛快地答应了。

墙扩得一点都不直，弯弯曲曲，连垃圾没有收拾，全都扔在了地上。第二天车总看到了此情景，打电话给我狠狠地数落了我一顿。

第二件事是车总选瓷砖的事，装修的事基本上都是我来操作的，包括选材料、用工人，徐晓杰只负责临时监工。但是车总家的所有瓷砖徐晓杰要自己来选，因为他有个亲戚在建材城卖瓷砖。假如这个问题在开工之前说都好办，关键是我都领着车总他们夫妻二人去林胖子的店里定好了瓷砖花色，这时徐晓杰再插上一脚，令大家都不高兴。

但毕竟徐晓杰和车总是多年的同学，论资格与距离他们最近。我不好插嘴，一切都让车总与徐晓杰沟通吧。我只把自己分内的工作做好就行，林胖子那里等过两天去他那里说清就行了。

车总家用到的瓦工、木工、油工都是在县城找的手艺好的工人，而我没事就勤跑工地，做工的质量都能保证。之所以费这么大力气就是想在这个小区把车总家建成样板间，顺道能多拉几个客户，这年头接个单子太难了。

车总家的装修进行到尾声时，徐晓杰打来电话说，让我准备十几个好木工与腻子工，桃姐介绍的大活要下来了。

桃姐介绍的活其实并不算大活，只是工程量相对大些罢了。

在一个阴雨连绵的下午徐晓杰开着车带着我去了那个工地。工地所处的位置是县商品房集中区，大部分小区的房子都是精装修好的再向外出售，价格高得离谱，将近四千元一平方。

下了车便看到整个工地上乱七八糟的，材料堆得都处都是。我们小心翼翼地走着，很快便与一位张姓的负责人见了面，他带着我们上了二楼，看了一下样板间的标准，说就按照这样来做就行，油漆按平方算钱，木工按米来算。

我大致看了一遍，整个房间的使用面积仅为八十多平，腻子有二百多平，木工的活只有客户与卧室的石膏线，部分塑钢吊顶与石膏板吊顶，加上三套门安装，窗套线、入户门单套线。活不是很多，但是各个工种必须衔接好才行。而样板间的验工标准也是那样马马虎虎，与家装的活比起来相差甚远。

在回去的路上，徐晓杰问我这活还行吧，工人能找到吗，下个月就要开工，这些木工油工加起来有五十来万的活。

我说："钱好要吗，合同谁来签？"

徐晓杰开着车，双目注视着前方说："钱不用愁，有桃姐呢。为了正规一点，合同必须咱俩来签。"

我说："哦。先看看吧，我回去就联系工人。"

回去后我一个人在办公室坐了一会儿，考虑这活到底能不能做，我现在是心有余而力不足。关键是手里的钱还不够工人开一个月工资，再说这么多工人去哪里找，毕竟得找些靠谱的。

晚上我去超市买了一瓶白酒、一只烧鸡和一点花生米，拎着东西去老陈家。此时老陈正在做饭，见我到来有点惊讶。老陈是个聪明的人，从我踏入他的家门时他就知道我一定是有事请教。两人喝了两盅后我便把桃姐介绍的活说给他听。

他一边啃着鸡腿一边笑我："这么大的活，能挣钱就做呗，反正现在当老板了，什么活能做什么活不能做，你心里应该知道。"

老陈说：“小伙子还年轻啊，你的店位置选得不对，离建材市场那么远，而且周围还没有新建的小区。我就给你说吧，你现在要慢慢地从家装入手，别步子迈得太大，做工装什么人都不认识，活做得再好钱要不回来你拿什么来付工人工资。”

我默默地点了点头。

老陈接着说：“你说的那些木工要做的活是有数的，损耗多少，辅料用多少，工人一天能挣多少，自己能挣多少，这个前期要好好地算算，如果整个工程的利润少于百分之二十就不要做，因为现在的工程都会在完工后扣掉百分之五的维修费用。这样算来，你耗上两个月的时间就挣那么点，还操那么多心不值得。还有你的那个合伙人这活他能出多少钱，前期垫资大着呢。”

经老陈这样一说我心里悬着的石头终于落下了，这活我还真不能接，让徐晓杰自己捣鼓吧，毕竟桃姐跟他沾点亲戚，我只是一个外人。

接下来我要做的就是如何说服徐晓杰这活做不了，车总家的活验收后把尾款要回来，必须把徐晓杰欠自己的钱给补齐。

第41节

车总家的活顺利完工后，很快我便把尾款收了回来，在办公室里细细地算了一下成本及利润。纯利润一共约一万两千元钱。又把自己与徐晓杰以前的账对了对，基本上扯平，而我的投资成本也已收回。

晚上，车总请我和徐晓杰吃了顿饭，在饭桌上车嫂对装修效果很满意，对我赞不绝口，说我工作认真还勤快。我心里暗想：我给你们用的板材与油漆都是上等的。与车总碰了几杯酒，有点醉了。徐晓杰开车，只喝了点茶水，他本来想谈谈关于桃姐的活，但是碍于车总夫妻两人在身边，几次都是欲言又止。

九点多的时候我们走出饭店，徐晓杰要开车送我回去，因离住地不远，我拒绝了。我喜欢在月明星稀的夜晚一个人散散步，没有白天的喧嚣与吵闹。

第二天一大早，我就被一个陌生的电话号码叫醒，接通后才知道是老同学心国打来的。

他在电话中说：“我现在在老家呢，济南那边的活不多，先在家待几天。

都几点了，还不起床，你这当老板的真舒服啊。"

"哪有啊，昨天睡得太晚，还喝了点酒。"

"快起床吧，我要去县城，我在家得待半个月，不能老是闲着啊。"

"你想找什么样的活，我这边以前的活基本上干完了，新活还没下来。"

"内墙外墙刷漆都行，咱现在啥活都干。"

"这样吧，你到了县城给我打电话，咱们见了面再谈。"

我所有的同学之中就心国结婚最早，改行最快。他以前在学校里学习是最棒的，却也是最早被现实压垮的。刚毕业就结了婚，婚后立马要了孩子。媳妇是农村姑娘，没有什么文化，生完孩子后就知道跟婆婆吵架。心国现在主要从事的工作是粉刷外墙，就是在高层楼上吊两根绳子，人坐在一块小木板上滚涂外墙，被大家称为"蜘蛛人"的工作。

我提前在饭店里定了一桌，中午的时候顺便把王萌也叫了过来。三位老同学见面，格外亲切，大家无所不谈，这样的感觉很长时间没有体会到了。大家都没有利益关系，所以同学之间的聚会应该说是最纯净的。

我们这几个人中就数王萌过得最幸福，不愁吃不愁穿，女人有了，房子老爹两年前就给买好了。在饭桌上他向我俩唠叨着，最近跟团旅游去了，累得不行，以后要去玩就开车自己去。我听后心里很是羞愧，人跟人真的没法比，有些人不用操心不用动手就能财源滚滚，有些人整天瞎操心累个半死却没挣几个。

酒足饭饱之后，王萌要回去上班，我带着心国去了自己的办公室。

在办公室里我俩谈论了下半年的打算，我把实话告诉了他，手里现在没有活了，有个工程活目前不敢揽，当着心国的面我给老陈打电话，问他是否有私活让朋友干点。老陈很痛快地说有，但不是自己承包的，必须和东家商量。我说这个没问题。

把电话记下后递给了心国，他兴奋地笑了笑，这笑容很有满足感与幸福感。其实想想心国这样也好，起码不用想太多，只要有活能挣到钱养活老婆孩子就行。都说容易满足的人最幸福，看来这话一点不假。

第42节

徐晓杰到办公室时我正趴在桌子上呼呼大睡，他敲了敲桌子把我叫醒。他说都三天了，工人找没找到，人家那边还等着回话呢。我伸了个懒腰站了起来，强打起精神说："先坐下，这事得好好计划一下，咱们很多细节都没谈呢。"

他坐了下来，打开手机一直查看个不停。

我说："徐总，你先别生气啊，这两天我一直在找工人，确实不好找啊。特别是木工，一下子找这么多，咱县的工人你也知道都是啥德性，就算找到了，工人的工资怎么开？"

"二岩啊，这个你放心，到时我负责外围打圆场，你只负责协调工人和工程质量就行了。"

"我的确想啊，找了几帮木工都不适合，人家手里的活都排到九月份了，你说我还能去哪里找。"

"这样吧，真要是找不到那我只好跟别人合作了，这样拖下去可不行。"

"那只能找其他人了，我手里的木工都是搞家装的，工装活都不愿意接。"

徐晓杰听到这话后觉得没有必要再谈下去了，走出门开车走了。望着他的车影，自己还真有点委屈，本身这活就没法接，你再生气也没办法啊！两天后我正打算去杨总那里看看，因为他的店面装修已接近尾声了，一个礼拜之后就开业。这时李鹏敲门进来了，这个贼眉鼠眼的家伙我看见他就烦，之前害我赔了钱不说，还让我与杜威之间产生了抹不去的隔阂。

我说："李哥有事吗？我正要出门呢。"

"嗯，就想跟你要点活干，我现在手头没活干了，人都闲着。"

我说："我也没有活，正愁呢。"

"我听说你要接个大工程，在上上城那边。"

我心里一惊，这家伙是怎么知道的，上上城就是上次徐晓杰带我去的那个工地。

我问他："谁告诉你的。"

他嘿嘿地一笑说："咱县城本来就不大，想知道点事太容易了。"

我说："活是有，但还得个把月，你现在手里的工人还是以前那些打零工的？"

他说："早不是了，现在手里的工人全是俺村里的好手，不信可以去工地看看。"

"好啊，等有时间去看看。"我又试探着问："现在刮腻子多少钱一平，工装的？"

他说："这个也不好说，看要求了。市场价最少得十块钱吧。"

"有点高，这样吧，你留个电话给我，等我跟那边确认好了咱们再去看活。"我说。

他一听忙从口袋里掏出一张名片递给了我，我顺手接过一看，"鲁班装饰，专业装修"。还鲁班装饰，整个就一不合格的包工头子。我心里暗暗骂道，市场就是被你们这群人给整乱的。

在杨总的店里待了半天，跟着他视察了装修的效果，这时装修的工人早撤了，很多服务员正在打扫卫生。我对杨总一阵恭维，这让他心花怒放，说今天晚上在这吃，正好来了新厨师，咱们喝两盅。

晚上一共喝了八瓶啤酒，一直喝得酩酊大醉，开始胡说八道。但为了面子，我硬撑着佯装无事。十点钟，杨总要开车送我回去，我笑着说没事，我自己打出租车就行。

回到家后，便一头窜进了卫生间哇哇大吐起来。

一夜难眠，头疼，翻来覆去，酒啊，有时真是好东西，可以让人暂时忘记痛苦，可有时又让人体验钻心的痛苦。

中午的阳光很毒，火辣辣的热。酒醒后我躲在一家西式快餐店里吹着空调，喝了一杯透心凉的果汁。

下午我偷偷地去了上上城的工地，那里部分工程装修已开始了，都是木工的活。我与一位小工长聊了一会儿，他说这工程也是从别人手中包的，每完成一项就验工，验完立马付钱，如果工钱拖一天就停工一天。他说这也是没办法的事，因为之前吃过这方面的亏。我问他从哪个老板手里接的，他支支吾吾地说是从姓王的经理手里接的。

听到这我便知道是谁了，手机拨通了二亚的电话，无人接听，又打了一遍，仍是无人接听，估计他正在干活，手机没在身边。

姓王的经理应该是方源公司的老板，好在我对他比较了解，一般来说他接下的活工程款都百分之百能要回来。所以桃姐介绍给徐晓杰的活还是能做的，看来之前的担忧有些过头了。

夜已黑了。我走在回家的路上心事重重。在这样温柔的夜晚，依旧是相同的情景，熟悉的街道，我孑然一身地走着，面对这一切。我不觉又一次悲伤起来，忆起刚毕业时读慕容雪村的小说，那个陈重在经历过失败潦倒后，不免对现实生活感到忧虑和困惑：下面的路将如何走？难道如我一般只能像李良一样吟诵：上帝昨夜死去，天堂里爬满蛆虫。

二零一一年七月十八日，J城，今夜请将我遗忘。

第43节

二亚那天没有接我电话是因为他的手机丢在工地上了，直到第二天上班时才找到。昨天我给他打电话是想问问他下个月是否有时间，今天他打来电话说，活接得满满的，问我有事需要帮忙吗？

我把上上城的活说给他听，他听后劝道，这活不是很好干，要求挺严的，价格给得太低，挣不了多少钱。以前就有人找过他，他看了看样板间，一口拒绝了。

我一阵唏嘘后，不知如何是好。此刻按徐晓杰的方案，他应该找好木工了，只是腻子活这块应该还没有找到人。这时我想到了李鹏，这家伙不是说自己手里有工人吗？当即给他打了个电话，想要去工地看看他手底下的人干活的质量。他说没问题，来吧，就在县城东边的一个小工地上。

到了工地，李鹏正在楼下等我。我随他上了楼，看了一下干的活。墙上的腻子刮得还算平整，两位戴着帽子、口罩的人正忙着打砂纸，地上一片狼藉。我对李鹏说，工人干的活还行，但是工地的施工环境太差了，东西乱放。

李鹏嘿嘿地一笑说："现在是主抓质量，哪有闲工夫管卫生？再说工人一天干十个活，难道我要在他们屁股后面扫地啊！"

我看了他一眼，说再去其他完工的地方看看。他走在我前面又是一阵胡吹海侃，我没有理他，心想，这人，不吹就能死啊！

总体上李鹏手下的人干的活还可以，除了楼道内有些腻子处理得不太好，其余都能过关。而且我还相中了一对夫妻，干起活来很卖力，话还不多，很出活。

中午的时候李鹏要请我吃饭，我答应了。两人随便点了几个菜，要了瓶啤酒。

喝完酒回到公司后，我立马打电话给徐晓杰，他很吃惊地说："怎么了，岩老板？"

我笑着说："好几天没见，有些事想谈谈，下午有时间吗？"

他说："走不开要值班。"

我说："上上城那个工程活已开工了吧，腻子工有没有人做？"

他说："刚开工，包给了一个小工头，腻子工价格没有谈好，正在谈，你想做吗？"

我说："是啊，闲着挣不到钱啊，我只想做腻子工，正好下个月有时间。"

他说："这样吧，等有时间咱们见面详谈。"

徐晓杰是下午四点到公司的，上来就问我怎么突然又想做了。我说咱俩本来就是合作关系，肥水不流外人田，要挣钱也得咱们一起挣吧！

他说："丑话先说好了，真想做要签合同。"

我说："没问题，谈谈价格，还有付款方式。"

他粗略地算了一下，价格统一为18块钱一平，包工包料，至少两遍腻子两遍漆，料要甲方指定的品牌。付款方式为一个楼层一结款，先结工程的百分之八十，剩下的等总工程验完后再结，前期的费用要自己垫付。

我算了一下工程的总面积，上上城是小高层，为11层，每层是三户，一户约为二百多平腻子活，一幢就是七千多平，价钱约为13万元。而一层的用料费用顶多两千块，加上工人工资八千块钱足够了，这个钱我还能垫付得起。

我问："18元这个价格应该还能上浮吧？"

他听了很不高兴地说："这个我得保留点吧，我也得吃饭，开车也得加油吧，多少也让你哥挣点，做人要知足啊！怎么样，考虑考虑，行的话咱们就签合同，不行的话我再找人。"

我考虑了一下说："明天给你答复。"

徐晓杰听后点了点头："好啊，等你电话。"

我知道随着我俩这工程合同一签，我们之间的合作关系已名存实亡，离散伙不远了。

我在办公室里盘算了一下，手里的现金加上银行卡里的只有2.2万元，按照目前的这个钱来接上上城的活，至少得一个半月后才能回收成本。11万的活，成本将近7万元，再除去维修费，如果一切顺利的话，自己能挣上3万元。

第二天与徐晓杰签了合同，其中有几项条款有点霸王类型的，我指给徐晓杰看，施工方（乙方环节）如出现工伤，甲方概不负责。而且验工的标准也比之前说的要严格很多。徐晓杰说这他也没办法，合同是开发商拟定的，他也是转过来的。

我心想这都算了，反正合同一签，我会在电脑上处理一下，把价格改一下，打印出来，让李鹏也按照这个要求来签。

李鹏看合同看了半天愣是没有提出别的要求，只是嫌价格报得太低了。合同上写的包工每平方米 10 元钱，辅料由我负责。

李鹏提议必须加 1 块钱的抽水，而且还说再加上 4 块钱就能包工包料，让我只负责监工就行。

如果大包出去的话我能少挣一万元，但是由于对李鹏不放心，万一偷工减料，后期验收不了后悔就来不及了。

李鹏又反复唠叨，说工人干活要管饭，虽然开的是日工，但是为了保证出活，就得多花钱啊，买烟、买工具、买手套等。为了堵住他的嘴便给他每平方加了 1 块钱。

签完合同后，他又问我这活干完后能挣不少吧。我阴着脸说："我挣多挣少还得向你报告吗？"

开工前期我先准备了五层楼的施工用料，801 胶水 15 桶，石膏粉 15 袋，腻子 300 袋，乳胶漆 15 桶。这些材料是从林胖子那里进的，为了安全起见，乳胶漆我放在了公司的角落里，剩下的材料都堆放在了施工楼的第四层。送完材料后我告诉李鹏，这里施工人员太乱太杂，材料要看住了，这是五个楼层的施工材料，少了我可不管。

李鹏听见我把这份苦差交给了他，便不情愿地说："看吧，把我当成看材料的了，你给的那点钱里包括这些吗？"

我笑着说："行了啊，干完活不会亏待你的。"

在工程开工之前我请李鹏及他手下的 6 个工人吃了一顿饭，一共花了五百块钱。我认为这个钱有必要花，一是让他们知道我的为人；二是饭吃了，烟抽了，酒喝了，到时活干不好就得返工。

八月份工程如期开工了，比之前合同上规定的日期早了两天。

第一次独立地接下这种活，心里总是战战兢兢的，生怕哪个环节会出现纰漏。

开工的第一天我就来回跑了五六趟，累得满头大汗。首先是解决工人的用电问题，工人用小型搅拌机搅腻子没有电源。整个工地的总电源都归看大门的老头管，买了两盒烟搞定他后，他说必须买个电表自己从总电源上接线。这个工作我交给李鹏去办，因为小时候我被电击过，到现在看到密密麻麻的电线与电箱就头皮发麻。另外，材料的堆放也是问题，前几天把材料堆放在一个房间里，自己买了个锁先把门锁上了，开发商的装修部监理来了要验材料，我又得跑去开门递烟说好话。

第二天一大早李鹏就打来电话说，快来工地吧，腻子粉少了很多，可能被人偷了。

我急忙穿上衣服，骑着电动车就去了工地。打开那个房间一看，东西少了将近一半，房间的锁被人给撬开了，我清点了一下材料，少了100多袋腻子，别的都没少。

李鹏在一旁无精打采地骂道："这年头什么都偷，都什么人啊。"

我说："算了，没给偷完就不错了，昨天晚上你几点下的班？"

李鹏说："天一黑就走了。我怀疑是第三栋楼刮腻子的人干的，因为早上我来的时候看见楼下有腻子粉的痕迹。"

李鹏说的第三栋楼在我们施工的东边，开工时我曾见过这栋楼的施工负责人，年龄约有五十岁，面相挺忠厚老实的，应该不至于为了几袋腻子粉这样搞吧。相反我倒是怀疑起李鹏来，因为材料堆放的房间只有我们几个人知道，而且这才开工两天就出现了这种情况。都知道家贼最难防，我必须提防些。

打发走李鹏后，我站在窗口凝视着嘈杂的人群，这一百多袋腻子顶多也就值两千块钱，而且还得一袋一袋地搬下去，有这个必要吗？为了以防万一我还是留了个心眼，买了一小桶红色油漆，把剩下的材料袋子都涂了记号。

我巡视了一下工地，让工人节省点材料。没过两天工地上又打电话说材料被偷了，这次不是李鹏打来的，是他手下的那对夫妻打的。这次我真的急了，不行就报警，这不是欺负人吗？为啥专偷我的。

到了工地我没有发太大的脾气，事已这样发脾气又能怎样，问题还不是一样解决不了，而且手下的工人又是无辜的。我给李鹏打了电话，让他有时间来工地一趟。

这次丢的不是很多，有五十来袋。而这些我都做过记号，为了不打草惊蛇，我一个人慢慢地围着整个工地楼上楼下转了一圈。果然在第三栋楼层中发现了带有标记的一个空袋子，正好在一个房间里又看到了一位满身白色斑点的工人正在刮腻子，在他身后也有一袋打开包装的腻子粉，仔细一看，有我留下的标记。

第44节

我定了定神对正在工作的工人说："师傅，你们的腻子是在哪里买的？"

他停下了手中的活，看了我一眼，不屑地说："不知道，你去问工长吧。"

我问："工长现在在哪？"

他不耐烦地说："不知道，你自己去找吧！"

我长长地叹了口气，真牛啊，一个小小的工人就这么横。不知道工长在哪，我只好来硬的了。

这时李鹏打来了电话，问我在哪儿。我说在隔壁的楼层，让他赶快过来一趟。

李鹏急忙过来，喘了口气问："怎么了？"我指了指地上的腻子粉袋子说："看吧，这些袋子都有红色标记，那是我做的，怎么会出现在他们的工地上。"

李鹏上去翻看了一下说："还真有，你什么时候整的？"

我说："这你就不用管了，先问清楚怎么会出现在这里吧。"

刚才还挺横的工人见我们一直在讨论腻子粉，就走到拐角处小声地打电话。不一会儿从楼上走下五个人，身着色彩斑斓的工作服，看样子都是工地的工人，其中一个留着仁丹胡子的人大声喝斥着要赶我们走。

我问："地上的腻子粉是哪里来的？"

那人说："你管呢，天上掉的，地上拣的，河里捞的。"

我说："我们丢了很多料，而且都是有标记的，我要一层层地找找看。"说完我示意李鹏再去楼上看看。

李鹏径直就要上楼，被对方一下子给拽住了，其中一人说："怎么，把说的话当屁放啊，不好使是不，那拳头好使不？"说完推了李鹏一把，李鹏一个趔趄差点没摔倒。这时我彻底怒了，没见过这么欺负人的。我拿出手机小声打电话求助，先给猛子打了个电话让他叫几个人来这儿，我说自己在工地上被人欺负了。挂完后又给海涛打了个电话，让他马上带人来工地一趟，说自己被人打了。

仁丹胡子又指着我说："快滚啊，要不连你一块揍。"

李鹏给我使了个眼色，好汉不吃眼前亏，先走人。

我跟着李鹏下了楼，李鹏说这事没完，马上叫工人来。我说我已打电话叫人来了，一会儿咱再上去，真不行的话就打电话报警。李鹏说别报啊，就这点事还不够麻烦的。

五分钟后，李鹏把楼上三个体格健壮的工人叫了下来，而且他不知从哪弄来了几根棍子，每人发了一根。十分钟后，海涛开着出租车来到了楼下，猛子开着车随后也到了，还有小万，我堂弟小涛，五位没见过的兄弟，这些人可能是猛子从工地上叫来的。

来了这么多人，我心里一时热血沸腾起来。但又不免担心起来，只是吓唬吓唬对方，千万别开打啊，打伤了我可赔不起医药费。

一行人气势汹汹地上了楼，很快在第五层找到了对方。

我对着仁丹胡子说："兄弟，我们是来找回自己的东西，不行咱们就报警，让警察来查查是谁偷了东西。"

仁丹胡子显然也不是被吓大的，但他毕竟做贼心虚，壮着胆子说："你说我们拿了你的东西，什么东西啊，腻子粉都是一样的。"

我说："不一样，我们的料都有标记。"我指了指地上的袋子说："看见了吗？那个红色的小点点就是。"

仁丹胡子耍无赖死不承认，继续说这料他不知道是谁整来的，他们只是负责干活。

猛子走了几步上前说："是吧，你们只负责来干活。那刚才是谁动手打了我兄弟？"

说完猛子一脚踹在了那人胸口上，接着两个巴掌甩了过去。这时所有人都惊呆了，仁丹胡子那边的六个人都愣愣地看着猛子，而"仁丹胡子"没有反抗也没有搭话。

这个时候对方已有人打电话给装修部的负责人。装修部的李主任很快带着保安来了，一脸严肃地问："怎么了？还打架，都别走，我已经报警了！"

这时我马上让一部分人下楼，只让猛子，海涛我们三人留下。我对李主任说自己的料昨天少了二百多袋，今天在这里找到了，而且他们还正用着呢，让他看着办吧。

"仁丹胡子"狡辩道："谁偷他的料了，不知道是谁放在这了，我以为是我们的呢，就打开用了两袋。"

猛子听了大骂道："你们不拿这些料，料能自己长脚跑上来？不跟你啰唆了，报警吧，丢了一万元钱的料抓住了够判三年的了。"

我在心里笑了笑，猛子真能唬人。不过从打架这事上我确实向他学了不少经验，过后猛子给我讲了一些常识，只要能在气场上压住对方，单挑可以，但不要群殴。因为如果警察来了，顶多算是两个人的事，严重的来个治安处罚，但如果是群殴处罚会重一些，而且还容易出现伤亡事件。

李主任怕事情越闹越大，便报了警。十分钟后警察到了，出警的有三个人，领头的是一位大腹便便的光头胖子，身后跟着两位小干警。李主任对他说出了点小事，请民警同志给明断。这时从楼下又来了一位管事的，看样子应该是这栋楼装修的承包人。上来就小声地训斥仁丹胡子，而后又把我拉到一边说，这事私了吧，捅大了对谁都不好，毕竟在一个工地上干活，以后低头不见抬头见的。

我说："私了可以，我丢失的材料都要给拉回来。"

他说："没问题啊，只要有原始票据就行。"

警察开始对每个人问话，光头警察说："你们刚才是不是有人动手打架了？"

我和海涛，猛子都异口同声地说："没有，现在都什么社会了，谁还打架？"

这时我看了一眼"仁丹胡子"，他一脸委屈地想张口说话，但被他的负责人瞪了一眼，再没有张口。

最后我和李主任，还有那位负责人都同意私了。警察问了半天知道没有酿成什么出格的事。登记了我们的身份证后便说了句："别闹事啊，有什么解决不了的事去法院。"然后就走人了。

接下来就是我们协商解决了，李主任作为中间人为我们提出了两个方案。一是让我楼上楼下搜，搜到多少就拿回多少，开袋的腻子另算。第二种是让我拿出当初进料的原始单据，现在就去清点剩余数量，除去我们用的，差额由这边承担。

我直接把第一个方案给否了，对方也不同意第二种方案。双方僵持了半天，猛子大声喊道："扯这么多干嘛，人证物证都在，去法院吧。"

李主任看事情不妙又提议说："这样吧，数量先按原始单据为准，再扣去二岩这边每天用料的平均量，剩下的差额就由老孙这边承担。如果这样再不行我就不管了，你们打架也罢，去法院也好，由着你们吧。"

老孙一行人面面相觑，只好默认了这种方案。

我这个人比较仔细，所有的购物发票都留着，核对后，老孙那边送回来 120 袋，这样的结局我个人还是接受了。

晚上请众人撮了一顿，把海涛一行人与猛子一行人相互介绍。因为都是同龄人两杯酒后大家便喝成了一片。

整个饭桌上猛子无疑成了主角，因为他早已习惯了这种大口喝酒、大口吃菜的场合，说话的声音也是慷慨激昂，像个演说家。而我今天晚上所要做的就是感谢、聆听、敬酒。

第45节

工程进行将近一半时，我手里的资金断了，确切地说我要破产了。钱用在了两个大方面，一是材料，因为再过一个月到了装修旺季材料就会统一涨价，所以我进了很多料；二是徐晓杰开始不按合同付款了，工程款一拖再拖。刚开始徐晓杰还按工程进度付钱，到了以后只付完工的百分之五十，而且验工的标准严了许多，这让我不得不专门抽出一名工人负责维修。

为了一遍能合格我让李鹏把工程的进度放慢了许多，主抓质量。工人是很注重眼前利益的，总惦记着工资的事，一时间对我颇有微词。我一方面让李鹏安抚着，一方面向徐晓杰要工程款，一时急得焦头烂额，心烦气躁。

而李鹏这时显现出其本来的面目，我把工人的工资交到他手里时，他却背着我克扣工人的钱，自己去喝酒找小姐。而且听工人说他出门都是坐出租车，气急败坏的我知道这一切后，向工人保证，以后工钱会直接交到他们手里，他们这才半信半疑地开始干活。

不管怎么生气，但是就目前来看李鹏是不能得罪的，活才干到一半。如果真把他惹急了，我损失的可不仅是这一点点。

现在关键的问题是手里的现金不多了，按着合同上的款项徐晓杰差我三万元钱。多次向他催款，他都说："甲方也没给结，整个工地都没结，我拿什么钱来给你结。"我说："合同上不是写着吗？还有啊，我都给工人说好了，两层一结，现在我都结了六层了，都是自己垫付的。甲方不给结，你手里应该不差这点钱吧。"徐晓杰生气地说："合同上写着没错，但是事出有因啊，我手里还有甲方的合同呢，向他们要钱他们不给，难道我还能天天蹲在人家办公室门口要啊。我可不像你，我现在的钱还准备结婚呢。"我央求道："我现在手里真没钱了，如果不给工人结款，会停工的。"徐晓杰："说那就停吧，看损失谁来承担。兄弟，悠着点，现在活可是干了一半了，停下损失更大。再过一个礼拜，我想办法向李主任要点款。"

"徐晓杰，这么大的老板还向我哭穷？"挂完电话后我大声地喊了起来。

其实我也向很多施工方打听了，甲方确实没给结款，现在大家都在硬撑着。我手里的现金不到一千块钱了，怎么支付工人的工资，还有李鹏，等干完活了，一定要好好地找他算账。

必须借钱了，我半蹲在上上城的楼下望着西沉的太阳思考着，如今自己的朋友、同学圈子里还有谁能拿出钱来。猛子肯定是不行了，他包工的钱还是向银行贷的款。海涛也不行，年底要结婚，他早就把钱用来买房子了。小万更不行，他还要买车呢。向家里开口要，真开不了口。一个个数过，看来只有在单位上班的王萌了。

我这样想着便打电话给了王萌。

第46节

王萌很爽快地答应把钱借给我，而对我说的利息这事他一口拒绝了。他说："你这不是看不起我吗？我现在不缺钱花，过年之前还上就行，到时我订婚要用。"我不好意思地说："我这钱是做生意用的，利息肯定要给。"他说："算了吧，到时请我吃顿饭就行了。"

我写好借条后送给王萌时，他有点生气了，说这样友谊会掉价变质的，我说生意归生意，友谊归友谊。

他听后叹了口气说："好吧，以后有什么事跟哥们说一声，这点钱对我来说还是能拿得出的。"

王萌直接转的账，钱到手后我打电话感谢了他一番，之后便去了工地。

到了工地，我把钱先给了李鹏，看着他把钱分到工人手里才放下心来。发完钱后我把李鹏拉到一旁，掏出以前他写给我的收条说："该给的我都给你了，这些可是你亲笔签收的，工人的工资发不到位可是你一个人的事。再出现什么情况，你自己顶着啊，延误了工期咱们谁都别想挣钱。还有，我本不想多管闲事，你自己的私生活检点些。"

李鹏听后装作迷糊状说："我是个正派男人，别听外面的人瞎说啊。"

我没有再接话，心想，你那点事还能瞒过我。

给徐晓杰打电话催款，这家伙故意躲着我，手机不接，短信不回。

终于过了半天才接到他的短信：一直在开会，下个礼拜先给你两万。

好吧，再相信他一次。

细算下来开工一个月以来，我先后投进去五万元，只从徐晓杰那里拿了三万元。之前我按工程进度算了一笔账，只要能从徐晓杰手里拿到八万元钱就赔不了，而整个工程预算是十二万。现在我已从当初的斗志昂扬变为了心灰意冷，只求能捞点油水就知足了。

但是希望却再次落空了。

一个礼拜后徐晓杰只给了一万，这些仅够部分开销。而这时工地的一位工人出了事故，在刮腻子时不小心掉了下来，虽然人没摔怎么样，但我还是出于人道主义给了他一千块钱作为补偿。

这些天里我一直在工地上监督验收质量，再过半个月就要交工了，这时不能再出现什么差错。至于钱的事先放一边吧，我也跟李鹏说了，工程完工后半个月之内结清尾款。他见我也挺不容易的，便答应了。

为了节省一点开支，我自己帮着工人楼上楼下的搬运材料，有时为了能让工人干好活，还买烟给大家抽。总之作为一个小老板我对员工尽到了应有的责任。但是结果却是无论我怎么努力都挣不到自己应得的。

第 47 节

2011 年 9 月 11 日注定是我这一年之中最失魂落魄的日子。

这天是美国纪念"9.11"十周年的日子，国内外都在报道悼念仪式。小县城里的人们不怎么关心国际新闻与国家大事，因为大家都在为生计奔波忙碌着。

而我也成了不关心时事的包工头，那几日一直琢磨着要从徐晓杰那里弄点钱。与他翻脸是迟早的事。工程是如期地完工了，但是钱却迟迟不按合同给。虽然之前他付了一部分，但才够我的本钱，八万多一点，最后结款的时候只给了一万元。剩下的百分之三十说是等三个月后整个工程验工后再给。

满打满算两个月我只拿到了一万多块钱，气受了，劲费了，但是钱却远没有像想象的那样。这时我也想到了要与徐晓杰分道扬镳，事情已经这样了，没有必要再合作下去了。

我打电话给徐晓杰说："我下半年要走，不想再待下去了。"

徐晓杰问我："准备去哪？工程款怎么办？"

我说："要去济南转转，反正不能在家闲着。款的事按合同给吧，你也不能让我赔吧，现在工人的钱还是我自己垫付的。"

徐晓杰说："这样吧，明天去办公室咱们谈谈。"

挂完电话后我的心里轻松多了，绷紧的弦松弛下来。我已对徐晓杰不抱任何希望了，而我也知道自己性格上的弱点就是不想麻烦人，而且习惯息事宁人。比如在上上城有十几帮干活的工人，工长们都会多多少少克扣工人的工资，而我始终没有，关键是一看到他们如父亲般的年纪却像年轻人一样劳作，一天只为那么点钱，实在是有些不忍。等从徐晓杰那儿要回一点款后，就离开县城去济南。上次给心国打电话，他已回济南了，活挺多的，而且他联系到装饰公司，还为我谋了一份设计师的工作。

第二天徐晓杰按时来到了办公室。他也同意散伙，合作无意义，再这样下去，对谁都没有好处。我俩在公司这一块无利益冲突，房租的事，让他自己处理。我把办公室里属于自己的东西搬走，剩下的就不管了。他听后同意了这个方案，说："兄弟以后就靠自己了，上上城的工程款到位后我首先想着你。"

我苦笑了一下，暗想：只要你有一点良心就不会扣我这么多钱。

正式散伙了，我没有把东西立马搬出来。一个人出了门散散心，打电话给王萌还钱，正好和他一起吃个饭。接通电话后他说出差了，要等几天才行。

挂完电话后我漫无目的地走着，一阵凉风吹来，鸡皮疙瘩顿时起来了，心里一哆嗦，这让我想起以前也有这种迷茫失落的感觉。刚毕业去实习，一个月只有三百块钱的生活费，那时穷得两天还吃不上一顿饱饭。朋友的钱不好意思借，家里人更是不敢，经常受经理与客户的窝囊气。如今自己返乡单干了，还是有种说不出来的窝囊感。真想自己给自己一个耳光，我的青春难道规划错了？总以为脚踏实地能干出点事来，但是结局却是如此狼狈不堪。

突然想起了在方源公司上班时的王峰，不知他现在去济南混得怎么样了。记得去年他的状况也是如此，用逃避现实来惩罚自己。

恋人说，秋天是个分手的季节；创业的人说，秋天是个失业的季节。

在彷徨的日子里，我极力地逃避着眼前的一切。把钱还给了王萌，把办公室属于自己的东西都搬到了出租房里。呆呆地望着窗外愣了一阵，想进行一次长长的旅行逃离现在的生活。

对济南那边的工作，立马又没有了兴趣。现在开始讨厌自己从事的这份工作。说真的，从一开始自己就没有全身心地投入这一块，但是为了能填饱肚子不得不委屈地从事自己毫无兴趣的工作。但转念一想，人就是个贱东西，说不喜欢这份工作又是多么的虚伪，当挣到钱时会兴高采烈地请朋友喝酒，会自吹自擂。但是当面对失败时才发现自己狗屁都不是，开始怨天尤人。

不能埋怨这份工作了，只能怨自己。

好在自己有个很好的爱好，就是读书。我喜欢去地摊上买书。县城有一处十字路口的地摊是专门卖花草、盗版书、字画的。

地摊上的书一般多为经典类型的文学读物，还有部分流行作品，故事会、知音等也有。价格便宜得很，通常十块钱能买两本，有时摊主心情好还会送一本小人书。

那天我浑浑噩噩地一直睡到十二点，下午在小摊上吃了一笼包子后就去了卖书的地摊。以前骑着电动车经常路过这里，但从未驻足过，这里的顾客多为我这样的小人物，乡下文字爱好者，有点小艺术情调的，好在这份情调并未被残酷的现实泯灭掉。

这时我发现了一个人——村里的小三哥，他正在路边摆地摊卖书，文弱的知识分子样子，瘦高个，穿着朴素，特别是脚下竟然踏着一双老皮鞋，鼻梁上架着一副教授一样的大框眼镜。

以前听村里的人说过他在摆地摊卖书，原来在这里。

小三哥的老院离我家只有一百米，以前小的时候经常见到他，很文弱的样子，他与我父母见面打招呼也是很腼腆。小三哥家境很贫穷，兄弟三人，上面两个哥哥早早地结了婚，小三哥学习很努力，考上了一所大学，所选的专业是90年代最热门吃香的粮食管理专业。他上大学的费用全是他的亲戚朋友凑的，大家都指望着他是个潜力股。但是万没想到刚毕业两年全国就取消了这个专业，接下来粮食局大裁员，国家也相继取消了农业税。这对天下的农民兄弟来说无疑是件好事，但对小三哥却是致命的坏事。他刚毕业，还处于实习阶段，粮食局一关门，他便失业了，由于他所学的专业限制，再加上他本身木讷，手无缚鸡之力，之后找了几份工作都不合适，再之后便找了个农村女孩结了婚。现在女孩在超市上班，他一直在街口摆地摊。这些都是听我父亲说的，当时他一直拿小三哥的例子当成反面教材来教育我和哥哥。

老辈子人说得对，女怕嫁错郎，男怕选错行。而我高中毕业后进入电子厂本身就是一个错误，更大的错是半途而废又去上大学，学了这个不喜欢的专业，浪费了金钱不说又浪费了青春。以前总感觉自己还小，青春还在，不曾想一转身十年过去了，自己还是一事无成。

我没有嘲笑小三哥，因为我没有任何资格，现在不比他混得好，而且我还没有他那份知足，尤其是对生活的热爱，他已有了一位懂事贤惠的媳妇，有一位可爱的女儿。

小三哥没有认出我来，而我也不愿意让他认出以免尴尬。我挑选了三本书，一本《三毛选集》，一本《白鹿原》，还有一本很薄的相面书。

我问："多少钱？"

小三哥接过书看了一下定价说："这两本半价，这本三块钱，一共二十七块，你给二十五块钱就行。"

我掏出钱给了他，小三哥找了个方便袋把书装了进去，并说下次再来啊。

我冲他微笑了一下，点了点头转身走了。

第 48 节

白天的时候回家待了一会儿，母亲见我精神憔悴，问我怎么了。我说工地上的事太多。母亲说，一会儿去教堂，问我去不去，我不想去，我找个借口，转身回屋了。我不是有意骗她，只是不想让她担心。

晚上提着一瓶"老村长"去了木工老陈家，这几天晚上我都去他家喝酒，借酒消愁。老陈劝我没必要这样，反正也没赔钱，只是赚得少些。还说这样散伙也好，以后自己在出租房里设计图不也一样，自己单干一样能成功的。

老陈的意思我明白，他不想让我再返回城市。威海是去不了了，还不够丢人的呢。济南吧，人生地不熟的，人际关系还得重新建立。

想想也是，再说自己手里还有三万多块钱呢，再加上徐晓杰的欠款，差不多还有五万。等时机成熟后自己租一间小办公室，周边的业务也不少，多跑跑小区也是可以的。

晚上喝得微醉，一个人躺在床上思考着自己这半年来哪里出错了？公司为何经营不下去了？

痛定思痛后大致总结了以下几点：

一、自己努力不够。首先我反思自己的所作所为，努力仍然不够。虽然有时挺能吃苦的，但是我不能持之以恒，遇到困难就想退缩。属于三天打鱼，两天晒网类型的。没有拿出足够的时间去分析市场，充分调研，而只满足于现状。

二、自己的性格还没有磨炼出来。拍马屁的话我到现在都还学不会，脑子比较固执，不善于疏通关系，有时自己也分不清自己是真清高还是假清高，不会装孙子。看不惯社会上的一些现象。

三、合伙的生意不好做。这个是我的教训，以后绝不会再出现这样的情况了。但正是这种不明不白的合作关系间接导致了自己的惰性，因为人都是自私的，谁都想忙里偷闲。

四、出发点对了，但是过程却错了。县城的经济毕竟差一些，人的消费水平跟不上，而我则把城市的模式定位到了县城。应该从卖装修材料开始，这样的话装修成本能控制住，而且自己还能挣双份钱。

五、通过半年多的实践，发现吃亏是福这句话对我来说是错误的。我遇事爱息事宁人，怕麻烦，对自己的权利也不怎么重视，受气了独自咽下。比如工人干活出错了，东家扣我钱，本来这钱我可以再扣工人的，但是却没有下重手。最后下来，本来可以挣五千元的，却只能挣两千。

六、眼高手低，资金欠缺。刚来县城的时候总以为自己牛哄哄的，什么事什么人都不放在眼里，只感觉自己脑子够使，等到真遇到事，自己就傻了。资金这块确实跟不上，家里底子薄，而自己手里的钱也没有攒下。真把钱打了水漂，自己可是一无所有了，一切还得从头再来。

第七章 养精蓄锐

与堂哥同病相怜。

人善被人欺，马善被人骑。终于
我开始试着向欺负自己的人发飙了。

开始摆地摊，摆地摊中也有门道。

第49节

做推拉门的老余给我打电话说有事要商量，让我去他的店里。我不想理他，这人有事会想着你，没事的时候装作不认识。

之前找他合作了几次推拉门，不是很理想。他太糊弄了，尤其是给桃姐安装的几款玻璃门问题太多。最后桃姐愣是把这个当作扣尾款的理由。

老余目前还不知道我已退出装修市场，更不知道我和徐晓杰分道扬镳了。吃完早饭后我与老余见了个面，他正在店里忙着划玻璃，见我到来便停下了手中的活。老余说有个活不知道能不能做。我问他什么活，谁介绍的。

他支支吾吾地说："是徐晓杰。"

我心里一惊："是上上城的活吧。"

他点了点头。我说："好啊，这可是大活啊，够忙个把月了。"

这时老余给我倒了杯茶，问我徐晓杰的为人怎么样，工程款应该没问题吧。我说人还可以，感觉家里挺有钱。

过了一会儿，他又问我做工程赚了多少。我惭愧地低下了头，但也不能说赔钱，只能说混口饭吃，挣个工资钱吧。接下来他问我上上城的活能做不。我知道这肯定又是徐晓杰用借鸡下蛋的方法在赚钱。他也真有能耐，只跟老余打过几次照面就能背着我找到他。

上上城的户型只有厨房里有玻璃推拉门，老余跟我算了一笔账，成本价每平方米80块钱，徐晓杰给的是110元，每平方米三十块钱的利已经很大了。

老余现在担心的是钱好不好要，徐晓杰的为人不太了解。其实县城就这么大，打听一个人太容易了。老余前期也做足了功课，在我之前打听了两个人，都对徐晓杰赞不绝口。我现在可不能说他的坏话，毕竟他还欠着我工钱呢，没办法现在要账的都是孙子，欠钱的都是大爷。

我给老余打了预防针，说凡事都有好坏，凡人都有两面，自己把握吧，做生意都是有风险的。老余认同地点了点头。

对老余我没有把话说得太死，让他自己揣摩吧，对于我来说除了亲兄弟同学外，生意场上跟谁是真朋友啊，都是为了一个"利"字。

离开老余的店后我就给徐晓杰打电话，说再不给钱，人就死在黄河里了。

他在电话那头笑着说："怎么了这是，在济南还是在老家？"

"在家呢，准备订婚娶媳妇，没有钱啊，还得向你求救。"我说。

"等到国庆的时候吧，现在手里的现金不多。"徐晓杰敷衍道。

我随即说："我也知道不多，要不你也不会找人家老余做推拉门。"

他顿了一下说，这不是工期紧嘛，没办法啊。这样吧，老余那边你别管了，下个礼拜五给你支一万二，就这么多了。

现在是能要点就要点，听他的意思我也知道，剩下的钱他也不打算给了。

从徐晓杰那里回来后长舒了口气，这些钱虽然不多，但也足够下半年的生活费了。在给他打收条时我多了个心眼，特意问他剩下的钱什么时候能结。他含糊其辞地说等明年吧，现在工地上的钱都没结清呢。我说有你这句话就行。

接下来的事我就不管了，他与老余的事让他们俩闹去吧，就小心眼的老余那急脾气，干完活一个月不给结账还不得天天跟着徐晓杰屁股后面跑？

终于在两个月后他们俩闹出了矛盾，老余打电话骂我不仗义，与徐晓杰分了都不告诉他一声。

我无奈地挂了电话，这人啊，挣钱的时候想不起你来，赔钱的时候倒是会连你一块骂。

九月末的一天接到了本家二哥打来的电话，问我做什么呢，让我有时间去他那里一趟，有事想请我帮忙。

我跟二哥说了实话，自己刚与合伙人散了，目前尚处待业中。

二哥说："你别闲着，今天马上到我这里来，二哥计划投资做点生意，正缺人手。"挂了电话后，我想都没有想便去二哥那里。

二爷膝下有二男二女，老大是个酒鬼，两个女儿嫁到了临沂穷山沟里，最小的那个儿子是个傻子，十多年前喝了一碗水后就死了，扔下两个儿子与一个女儿，媳妇之后便改嫁到别的村子了。他的两个儿子都比我大，上学的时候一直跟着奶奶过日子，奶奶日渐衰老多病，哥俩也就退学了。老大只上到初一，老二勉强初中毕业。之后老大跟着村里的建筑队干起了"下工"，主要负责搬砖和泥，拉拉钢筋。不久被一帮亲戚撺走当兵去了。两年后复员回家，刚退伍，一帮亲戚又给他介绍了对象，最后他娶了那女人。

一年后顺利地生下一个胖乎乎的女儿，他现在正在工地上开塔吊，一月4000元，女人在家看孩子，日子过得还算幸福美满。相比之下老二过得就不是很如意，退学后在叔叔那里做起了铝合金加工与安装，一次因与人打架，把对方打得头破血流，老二顿时傻眼了，身上钱本来就不多，医药费肯定赔不起，心一横跑路吧。之后买了张到哈尔滨的火车票，这一走就是八年。八年后老二回来了，领了一位泼辣的东北女人。这时他哥哥已成家，奶奶已入土两年了，老院子已荒废。老二的归来使众亲戚高兴了一阵，以为他在外混得不错，但混了八年还是平头老百姓，身边还多了位吃白饭的。

二哥打算在县城投资做点小生意，不回东北了，把老院子扒了重新盖个新房。

到了二哥那里才知道，他只是找我帮他出出主意。原来他在县城的菜市场附近租了间五十多平的房子，做起了干海货批发生意。进屋后二哥与那个东北女人正在做饭，锅里热气腾腾地煮着什么东西。二哥与那个东北女人并没有结婚，她长得模样还算可以，个头也高，只是烫了一头卷发令我有点不适应。后来我才知道她还没有我大，最令我惊讶的是她结过一次婚。

二哥见我到来热情地招呼我，我看着这狭小的空间不知坐在哪里。二哥这时介绍道："丽丽，这是我二叔家的弟弟。"她冲我微微一笑，操着一口标准的普通话说："你好。"我说："嫂子好。"说完之后她不好意思地笑了笑。

二哥说："本来想请你晚上吃顿饭的，现在先将就点。"我说："没事，都是自家人。"

之后我没有拘束地跟着他们吃了起来，二嫂打了点猪肉卤子，我狼吞虎咽地吃了起来。真的，我的吃相一点也不夸张，关键是这几天没有正经吃过一顿好饭，自己懒，在家也没有做过饭，嘴馋了就去街边的烧烤摊上吃点。

在饭桌上二哥简单地给我说了现状，家里的院子年底要盖，以后就准备在家发展，先做干海货生意，货都是从大连发过来的。二哥是想让我分析一下店里的情况。我知道他俩肯定遇到了难题。二哥也是做过生意的人，之前做过市场调查，发现全县一家卖海鲜的都没有，甚至连虾仁都没有正宗的。他没有细想便开始做起了这方面的生意，刚开始还可以，现在就不出货了。刚开张时上了些海蜇丝、鱿鱼干、虾仁，后来进了些鲍鱼、鱼翅、海参、大虾等高档海产品。

二哥说他现在的困惑是怎样才能快速打开市场。需要一个懂市场的人来具体运作一下，以前是二嫂看店，二哥跑市场。一个人的精力毕竟有限，跑了几天效果不大。

听到这里我便想到了二哥叫我来的用意，我以前在威海接触过海鲜，对这行还算有点了解。海鲜无论是卖干的还是卖湿的都是一个道理，必须让消费者认可这东西。现在的人胃口都刁得很，对食品安全要求更严。沿海地区的人与内陆的人饮食习惯是不一样的，内陆人对海鲜是可有可无，并不在意。二哥现在的销售瓶颈就是刚开张火爆了一阵，人们只是尝个新鲜，一旦觉得这东西也就这样，之后便没有了再次消费的愿望，那些高档海鲜只能是针对过年过节送礼的，而我们对这种奢侈品怀有很深的不信任感。毕竟都只在电视上或大都市里看到过，一下子家门口有卖的了，一时之间心存疑虑，真不敢相信是真是假。

我帮着二哥简单地分析了一下现状，二哥叹了口气说："哎，你不知道前几天还发生了一件窝心事。"

这时二嫂接话道："招了个贼，这不正打算要安装摄像头呢，你哥让你来就是打听一下哪里有卖便宜点的设备。"

我说："这东西县城只有五家，有家老板我认识，一会儿打电话问问。"

二哥说遇到的并不是专业的贼，那天只有二嫂一个人看店。这时店里来了三位十七八岁的孩子，他们一来就问这个怎么卖，那个怎么卖。其实明眼人就能看出来他们完全没有想买的意思，二嫂出于礼貌便给他们介绍海鲜怎么吃，多少钱。两分钟后他们便神色慌张地走了，走时头也没有回。二嫂感觉不对劲，仔细地看了下货架发现少了盒鱼翅，便出门追，但她哪里能追得上啊，三个小伙子一转眼便跑到小胡同里去了。二嫂没敢再追，因为店门没锁，折回来后便打电话让二哥回来。二哥还没回来，却等到了一位穿警察制服的人。二嫂想肯定是二哥报的警，没有多想便告诉他丢了一盒价值三百多块钱的鱼翅。那警察只是做了笔录，说"一有消息就通知你们"，然后匆匆地走了。

二哥回到店里时，警察已走了。当二嫂告之警察来过时，他很惊讶，警察竟然未卜先知？二嫂想息事宁人，毕竟只是三百多块钱的东西，劝二哥算了，破财免灾嘛。

又过了几天有个老太太来店里溜达了一圈，一直盯着鱼翅看，问这东西怎么个吃法。二嫂便给她讲解了一下，她一边听一边拿着笔记在本上。二嫂以为是老人家忘事，便耐心地给她讲。讲完之后老太太连个"谢谢"都没说就走了。

晚上，二哥二嫂他俩回忆了整个过程，感觉自己受到了戏弄。先是几个毛头小孩子偷了一盒鱼翅，而后不知是真是假的警察主动来询问，再是一个衣着朴素的老太太问鱼翅怎么个做法。这一切的一切都似乎表明这三伙人是一起的。孩子是顺手牵羊，警察是冒牌货，老人是前来"学艺"的。

我听完二哥的阐述后，心里断定这仨孩子一定是惯偷，只是这次偷的鱼翅不好出手，更不知道怎么个吃法，才请了其中一个人的奶奶，让奶奶来店里问一下鱼翅的做法。

讲完这事后二哥骂道："他奶奶的，这事还真是第一次遇到，如果在东北就算是挖地三尺也要把那三个孙子逮到狠揍一顿。"我笑着说："在咱这用不着挖地三尺，县城这么小，这群孩子肯定是躲在网吧，说不准哪天逛街就能遇到。现在亡羊补牢也不算晚，卖这么奢侈的东西必须安装摄像头，明天我就去联系一下。"

二哥谢过我后，说晚上一起吃饭，介绍一位朋友认识，是东北的。我问："是从东北来的？"他说不是，男的是东北的，女的是本地人。

我点头同意了，在社会上多认识一个朋友比多结一个仇人强。

第 50 节

晚餐是在县城的一家全国连锁火锅店吃的。五个人，我，二哥，二嫂，涛哥，涛嫂。涛哥就是二哥中午说的东北人，他长相魁梧，留着平头，说话有点大舌头。他穿着很普通，完全没有东北爷们的打扮，但一张口说话就带着一股浓重的东北味。涛嫂是我们本县人，说真的，从一开始我就不喜欢她，脸部的表情永远是笑呵呵的，一看就是笑面虎类型的，表面一套，背后一套。她冬瓜脸上戴着一副厚厚的眼镜，度数很深，估计有七八百度吧，大秋天的穿着白色的连衣裙，看着有些刺眼。

在饭桌上我得知涛哥两口子是做保健品生意的，代理某个品牌。也难怪啊，人到了一定年龄都怕死，所以现在人们都说有两类人的钱好挣，一是 0 到 12 岁的小孩子，二是 60 岁之后的老人。现在的小孩子最受宠，只要孩子喜欢，父母都会花钱买，老人更不用说了，特别是机关单位退休的，一个月挣那么多退休金怎么花？玩是玩不动，喝也是喝不了，只能吃些保健品药来慰劳自己。

涛嫂说起自己从事的行业很骄傲，她自我感觉良好，而且还很神圣，说自己是为了老人们的健康着想，代理的品牌曾得过国际大奖，全国有多少老人用，效果如何的好，而且最不可思议的是，她举了一位得癌症的老人的例子，在磁疗床上躺了一个月，竟然神奇地好了，癌细胞全部被杀死了。说完她又问我家里的父母身体怎么样，说着便递给了我一张名片，说有机会去店里看看。

看来我兜里的名片是发不出去了，本以为可以发展客户关系，现在她先下手为强了。

饭很快就吃完了，三个男人只喝了六瓶啤酒，账是二哥结的，花了不到两百块钱。离开饭店后我们便分道走了，涛哥住在县城中心的凤凰湖小区。

听二哥说涛哥家的房子是他媳妇买的，涛嫂很有钱，之前离过婚，生有一个女儿，后来找了涛哥。我问他们俩是怎么认识的。二哥说不太清楚，之前听涛哥说过是在青岛认识的，便跟着媳妇一块回这儿创业了。

我走到广场小坐了一会儿，广场上很热闹，也有不少情侣牵着手从我身边经过。这样的情景难免会勾起我心中的感伤，虽说自己不怕寂寞，但是眼前的男男女女却让自己孤单起来，特别是心里那份孤独更是无处倾诉，无处发泄。

我帮二哥跑了两天市场，发现在县城真的很难打开海货市场的销路。每天店里的营业额不到两百块钱，只销售点虾仁、虾酱，高档产品几乎无人问津。我先后走了县城十几家中高档的酒店餐馆，采购部的人都说暂时不需要，只把名片和价格表留下，等需要的时候再打电话联系。这中间我还专门打电话给杨总，问他的酒店是否需要海货。他听后不解地问，放着装修的活不做，怎么做起海产品来了。我向他说明情况后，他叹了口气道，先等等吧，哪天去店里看看再定。

半个月下来，二哥的店总算是有点成效，收支基本持平，而我的心意也尽到了，接下来的日子我要开始做自己的事情了，毕竟秋天过得很快，我却一无所获。

第51节

　　一次酒后我告诉了二哥自己想离开县城一段时间，去南方走走。其实我为自己找的理由是散散心，归整下失落的心，其中有一半是真的吧，因为自从我暂时把装修放下后，就已经在琢磨今后做点什么，在给二哥跑市场时看到卖小商品的特别火爆。我还特意去几家店看过，里面装修档次太低，与卖的东西不搭调，经营品种多跟不上快速发展的需要，特别是抓不住现在人的消费心理与水准。我还特意问过一家中学门口的房子，五十多平一年的房租只要一万二，粗略算了下投资不到三万元钱就能搞定。

　　二哥听后表示可行，但是不能太急了，明年再着手实施。接着二哥向我透露了正打算在县城再开一家饭店，主营东北菜和烧烤。

　　我问他海鲜店怎么办，哪来的钱投资饭店。

　　他说海鲜店让你嫂子一个人看着就行了，市场也就那么大，先支撑到房租到期再说，如果行的话再续签房租。二哥说着蹙了下眉，继续说道，家里的宅基地盖不了房子了，城建局不让盖，说是新农村建设统一规划。听上面说，谁家如果不经他们批准盖上房子便是违规建筑。如果真是这样还不如在县城买套二居室用不上二十万。

　　吃过午饭，二哥说带着我去涛哥的保健品店转转，说他们的生意做得风声水起，正准备开分店呢。我立即同意前往，以前只知道保健品这行靠忽悠，油水大，这次一定要探个究竟。

　　也不知为什么，我对涛嫂的印象一直不好，这个曾经离过婚的女人太功利世俗。她那种刻意的表现让人很反感，总之在我心中对这类人的印象就是一个十足的见风使舵的小人，不可深交。

　　涛嫂是在我们见两次面后张口向我借钱的，那天我跟着二哥去他们的保健品店闲逛，他们两口子正好都在。他们的店面是临街的商铺二层，约有一百二十多平，里面装修布置得很正规，也像回事。有经理室，咨询室，咨询室里面有一位四十来岁的女员工，屋内还陈列着各种仪器，墙上挂着很多锦旗，还贴着集体出游的照片。

　　涛嫂为我和二哥倒了杯水，放下杯子后指着一台接在水龙头上的仪器说这是活性水生成器，采用先进的电离子分离技术，可将自来水制成活性水，长期饮用具有保健功效，适于各种人群使用，你们没事的时候常来喝啊，最好是能买一台送给父母，价钱不贵，才两千块钱。

我喝了一口水慢慢地咽下去，就是一杯白开水，真能吹啊，一杯水也能说得天花乱坠。

又看了屋内其他的产品都没有太多的用处，除氨基酸是个好东西外，其余的都是价高得离谱，一小瓶药顶了普通职员一个月的工资。

晚饭是涛嫂请的，席间涛嫂问我从事什么职业，我说自己目前是自由职业者。

她呵呵地笑了笑："不会吧，人家都说了一般从事自由职业的人都是有钱人啊，不像我们这群为了生计忙东忙西的人。"

我只好惭愧地说："以前做装修，也包了几个活都是小打小闹，勉强混口饭吃。"

涛嫂敬了我一杯酒后。终于说出了她的本意，现在要进点新产品，需要点现金，问我和二哥是否有，只用十天就行。

二哥问她要多少钱。

这时涛哥不好意思地开口说："不多，两万就行，给那帮老太太订的新机器，得十万元，现在就差两万，收到货后立马就还。"

二哥说没有，钱都押在店里了。

涛哥看了我一眼，我赶紧说："我只有五千块，还得留着给自家的房子装修。"

涛嫂说："五千块也行啊，就十天，剩下的我再想办法借。"

我说："我就这么点钱，现在吃的用的都靠这点钱来支撑，你们再想想办法吧，我现在外面还有账没还呢。"

涛嫂听后没有再吱声，想必他们也能看出来我和二哥都不愿意把钱借给认识不久的朋友。

虽然事没有谈成，但是饭吃得还可以，我和二哥每人喝了五瓶啤酒，喝得涛哥满脸通红，跑到卫生间吐了。旁边的涛嫂明显有点生气了，大声嚷嚷着。我和二哥见势便收敛了许多，表示差不多了要回家了。

涛哥涛嫂打了辆出租车回去了，我和二哥慢悠悠地往家走。

我对二哥说："涛哥回去估计得跪搓衣板了吧，涛嫂明显不乐意了。"

二哥说："这还是轻的呢，以前他们吵架，涛哥生气收拾行李要回老家东北，结果身上的钱不够路费，就没走成。"

我又问二哥，今天他们两口子嚷嚷着要借钱是玩的哪一出啊，涛嫂家这么有钱还差这点？

二哥说："家家都有本难念的经，越是有钱人，越感觉身上的钱少，都学会借鸡下蛋了。她自己的亲戚朋友这么多，还好意思向咱们开口，这钱说啥也不能借。"

我说："反正我没钱，现在谁借钱也不借。我说这个也是有一定原因的，之前交友不慎，朋友借几百块钱的零花钱说过两天就还，但是都过了大半年了还不见还的意思。张口要吧，就这么点，伤感情；不要吧，自己心里难受，毕竟是自己辛苦挣的。"

第52节

二哥一大早就给我打电话说："别走了，离过年没几个月了，先帮哥的忙吧。饭店的事快要定下来了，我和涛哥各拿六万元钱，一人一半的股。"

我顿时惊醒道："这也太快了吧，那可是盖房子的钱啊。还有啊，怎么会想到跟涛哥合伙呢，他手头不正缺钱嘛？"

二哥说："他就这几天缺，半个月后就能回款。我前几天一直寻思饭店的事，房子都看好了，就是差点钱，涛哥之前就想着自己要做点什么，所以就合伙了。"

我听后感觉这事不太正常，忙跟二哥说自己马上过去。

到了二哥那里他已给我买了份豆浆油条，吃完后二哥便说出了缘由。他想开饭店的规划之前向我透露过，但我不知道他是要和涛哥合伙。现在这样的想法终于说出来了，嫂子是不同意的，她说看不惯涛嫂的为人。这点竟与我不谋而合。

二哥说没事，这次合伙家里人谁也不掺和，各家的女人只管着自家的店面就行，饭店的事交给男人来做。

嫂子的脸色顿时变了，生气地说："有这钱还不如买个房子，首付足够了。"

二哥说："你们女人懂什么，把海鲜店的生意做好就行了。"

接下来二哥对我说，房子早就看好了。在护城河东面，二百来平，是两个门脸房，面积足够用了，房租也不贵，一年才三万。过两天就去看一下，到时让我给设计一下。

我说："装修的事可以放心，但是我总感觉干饭店不太靠谱，虽然我之前没有接触过餐饮行业。另外，涛哥这个人你才认识两个月，就这么相信他？"

二哥自信地说："都是天涯沦落人，相逢何必要多疑。"

嫂子听后嘲笑道："生意好还行，如果生意不好怎么办，想过吗？做事头脑一热不想后果，赔了就喝西北风吧。"

二哥没有理嫂子，低头小声自语道，等赚钱了直接休了你，省得天天唠叨，你每月还偷偷地把钱汇给前夫，还好意思在我面前说这些。

我给二哥使了个眼色，这种伤人的话最好不要当着嫂子的面说。二哥说的前夫其实也没啥，就是嫂子离婚后孩子归前夫，她每个月给他们打点生活费。为这事二哥没少跟我抱怨，半路夫妻的日子不好过啊。

吃完饭二哥便带着我去了护城河那边看房子，在路上他说厨师都找好了，从东北过来的，是以前的好哥们；改刀就用涛哥，他做过这行；服务员在本地现招，收银员与大小事务就让我来做，每月给我开两千。我有点为难地对二哥说："这事先跟涛哥商量一下吧，毕竟是你们两个人的生意。"我又问二哥："为什么非得拉着涛哥一起做事呢，手里的钱不够？"

二哥说："现金是不够，其实最主要的还是对涛哥的印象好，可能是我在东北待得时间长了吧，有种老乡的亲切感。你想想啊，一个大老爷们跑这么远来做人家的上门女婿，心里得多难受啊，而且东北人都爱面子。这次只是想帮帮他，让他挣到了钱能在女人面前抬起头来。"二哥接着又问："对了，你知道饭店的利润有多少吗？"

我摇了摇头。

二哥说："比你们装修要高，我前两年在东北开小餐馆，生意好的时候能达到百分之四十利润，就是操心。"

说着来到了护城河。十五年前护城河的河水还是清澈的，时不时还有小鱼游动，也不知哪年开始河水变黑了，工业废水，生活垃圾把它变成了臭气熏天的河。护城河这片区域是老县城最繁华的地段，不过自从新城向东南开发后，这里便沉寂了许多。沿街的商铺都很冷清，在这开饭店有点让人担心。

二哥乐观地说："饭店就得找这样的地角，前面的空地挺大，可以停很多车。这叫酒香不怕巷子深，饭好不怕路难找。"

我心里没谱，有点隐隐的不安。

第53节

二哥指着从护城河北面驶来的一辆银色的现代车说："武姐来了。"

二哥说的武姐就是这个店面的房东，听说她老公是县城数得着的开发商之一，而她又是个女强人，这片商铺产权她占了80%。当然了，她让我想起了桃姐，不知桃姐最近忙什么呢，老长时间没见到她了。

武姐有一定的气质，一看就是很精明的女人，无论是穿着还是发型，一点也不华丽张扬，特别是一头短发一看就是做事业的人。与她一起下车的是一个留着"谢霆锋"式发型的小白脸，估计是她的司机。武姐很有礼貌，热情地与我们打了声招呼，很快她便拿着钥匙打开了房门。进去后，发现里面挺大的，房子有些日子闲着了，灰尘与蜘蛛网布满各个角落。从地上凌乱的纸片与墙上破烂得快要掉下来的画可以知道这里以前是卖电动车的。

武姐问二哥什么时候能定下来，房子都看好几回了。

二哥说："明天就能，到时你拿两份合同来。武姐，房租再便宜些吧，我们这是做饭店，至少得租三年。"

武姐乐了，用爽快的语气说："你就别跟老姐讨价还价了，沿街打听一下，这样的价格能不能找到第二家。老弟啊，我这都给你让到最低了，还给你一个月的时间来装修，这还不够意思？"

二哥勉强地说："关键这是两个人的生意，都想着省点钱不是。"

武姐说："现在房地产生意不好做，很多房子都卖不出去，假如市场好，你这个钱至少再加一万才能租到。"

二哥没有再说下去，跟武姐说明天这个时候来签合同。接着二哥围着房子转了一圈，说这里是厨房，那里整个包间，要带小炕的那种。另外地面要重新处理一下。

我跟在二哥身后听着他不停地说着，他心中早就有了设计装修的方案，在屋里每走一步就说一句，规划着自己的未来。

在回去的路上二哥说前几天到县城转过，有两三家想转让的饭店就去看了看，但都不太理想，要么太小要么价格太高，思前想后还是决定跟涛哥合伙开。开饭店一直是他的梦想，苦点累点都没关系。

下午我俩去了涛哥那里，去他那主要还是商量明天签合同的事。商量了半天涛哥的意思是先让二哥拿钱把房租交上，等十天之后回来款他便把钱拿出来，总之一人五万元钱。

涛嫂这时插话道："我给你们找个收银员吧，做前台招待特别好，之前有经验，年龄也不大，才四十多岁。"

二哥说："这个就没必要了，用咱自家人二岩就行。装修后要安装摄像头，店里的情况会一目了然。"

涛嫂执著地说："人家有经验，而且是女同志，比较合适。"

我在一旁听着，心里不是滋味，真想说，你们爱咋整就咋整，我不掺和。想想还是算了，昨天要不是二嫂私下里对我说要我跟着二哥一段时间，怕被人给糊弄了，我才懒得管他们这些事。反正还有四个来月就要过年了，过完年我还要坚持走自己的创业之路。

合同很快就签了，武姐身边的那个小白脸仍在，他左胳膊夹着一个黑色的公文包，俨然像个男秘书。水电表的数字武姐写在了纸上，电费是一个月一交，水费是三个月交一次。二哥接过纸条又对武姐说了一大堆奉承的话，说开业的时候一定请武姐来。武姐说了句客套话便钻进了车里，那小白脸自始至终一句话都没说。

二哥望着武姐车的背影挺有感触，对我说："那男的是武姐养的小白脸。你也好好地打扮一下，做个保养，再把驾照考下来，也找个富婆包一年挺不错的。能享受还能挣钱，这工作多舒服啊。"

我把二哥的话给否决了。二哥不知道做小白脸得有多大的心理承受能力，县城这么小，出门不到一里就能撞见熟人，多丢人。估计武姐的小白脸应该是外县的，或许人家的关系真的很纯，只是个司机。

签完合同后便开始了按部就班的装修，方案由二哥出，虽然我是做装修的，但是我的话语权并不大，也不想多说什么，毕竟咱只是打工者。

装修终于开始了，谁也没有想到这时城管却来了，原因是店门口堆了一车沙子，两位年轻的城管要求今天必须把沙子清理干净。

涛哥赔着笑脸说："下午就整干净。"

但是这两位执法人员并没有走，而是拿出了一份盖了章的文件说："装修可以，但必须要交纳一千块钱的管理费与垃圾费。只要是店面都要交这个费用，这是通知单。"说完便递给了涛哥，我闻声而来，看了一眼那个通知，确实有相关部门的盖章，但日期却是 2008 年的。

我笑着说："我是从事装修行业的，也在县城接了不少活，头一次听说装修还要向城管交钱。"

其中那位矮个子城管斜着眼睛说："你不知道的事多了，要不要我都讲给你听。三天之后去县城管局办理相关手续，逾期将会加倍罚款。"

他们说完便走了，涛哥对着他们的背影说："这还没开张呢就来要钱了，穷地方事还真多。"

为了确定这事是否是真的，我先给杨总打了个电话，他可是开了两家饭店。杨总的电话很快就接通了，我开门见山地问他装修时城管是否来收管理费。杨总说收了，不过只交了五百块钱。我谢过杨总后向涛哥说明了情况。

中午吃饭的时候大家都在商议这个钱交不交。涛嫂的意思是找个熟人少交点，二哥的意思是一分钱也不交，哪来的狗屁规定，还让不让人活了。

我知道二哥说的是气话，是还不太适应小城的生存环境。吃完饭还是按照涛嫂的意思去办。涛嫂说自己的保健品店里有位顾客，退休之前在城管局工作，找他去说说应该能办成这事。

这事就交给了涛哥与涛嫂去办，我和二哥负责装修的事。

晚上的时候才知道涛嫂让那老头给忽悠了，原来他没退休之前是在城管局看大门。

第54节

涛嫂一来就向我们抱怨："老头子看大门就看大门吧，干吗非得吹自己在城管局，一盒好茶叶就这么白白浪费了？"

我和二哥听了，都在心里乐，任她骂那老头的八辈祖宗。

过了一会儿，二哥说："这样吧，工人干活的时候先把卷帘门关上，装修是不能停的。"

涛嫂表示同意，骂骂咧咧了一阵又说："这样吧，我有个表哥是城区派出所的副所长，打电话跟他说说。"

我在一旁心想，再找人也顶多少交几百块钱，还不够人情费呢，何必呢。

涛嫂打完电话后说先等一会儿，表哥跟他们局长打个电话说说。半小时后那边打来了电话说去交钱吧，五百块钱。涛哥欣喜若狂地夸着涛嫂，说还是媳妇厉害，一个电话就少交了五百。

一行四人交完钱办好手续便回来了，在回来的路上涛嫂说等开业的时候好好地请下表哥。

二哥听后没有说话，佯装观看四周的风景。经过卖壁纸店时说要买两卷壁纸贴在背景墙上。涛哥不怎么同意，说直接用乳胶漆刷个色就行了。这样争执了一分钟，二哥问下我的意见，我说可以买两卷，又不贵，刷彩漆一样得花钱。

就这样在二哥的坚持下，花了八十块钱买了两卷劣质的工程壁纸。

回到海鲜店后我让二嫂把二哥花的钱一笔笔都记下来，特别是收据一张也不能丢，因为到时肯定会对账。要记住，两个人的生意一分钱也不能出错。

半个月后店面装修得差不多了，门头也订制了，店名是二哥取的，很有东北特色的名字——北国香东北餐馆。接下来就开始买硬件设施了，锅碗瓢盆、煤气灶、灯具、桌椅、冰柜、消毒柜等，这一项又花去了三万元。饭店有三个包间，其中有两个设计成日式的风格，安装了空调。

这时大厨宝哥也从东北赶了过来，他一来就张罗着购料，说必须要赶在国庆节前开业。

不过这时工人的工资出现了问题。宝哥是从东北过来的，大家对他都特亲，而他也说这次纯粹是帮二哥，等时机成熟，一切安排好了就回去。开始二哥跟涛哥说，宝哥的待遇一个月四千，包吃住，另每月给一百元电话费。而我的工资定在一千八，包吃住。

涛哥一听脸色变了，不太高兴地说都定高了，宝哥最多给三千五，而我的也就给一千五。

两位初次合作的小老板第一次因为工人待遇问题产生了明显的分歧，最后二哥妥协了。

过后二哥问我怎么想，我说你们看着给吧，我的要求也不多，只要饿不死就行。再说我这几个月跟着你把生意做起来，挣多了就多给点，挣少了就少给点。

说给二哥的话是自己的真心话，离过年没几个月了，我只想着能顺利过完这个倒霉的本命年，找个女人结婚就行了，这就是我的短期目标，什么创业挣大钱等太高的目标离我有点遥远。

　　开业前又陆续招了服务员和洗碗工。服务员的待遇是一月一千，洗碗工是八百。这些标准都是涛嫂定的，而且她又很勤快地把饭店的制度罗列了十余条打印了出来，用相框裱了起来挂在门口最显眼的位置。

　　二哥把这一切都看在眼里，晚上的时候跟嫂子说，涛嫂更年期提前了吧。涛哥也是，以前说好的，女人不掺和饭店的事，她真把自己当盘菜了，给点油水就腻歪。

　　饭店试营业阶段的营业额不是很理想，一天只能收个五百来块钱，厨师宝哥已经开始有怨言了。东北人说话都直，当着二哥的面说前期没考察好，饭店的位置选得不理想。但他又说现在谁也说不准，等正式开业的时候再说吧。

　　二哥则说："有信心整好，等开业的时候打折促销，一定要来个开门红。"

　　那几天二哥正在跑卫生局办理卫生许可证，一边办健康证，一边又是托人找关系，尽快办下证来早点开业。

　　这天一大早，二哥说："把餐具全部用消毒柜消毒，今天卫生局的人会来抽查。"我慌忙拿了些碗筷放在了里面。卫生局的人来了，戴着一次性手套，拿着盘子、筷子、碗一一进行检验。

　　宝哥私下里说这都是走过场，就算过关了他们也会卡个几天再发证。宝哥的意思很明显，要二哥和涛哥送点礼，因为这个卫生证办不下来，工商的证就不能办，如果没有工商证是不能正式开业的。卫生局的人走后，二哥便按照宝哥的意思送了点东北特产。果然不到一个礼拜便拿到了卫生许可证，接着二哥又去工商局办理了营业执照。

　　饭店开业典礼是涛嫂帮着策划的，店门口拉了些彩色的条旗，花篮也订了不少。请了一帮腰鼓队的老太太在店门口助兴，然后围着县城的主要街道举着牌子巡游，引得行人驻足观看。当天请的客人都是涛嫂引见的，有涛嫂的亲戚，有涛嫂的合作伙伴，还有县城的一些有头有脸的人物来捧场。二哥倒是实在人，只把同村的几个要好的伙伴叫来了。

　　当天来人很多，但多数都是蹭饭的。涛嫂私下里收了不少礼金，最后核对成本时，还赔了点。礼金只收了不到三千块钱，而那天的菜钱，酒钱将近三千五。最后报账时二哥有点生气了，一直向我报怨，把这当成自家的店了。

　　我没有出声，只是劝二哥想远点，开饭店哪能不先投资。

开业头十天客人反映菜的口味很地道，宝哥的手艺还是相当不错的，都说东北菜实惠、量大。门口拉了打 8.5 折优惠的条幅，营业额还算可以。

但是好景不长，十天后活动结束，部分菜二哥又调高了价。这让一些先头吃惯东北菜的人有点接受不了。接下来几天闲闲忙忙，每天的收支都不平衡。忙的时候一天会有十来桌，客人都喊着催菜，闲的时候一桌也没有，大家坐在一起愁眉苦脸。这种一天忙两天闲的状况真让没有做过餐饮行业的我适应不了。

第 55 节

饭店的生意可谓是惨淡，这中间我有过离开的想法。饭店收银还是找个女的比较合适。当我把这个想法透露给二哥时，他就劝我再等等吧，看这情况早晚得和涛哥散伙。我知道二哥现在每天都在发愁，海鲜店那边的生意也不怎么好，嫂子为这事也和他闹过好多次。

在饭店里待了一个多月后，心理的承受能力每天都在变化着，跟什么人都得打交道。我就遇到过嫌饭菜不好，非得给免一道菜钱才可以的。还有的服务员给客人推荐了一道东北特色菜，他们一尝不适合自己的口味，故意从头上拔下一根头发大声嚷嚷着换菜或者退菜的。当然了，还有吃霸王餐的。这些能忍的就忍了，毕竟是和气生财，不能忍的就让涛哥打电话让派出所处理。

一个月后宝哥说要回东北几天，那边有点私事要处理一下，他让二哥在本地招个厨师先顶着。关于招本地厨师这个举措很早就试过了，但是合适的厨师太难找了。没有办法宝哥走后只好二哥亲自掂勺，他哪能与专业厨师相比，做出的菜不是咸了就是淡了，涛哥改刀也不合格，常常把五花肉切得厚薄不均。这些情况我都看在眼里，心想这下可真完了，不到年底饭店肯定要黄。

有一段时间我迷上了玩福利彩票，一天不买心中就会有很大的遗憾。那是跟着厨师宝哥学的，他喜欢玩 3D，每天不忙的时候他就一个人低着头拿着铅笔在白纸上算写，而且还专门买了本彩票玩法的书。有时会说今天晚上肯定会出这组数字，问我们要不要跟。涛哥按捺不住大奖的诱惑，便跟了几次。

所以在饭店的时候我是他们之中最无聊的一个人，每天忙完饭点后只能坐在吧台里看书，写点聊以自慰的文字。再之后便是跟着宝哥买两注3D，前前后后跟了半个月始终一毛钱也没有中过，倒是把心情给带上去了。直到宝哥临时回家后我才把彩民发财梦遗忘掉。

这个时候我哥哥从青岛回家两天了，他给我打电话问我在哪儿？做什么工作？我说在县城二哥的饭店里帮忙。哥哥问我之前的装修为什么不做了？二哥一个月给多少钱。

我说装修先放一放，给一千五。

哥哥听了诧异道："才一千五，你傻啊，干什么不好，端盘子啊，真有你的。现在连媳妇还没有着落呢跑去做这个，帮忙有你这样帮的？"

我握着手机有点颤抖，无力地说："行了，你先把你自己的事办好再说吧，你回家来干嘛？"

哥哥说："你自己的事自己掂量吧。对了，问你个事，身上的钱多不多？"

我说："没有。"

哥哥说："算了吧，等你回家后再说吧。我这次回来不想走了，想做点小生意，在青岛考察了一下包子店，全部投资要五万元钱，现在手头还差两万。"

我说："这个你先等等再做，让我帮你做一下市场调查。"

哥哥说："我都做过了，咱们县城一家也没有。"

我说："你疯了吧，手头有点小钱就开始得瑟了。还是考虑周全些，等我给你做个市场调查也不晚。"

挂完电话后我便上网查了下这个"名鼎大包"店名。这是家总部设在青岛，全国连锁的包子店。地址离大哥之前工作的地方很近，怪不得他会有开包子店的冲动。我看了下公司简单的介绍，也就是普通的包子店，有自己的绝密配方，整的跟狗不理包子一样。不过我挺佩服创始人的，能把包子店开到全国连锁也算是有一定的商业头脑了。

小吃行业一般都是些能吃苦耐劳、起早贪黑的人来做，哥哥他明显不适合做这个行业。别看他现在被现实压低了头，但是他骨子里仍改不了投机取巧的本性。

虽然我们有半年多没见面了，哥俩并没有显示出过多的亲热。我开门见山地问他包子店的事考虑得怎么样了，他说已想好了，跟小涛一起合伙干。小涛目前跟着叔叔做铝合金的生意，嫌太累挣不到钱，再过一个月就不打算干了。俩人合作，每人投资两万五。

我劝他这种买卖尽量别做，我把自己的经历与二哥目前的状况跟他细说了一遍。嫂子在旁边听了感觉有道理，就劝大哥要想清楚。我又给大哥算了一笔账，县城的早餐店、包子店有很多家，虽然都是小规模，但是人流量都较大。人家投资才不到三万元，你们投入要多得多，一天得卖多少包子才能赚回本钱。

大哥非常固执，说道："你可知他家生意有多火爆，在青岛那边热包子刚出笼，不到半小时就能卖光。"

我苦笑着说："大哥这苦你吃不了，如果咱爸妈他们两人做这生意可以，你真的不行。"

大哥听后很生气："我在青岛什么苦没吃过，这点苦算什么。"

我不再言语，一个被金钱冲昏了头脑的人是什么事都可以做出来的。

大哥开包子铺的想法最终还是因弟弟小涛那边资金不到位而夭折了，之后大哥竟然又做起了另一个偏门生意，而且不计后果一去不回头。

第56节

在农村山东男人与东北男人都有一个共同点，爱打自己的媳妇。只要媳妇不给自己面子或者天天吵个没完，男人就打媳妇，但多数男人打完后都会后悔，往往碍于面子不会主动道歉。

二哥那天打嫂子我没有看到，只听后来前去劝架的涛嫂说有点过了，嘴都打出血了。二嫂也不甘示弱，冲上来把二哥脸上划了两道血印子，随后二嫂便拿了点钱离家出走了，二哥也没有阻拦。

二嫂是连夜从菏泽火车站走的，去哪了，大家都不知道。估计是回东北了，总之，二哥在别人面前没有表现出后悔。

二哥打嫂子的理由有很多，嫌她没事乱花钱。两个店都不挣钱，她又是买化妆品，又是和周围的女人打麻将，赢倒好，就怕一直输个不停。而且最重要的一点是偷偷地与前夫打电话、QQ聊天。二哥说这话的时候毫无愧疚之感。我知道二哥有时太任性，做事都是以自我为中心，两口子吵架再正常不过了，但是打仗不是一个人的原因，所以这事二哥必须自我反省才行。

在宝哥还没有回来，二嫂回东北期间，我和二哥在饭店关门以后就喝酒聊天，无论是啤酒还是白酒，准能喝得酩酊大醉，而这时二哥总是开着借来的车去黄河边上吹风。这一点很让人担心，一旦发生事故后果是不堪设想。有一次，他面对着滔滔的黄河水长叹不已，说人活在世上真窝囊，还不如一死了之。说完这话后我借着微弱的月光能看到他脸上的无奈与悲伤，那时我真担心他会一时想不开一头跳下去。好在我能开导他，装作比他更悲伤、比他更失败的样子。只有当他发现另外一个人比自己生活得还凄惨倒霉的时候，他才有了活下去的勇气。有时劝解别人不能光是鼓励，适当的时候转移一下压力，也不失为一种好办法。

2011 年 11 月 11 日是光棍节。我们两个男人提着一瓶东北烧酒和一瓶珍藏版葡萄酒，去了一家火锅店。当晚我俩喝完了所有的酒，把菜也吃得净光，最后二哥深情地说："岩，别看你二哥现在穷困潦倒，等哪天二哥混好了，一定会把你带起来。"

这话令我激动不已，我知道二哥说的是真心话，因为我们有太多的相似经历，但我不能表现出来。我只能附和着，其实这样的话我本不该相信的，因为这世道只有自己混好了才是王道，万不可指望别人拉你一把。所以不管是自己的亲哥还是朋友、同学，一切还得靠自己，人只能在患难时同受，富裕时不会同享的。

十一月份的鲁西南刚进入深秋已是很冷了，瑟瑟的秋风一直刮个不停，不出一个礼拜树上的叶子定能落个净光，冬天要来了。二哥与涛哥每天愁眉苦脸，最后二哥商议等宝哥回来了尝试一下增加狗肉火锅，因为我们这个地方人有爱吃狗肉的习惯。

二嫂走后海鲜店一直没有人看管，饭店这块二哥愁得焦头烂额，根本顾不上不见起色的海鲜店，因为房租也快到期了，二哥的意思是把货甩了，海鲜店彻底关门。

二哥把做狗肉火锅的材料及其他准备工作都安排好了，就等炖狗肉的配料与菜谱了。

万事俱备，只等宝哥。

对于此种举措我没有说什么，只是感觉有点徒劳。而我的意见仍是趁着刚刚入冬马上把饭店转让出去，但是二哥没有听我的，他固执地以为饭店还可以火起来，说饭店讲究的就是"靠"，一两个月根本看不出来效果。

宝哥如期地回来了。宝哥定了两种套餐，一种是 68 元起价，一种是 108 元起价，而且又加了几个狗肉的硬菜。重新又打了条幅挂在门口，还燃放了鞭炮。

我拿着传单沿着县中心一直发到人民广场，手里的传单已没有多少了。其实县城本来就不大，两个人不到两个小时就能把县城发个遍。为了那些流动的人群，我只好在十字路口有针对性地发，有时还会在停车场上停的车的雨刷上塞上一张。正在我眼盯着目标时，无意中看到在广场的一角，一位学生模样的男孩子正在贴手机膜。一张折叠桌子，一个马扎，一个黑色背包。

我把宣传册装了起来，拿着手机走了过去。他正在为一个女孩认真地工作，一分钟后便完成了。

他收了那女孩十块钱，抬起头问我："要贴膜吗？"

我点了点头。

把手机递给他后，便与他聊了起来。他是附近高中的学生，趁休息的时候来广场赚点外快。他还说一天也闲不着，在学校上课的时候依然会很忙。

我问："你这不影响学习吗？"

他倒是挺看得开的，说不怎么影响，反正不准备上大学。再说现在上了大学有什么用，还不是照样给别人打工。我现在可是自己在创业，别看是不固定的，三年内我要在那里开一家属于自己的手机店。说完他指了指对面的商铺，那里的位置极佳，房租一年至少得五万。

我听后有点惭愧，真是长江后浪推前浪，这家伙应该是 90 后。志向如此远大，而且对现实分析得也极有道理。我这个所谓的有点文化的青年又算什么啊。

我又问他："一天能贴多少个手机？"

他说："一般是二十个左右吧，好的时候能有四十个。不过现在的生意不好做了，广场那边也有一位胖女人贴膜，不过这样也好，有竞争才有发展吗，谁的技术好、服务好，生意自然会一直持续下去。"

我说真没想到他这么小，眼光看得蛮远的，将来一定能大有作为。之后我又给他算了一笔账，一天贴二十个就是二百块钱，手机膜的成本很低，顶多两块钱，去掉成本费他一天就能净赚一百八十元。一个月去掉下雨天不摆摊，一个月能挣三千块钱不成问题。

经我这么一说，他笑了笑，表示不认同。

他说："账不能这样算，贴膜也分季节，也就是这个秋冬时节生意好做些，再过半个月天一冷谁还出来啊，再说也没有那么多新手机让我贴啊。"

他说完后把贴好膜的手机递给了我，我拿出一张宣传册给他，让他有时间领着同学去捧捧场，吃点狗肉有助于强身健体。

他无奈地说："真对不起啊，我是不吃狗肉的，家里养了条金毛。"

第57节

果然不出我所料，狗肉火锅推出后生意依然惨淡，客源稀稀落落。吃过的客人都普遍反应不太实惠，价格略高，回头客几乎没有。

之前买的二手空调也出现了故障，三天两头漏水。空调是二哥负责买的，所以涛哥对此怨言特大。涛嫂没事的时候会时不时地来对账，其实这些账目半个月对一次就行了，因为每天的支出与收入根本不平衡，明眼人都看出来天天赔。

宝哥一天到晚也是闲得慌，他终于看不下去了，私下里对二哥说，真不行马上就转让吧，这样耗着不是办法，我一个月开这么多工资，天天不干活心里也不是滋味。二哥说再等等吧，天气一冷人会来吃的，再去发发传单。

听到这话我的脑子一下子又大了，我必须为自己考虑了，时间我是真的耗不起了。

十一月份的某天中午，饭店里仍然没有客人，我无聊地在店外来回踱着步，双手叉在裤兜里像个无事人一样。这时旁边卖电动车的老板与在路边摆摊修自行车的老头问我店里的生意怎么样？

我苦笑一声说："不行，这两天都没有客。"

修车老头这时像获得了什么秘密一样说："怎么样，我没猜错吧？在这里开馆子根本不行，开一家倒一家，到时候你向外转让都不好转。"

卖电动车的老板也附和着说："这一条街开什么都赔，数一数吧，这条街这么多空房子，只有二十几家店面，除了有几家生意不错外，其余的都在死命地撑着。就算桥那头的路修好了也不行，谁愿意跑到这么偏的地方来吃饭，再说你这个馆子要特色没特色，要口味没口味，价位这么高，谁会到这地方来吃饭？"

我说："有特色的，只不过咱们本地人都吃不习惯。"

那卖电动车的老板说："是啊，咱们吃饭都爱吃辣的，你们这个店的菜我也吃过，说实话一点也不好吃。"

老头接过话说："这条街啊，租金这么高，开饭店的就有两家好的，一家是好运来酒店，一家是牛杂店，这两家店每天都有几桌客，其余的店都不行，你这家店啊估计撑不了几个月。"

我问老头为啥那两家店可以呢。

老头点了根烟说："好运来酒店人家有路子，人脉关系多。那家牛杂店是没有路子的，但是人家有特色，口味正，别看吃饭的地方油烘烘的，但是人家就是爱去，味正。你看那家驴肉店，都转手五六个老板了，还是不见起色。"

我听后默默不语，他们二人所说的我都想过，而且没事时也去看过。这些情况我想二哥比我更清楚，但是没有办法，钱投进去了，只能硬挺着了，看看天冷后狗肉火锅怎么个情况吧。

这时二哥的那些堆在仓库里的海鲜开始甩卖了，我们昨天下午清点了一下货，估算损失得三万多。一部分海货都不能要了，而且部分袋装产品都过期了。特别是很贵的扇贝、海参都发了霉，不能再卖了，只能狠下心扔进了垃圾箱。扔这些变质发霉的东西时二哥的脸色很难看，欲哭无泪的样子。我劝二哥说莫要着急，以后再做就有经验了，发货不能一次性发太多，现在要做的是想办法把货底子处理掉。二哥很头疼地说："怎么处理，还有这么多。"

我说："早上去市场上卖去！"

二哥听了没再说什么，只能默认这种做法了。

我们重新理了理货，又挑出来一部分发霉的产品扔掉，最后能卖的只有红酒、袋装海蜇丝、五彩鱼糖、瓶装鱼酱。我用黑色粗笔在白纸上写上：海货大甩卖，批发价处理。

饭店一般是从十点开始忙，所以早市甩货一般从六点半到九点多，三个小时足够了。

一切准备好后，就等第二天早上摆地摊了。

第二天清早，二哥和我开着车把货架子摆放在市场的小胡同里。卸下货后二哥便开着车走了，他要去海鲜店。

我把架子展开，货品一一摆放上去，把写着"大甩卖"的卡片放在了货架上。看了下时间，快七点了，这时市场上的人开始多了起来，但是没有一个人驻足我的小摊。

这一时让我郁闷起来，以前自己在小摊上买袜子、杂志等，觉得这些摆小摊的生意好做，不用吆喝，货摆在街上就有很多人来买。真的等自己摆地摊时才发现生意不管大小都不好做，特别是我这样内向很要面子的人突然出来摆摊，真有点赶鸭子上架的感觉。特别是害怕碰到熟人，如果他们看到我在此摆地摊还不得被吓到。

还好事情没有我想的那样糟，十分钟后开始有人来问我这东西怎么卖，怎么吃。

我像老师教导学生一样一字一句地解释，海蜇丝必须先用清水洗一下，然后就可以直接食用了，做法能与黄瓜生拌，还可以做海蜇汤，都有很高的营养价值。鱼糖开袋就能吃，跟平时吃的糖果没啥区别。鱼酱更简单了，跟豆瓣酱一个吃法。

我这样的解说还真奏效，三三两两地陆续有人掏钱买了，渐渐地我放下了架子，放开了嗓子像小商小贩似的叫卖起来。

一个小时过去了，数了数卖的钱已有一百多块了，看来成绩还不错，第一次摆摊成功。但是半个小时后却没有人再来买了，都只是看个新鲜，打听个价钱。

我叹了口气，这时旁边一位卖瓜子的老大爷见我卖不动了，便说："小伙子你是刚来这里吧？"

我说："嗯，第一次摆摊卖货。"

他说："我看你半天了，你这货在我们这地方不好卖，东西是好东西，但大家都不认啊。这沿海的玩意大家都没见过，不敢买。你必须得趁围观的人多时放开手卖，价格再低些才行。我们这里的人都一个傻性子，只要见别人买就会买，不管是啥东西，图便宜嘛。"

我说："大爷你说得很对。"

俗话说："不听老人言，吃亏在眼前。"就按着这位老大爷说的做，放开手卖，只要有围观的人就把价再降低些。只要能把本钱挣回来就可以了。

这一招果然好使，早上出来买菜赶集的多是些老人，而且妇女居多，都有图便宜的习惯，一看到有人低价卖这么好的海产品都纷纷掏钱来买。

一时忙得我晕头转向，只顾着收钱而没有看他们拿货，趁乱期间丢了两包货。

正在这时城管来了，两位穿着制服的女城管来到摊位前大声说："不要在这里摆，快走！"

见此情景我也只能说："好好，马上。"

说完我便慢慢地开始收拾东西。

这时卖瓜子的老头很自觉地向后面移了一米，靠近墙根处，他移完之后便叫我也移过去，不用收拾东西，只要摊子不妨碍行人走路就行。

我谢过他之后，便很费力地把货带架子抬了过去。

城管走了，估计一会儿还可能回来。架子后移到墙根处来来往往的人群很少再来光顾。

快到九点的时候，老头说可以往前摆货了，城管这个时候会休息两个小时。听他说完后，我便主动地帮他把瓜子向前挪动。我把自己的货架也挪了过去，摆了半个小时后，只卖了点小货，这时市场的人越来越少了，集已经散了。

十点准备收摊，清点了一下货，数了数钱，今天早上一共卖了二百多块，比我预计的要理想得多。

二哥开车过来把东西都拉到了仓库里，路上我问他那边甩得怎么样。他唉声叹气地说不行，那边问的人多，掏腰包的很少。

我劝二哥不要着急，凡事都得慢慢来。

到了仓库把货卸了下来，关上门直接回饭店了。到了饭店后草草地吃完饭便拿着宣传册去街上发去了。这是第二次大规模、大范围地发单子，我已经有点腻了，烦了。因为发宣传册只有这几条街，路线都相同，经常碰到熟人，上次有一天发了三个小时就碰到村里的十几个人，不管自己脸皮有多厚，还是能感觉到一点点的丢面子和掉身价。

饭店的宣传册连续发了两天生意仍不见起色，来吃狗肉的只有两个顾客，而且是点了一个菜打包。一天就是那么零星地一二桌客人，厨师、服务员每当饭点时都干坐着。两位老板也是干上火没办法，特别是涛哥动不动就发脾气，一件小事就能吵成惊天大事。有一天在门外用煤炉子焖狗肉，狗肉好了之后厨师忘记把炉子拿进来了，涛哥就喋喋不休地说这件事如何的严重，万一被人拎走了怎么办！还不得再花钱买！

总之，那天晚上大家都没有吭声，都各有所思。

第58节

饭店的生意看来只能死命硬撑着了，我现在的心思是尽快把那些海货帮二哥甩完。

我跟二哥商量，让他把店门口的货价格提高点，我在市场那边价格低点，这样就容易卖了。这一招是我从电视节目《聚宝盆》里学到的，当时沈万三帮别人卖滞销的橘子也是这么卖的。相同的产品必须有个差价，这样才能让低的那一方出货。

果然这一招很管用，我这边架子上的货不到十点就快清了，只有几瓶葡萄酒与鱼酱了。

正待我要扯开嗓子叫卖大甩卖时，城管来了。

他们是三个人，二女一男，男的右手拎着一个秤，来我的摊子上时，用左手把货架上的鱼酱抓去一瓶。

他说："这不让摆摊不知道啊。"说完他又来拿鱼酱，巴掌大的手一下子竟然抓起了三瓶。

我见状低声下气地说："大哥，我不摆了，现在就向后面的台子上挪。"

他提高了嗓门说："不行，这几个我没收，后面也不能摆，现在赶快撤，要不一会儿我把你的摊子给端了。"

我说："大哥别这么过火，我也就在这摆两天，甩完货就走人，别把事做绝了。"

城管大哥听了丝毫没有让步，大声地吼叫："今天这几瓶东西就不给你了。"

我说："好啊，你别给，可不要后悔啊。"说完我便掏出手机对着他照了一张相。

这时另外两位女城管喊道："你干什么，谁让你拍照的，把手机拿来。"

男城管见状急忙放下手中"收缴的战利品"，与那两名女城管一起来争抢我的"战利品"。在与她们拉扯中，我屁股挨了一脚。由于我把手机一直紧紧地攥着，他们没有拿到，那名威武的男城管用力地推了我一把，我一个趔趄差点摔倒，就在这时他又用左脚踹了过来，我反应快，躲了过去。

情急之下我拿起了一瓶红酒使劲地朝他的头上扔去。

只听"啪"的一声，红酒瓶被他用手挡了过去，重重地摔在地上，顿时血红色的酒洒满了一地。这时围观的群众越来越多，听他们是支持我的。三名城管看见围观的人越来越多怕引起群体事件，态度来了个一百八十度大转弯，两名女城管劝我，不要冲动，有事好好说，说完也劝那名男城管把东西还给我。

男城管的脸色由铁青变为煞白，可能刚开始他以为我这个戴眼镜的白面书生好欺负，却没想到我态度语气一横，转身变为拼命三郎，他就老实了许多。在两名女城管的劝阻下与周围群众的簇拥下，男城管给自己找了一个台阶走了，临走时说："别再让我看到你，赶紧把照片删了。"

望着城管去了别的地方，众人也渐渐地散了，我紧张激动的心这才缓缓地平静下来，我擦了把额头上的汗，心里思忖道：真是虚惊一场，原来我也可以狠起来。

我把东西收拾了一下，货架向后抬了抬，把那几瓶鱼酱一一摆在上面。这时一位佝偻着身子的老头蹒跚地走来，把地上的秤捡了起来，并说："谢谢你了，年轻人，最好别招惹他们。"

我谢过老人的提醒，心里想要不要现在撤摊子。看了一眼所剩无几的货又狠下心来，决定卖完这些再走，不怕城管再来。

我的坚持换来了人格的尊严与合法的权利，那三名城管从我的摊边来回走了三次都没有刁难我，我也很识趣地把摊子向后挪了挪。

饭店每天的生意是可有可无，一天有时来一桌客，经营惨淡。我依然是每天早上 6：30 — 9：30 在市场上甩货，然后到饭店里帮忙。

第59节

不知不觉中我已在早市摆了半个月的地摊了，海鲜店里的货也甩了将近三分之一，虽然本钱没有收回来多少，但也总算减少了部分损失。

最后甩货时结识了一位也是卖海产品的大哥，他是做新鲜海货的。那天我无聊地坐在货摊前，这位戴着银色眼镜的大哥，问我的货卖得怎么样，然后坐在我的旁边和我唠了起来。他很健谈，并且说还认识我二哥。

我递了一根烟过去，他说以前二哥开的那个干海货店选错了地方，东西是好东西，就是卖不出好价格。他还说当初那个店房租也租贵了，以前租给别人是三百块钱，房子重新装修了一下租给你二哥就要1000元，还有这个房子以前是卖地摊货的，都是鞋、米、油之类的。现在你哥弄过来后，上了海参鲍鱼能行吗？别人以为是假货呢，就比如你今天在这摆地摊卖红酒跟海蜇丝，这么低的价别人还以为都是过期的或假的。

我连声称是，表示赞同。

他弹了弹烟又接着说："你哥那个店一开始也挣了点钱，特别是过节的时候很好卖，估计他就是从那两个月中尝到了甜头，后来便大批地进货，到了八月份便卖不动了。天一热有些海货肯定发霉不能卖了。"

我说："前几天在仓库里清点货，损失将近三万元，一些扇贝都扔了。"

他说："可不是啊，所以说选点很重要。我跟你说小伙子，咱们都是本地人，看你天天在这甩货我感觉挺苦的，就告诉你实话。其实咱们这里卖干海货还是有市场的，要不你哥那两个月能挣那么多钱吗，但是因为店面没有选好，装修不上档次，在货卖不动时也不主动出去推销。我看你比你哥强多了，交际能力不错，懂得营销，可以考虑一下自己接手卖干海鲜，选个好地角的店面，肯定比你现在给别人打工强。干海货的市场一直是个空白，市场潜力很大。"

我谢过他，感觉他讲得有理有据，值得思考。

我还没有把货甩完，那边饭店就出现问题了，终于支撑不住，开始向外兑店了。

第60节

向外兑饭店是有门道的，宝哥给他们俩出主意，越快越好，不能拖，只要有来看店的，二哥与涛哥一个扮白脸，一个扮黑脸。兑店的理由统一定成家中有事，须回东北老家。宝哥还说在店出兑那几天有真心想兑的人都会打听，请几个哥们天天来店里白吃白喝，制造一种生意很好的假象。

二哥与涛哥开始定的出兑价为12万，宝哥说价有点高了，根本值不了那么多钱。二哥说没事，看上的再往下降呗。

我知道二哥定的价差不多能赚回本钱，连涛哥也说先定这个价，如果有人真心兑，这个价还可以再降些，但是他俩的如意算盘打错了。

稍有常识的人都知道，一个店想出兑个好价必须是这个店生意最为火爆的时候，只有这样才能赚一笔。比如县城最为人们熟知的美国加州牛肉面，开业后一连几个月火爆得不行，特别是中午来吃饭的人几乎都得排队。这时老板却张贴出转让的告示来，人们纷纷问原因，老板说家里出点事着急用钱，转让费为18万，其实老板整个投资，加上加盟费装修费也就13万。即使这么高的价开出来，想接手的人仍络绎不绝，不到三天就成功地转让出去。接手者按照之前的路子继续经营，但是好景不长，不到半年就黄了，最后没有办法只好低价转让。

这个案例是涛嫂讲出来的，是内部人当笑话说给她的，她则一本正经地讲给了我们。

转让的信息在店门口张贴后，询问者不是很多，三天不来一个。二哥说打印三十份贴在外面。于是大家再一次出动，张贴小广告，这时已进入了最冷的时候。我拿着小广告的手冻得不行，在电线杆上贴的时候还得时不时看着有没有城管。

一个星期后有三四个看店者，但是一听转让费都退缩了，他们也说不值这个价，地理位置不怎么好。还有的说等过完年再考虑吧。

转让的时间不对，因为离过年只有一个月了，人们这时都想着置办年货，不想着再用大钱张罗新的买卖了。这是乡下人的习惯，谁也不想投进去这么多，更不想接手一个烂摊子。

因为宝哥着急回东北，最后一个月就发了宝哥的工资，而我最后一个月的工资先欠着，等店兑出去后再给我。我也没有说什么，了解到他们的难处，谁也不想再自己掏钱来堵这个窟窿。十天后他俩便宣布关门，把转让的电话留在了门上。

海鲜店不打算再做下去，货也甩得差不多了，就等到租期了。我问二哥今后怎么办，他说等把饭店兑出去后便回东北一趟，明年再回来把房子盖上。当他问我的打算时，我说，过几天把住的房子退了就回家。他最后不好意思地向我道歉，钱没挣着还连累我这么长时间。

转让信息的电话留的是二哥的，涛哥除了有时会骑着电动车来看一趟外，别的时间基本上泡在保健品店里。看来他也对饭店彻底失去了信心。

我要重新开始我的生活了，2012年就在眼前了。

就在我打算给房东打电话要退房时，突然看到在十字路口卖年画的人很眼熟，走近一看原来是那个在广场上贴手机保护膜的小子。我过去打了声招呼，他抬头看了我一眼说："大哥要买年画？"这家伙竟然没有认出我来。

"你不认识我了，你在广场还给我贴过手机膜呢。"

他哦了一声，说顾客太多，一时想不起来了。

我说："开狗肉馆的。"

他这才拍了下脑门说记得了，并问我生意怎么样。

我没有告诉他黄了，只说还行吧，凑合。

他说："还行就可以了，现在的生意太难做了。大哥家的年画准备了吗？如果没有，挑几幅，按批发价给你。"

我说："算了，这东西都是我妈准备的。"

说完我便走了，等走到街角转弯处，我又回头看了他一眼，我决定卖年画，不能就这样空手回家。

当摆地摊卖年画的想法占据了我的大脑后，便一刻也没有停止过。卖年画是件投资小基本无风险的生意，只是稍稍辛苦点，现在离过年还有一个月，我算了一笔账，先拿出五千块钱来进点年画，找个好的位置摆摊，怎么也能赚三千块钱。

时间不等人，说干就干。

卖年画首先要知道进货的渠道，还好我对这有一点了解，因为华生的老爹就是卖这东西的，货基本上是从河南或者菏泽批发的。我先用一上午的时间围着县城的年画点转了一遍，做了下统计。摆地摊的不下一百家，正规门店有五十家，而且卖的品种大同小异，无非是灯笼、对联、门神等。做完统计后我在脑子里有了自己的想法，大街上摆地摊的都是按照传统方式用塑料纸铺在地上，上面摆满了各种对联，再用石头或者木块压住。

我要改变这种传统的方式，走另类路线。一是花钱买个成品四角架，周围用塑料纸糊上，在里面拴些绳子，把对联挂在绳子上。这样做有很多好处，不怕风吹雪打。传统的都是摆地摊，有顾客想买还得现翻。而且他们那种摆摊方式受天气影响较大，天气一变就得收摊。而我这样做根本不需要，这按经济学家的说法是根基深。另外我又上了新的品种，现在大街上买对联的年轻人越来越多，老式的年货太单调没意思。我准备要从网上定购一些新推出的年画。因为订货到发货有个时间段，最让我担心的是货能不能订到。

打电话给几家批发年画的，都说得十几天才能有货，订单太多，一时做不出来。终于在我不懈的努力下找到了一家，货的品种他们给配，而且只要三天就能到货，货到付款。我在他们的网店上选了几个新样品，一下子订了五千块钱的货。然后我又去广告公司花一百五十元做了个宣传条幅：龙腾虎跃，欢度春节。

卖年画地角也很重要，找了几处，好的地角都被人给占了，只有在一所小学的门口有空位。向别的地摊摆主问了下摆摊得多少钱，他们说按面积来算，得去城管登个记，然后再去街道办事处交卫生费就行。咱是想挣钱该交的钱就得交。

就在我等着年画到来时，母亲打来电话让我回家去相亲，称对方在附近的厂子上班，人长得很不错。我想着这两天正好没事，就去看看吧，毕竟这是老人的一片心意，成不成都必须得看看，不能伤了她。

回到家跟着邻居去女孩家小坐了一会儿，对方长得标志大方，比我想象得还要满意，就是年龄整整比我小三岁。两人说了一会儿话，问下各自的年龄，在哪工作、爱好等。农村的相亲就是这样，俗得很。这时女孩的母亲一拐一瘸地走了过来，冷不丁地坐到我面前，大嗓门地问我多大了，做什么工作等，我一一做了回答。

回去后我把对方的情况一五一十地说给了父母，父母很欣喜，说会尽快托个媒人去和她的家人商量订婚的事。当我说到她的母亲腿有点残疾，我母亲对家庭还是有点不满意。这事还是从长计议吧。

吃完晚饭我一个人去外边走了走。

夜很冷，远处的星空闪烁着迷人的光芒。这时堂弟打电话来让我去他家，本来我想拒绝，因为不愿意去已经结婚生子的亲戚家串门，但是最后还是抵不过他的"呼唤"，还是去了。到了弟弟家后，他们一家人正在打麻将，弟妹抱着孩子坐在一旁看电视。我与他们打了声招呼，便无聊地坐在一旁看他们打牌。

这时弟弟问我对象物色好了吗？今年可不能再拖了，再拖可就要打一辈子光棍了。

我笑笑说："差不多了，过几天要订婚。"

叔叔和婶婶听后都争着问我："是哪里人，年龄多大，家庭条件怎么样。"

我一一回答了他们。

看着他们仍火热地搓着麻将，我决定回家。实在想不通麻将有什么神奇的本事，竟让四个人能围坐在一起，一坐就是好几个钟头。弟弟见我要回去，便送我，让我不要老是待在家里不出门，没事就出来转转。

第61节

年画并不像我所想的那样好卖，前两天零零散散只能卖五六副对联，几个灯笼。大部分人都是驻足观看一下，问一下价格便走了。

我试着找出原因，用了两个小时的时间仔细观察，终于明白了，原来我是聪明反被聪明误。我所在的这条街位置还算可以，卖年画的不到五家，要说竞争少。虽然这条街人多，不过多数都是卖菜卖肉的。乡下人赶集有个规律，买东西都爱扎堆。本县城卖年画的集中地点是广场附近。

必须要好好的想想办法了，我还是有优势的，就比如经济学家爱讲的那个故事，去非洲卖鞋，一个人发现当地人都不穿鞋，所以放弃了。另一人却发现了商机，不穿鞋是吧，我来引导你们穿。

并不是每个非洲人都要穿鞋，但是在中国每一户人家都用得着年画。

我想到了鞭炮，乡下人都爱热闹，每天趁着赶集的高峰时间（大约10点左右）在摊前面放一挂鞭炮，然后弄个小喇叭不停地吆喝，我的东西好还便宜不怕你们不来买。

这一招果然奏效，一连放了三天鞭炮，三天喇叭，把周围赶集的人都给吸引过来了。

我做生意嘴甜，而且不怎么计较小挂件，如果有人一下子买超过一百块钱的年画，我会送给他一些小的礼品，其实这些礼品值不了多少钱。但是起到的作用却很大，他们夸我年纪轻轻会做生意。我则说还请你们给拉拉生意，让亲戚邻居朋友们都来捧捧场。

一个礼拜过去了，生意渐渐好了起来，出租房里的货剩的不多了，又给厂家打了电话订了三千块钱的货。这时老天也很帮忙，下了一场雪，而且风很大，街上摆地摊的人少了起来。我认为机会来了，虽然赶集的人也少了许多，但是毕竟竞争对手少了。早上八点我会准时出现在摊位上，晚上直到六点才收摊。那时天天收钱，虽然都是小钱，但却很开心，毕竟是自己的辛劳所得。这时母亲打电话让我回家商量相亲的事，我给推了，挣钱要紧。哥哥在旁边听后埋怨说道，挣钱，摆个地摊能挣个屁钱，一个高才生净做些要饭的活，说出来让人笑话。

腊月十五我刚吃完盒饭，海涛给我打来电话，问我忙什么呢。我说摆地摊卖年画呢，都半个月了。他有点惊讶地说："真想不到啊，人才呀。"我无奈地笑了笑说："家里买年画了吗，没买的话哪天有时间来挑几幅。"

海涛告诉我腊月二十结婚，让我一定参加。我说一定过去，再怎么忙也得过去。海涛结婚的事早就告诉我了，由于太忙，忘记了具体日期，他一打电话我心里就有了一种紧迫感。

腊月二十我起得很早，把货摊交给母亲来看管，老太太虽然没上过学，但是卖这些东西还算顺手。

我精心打扮了一番便坐车去了海涛家。今天海涛要结婚了，应该说是终于结婚了。年长我一岁的海涛是他家里的独苗，他父母在他十八周岁时就曾让媒人给他物色对象，一向挑剔的海涛一直拖了八年，今年终于找到了如意的女人。我曾与海涛半开玩笑半认真地说，只要他结婚我便紧随其后结婚，今天他要结婚了，不知我的话能否兑现。

快到海涛家时，我把准备好的红包拿了出来。我包了八百块钱，这也是我至今送出礼金最多的一次，以前都是两百，最多的也只有五百，随钱的多少根据交情的深厚来决定。

海涛家人头攒动，村子里很多老人小孩都来凑热闹。婚礼办得很有水准，隆重、热闹，亲戚朋友都来了，光酒席摆了有十五桌。我与几位高中同学坐在一桌，大家都是久别重逢，打开酒瓶就喝了起来。

下午三点酒宴才散席，与海涛分别后，我就坐公交车回家了。快到站时，我头疼欲裂，胃里翻江倒海，立马叫司机停车。下车后我扶着树便"哇哇"地吐了起来，把今天所有的快乐与不快都吐了出来。吐得差不多了，我站起身走在路上，两边宽阔的田野让人眼前一亮，大大小小的麻雀从电线杆上划出了一道道抛物线，倏地向更远的地方飞去了。一个孤独的男人沿着乡村的小道蹒跚着。

到家后我一头扎在床上不省人事。直到母亲叫我吃晚饭，我才清醒过来，浑身发冷，肚子空空，看样子受凉了，要感冒了。母亲说这一天卖了不少，以前总以为摆地摊挣不到钱，现在感觉还是挺划算的。我冲母亲笑了笑，说人家是捡西瓜，你儿子是捡芝麻。母亲听后把钱塞给了我，我哪好意思要这钱，忙说你自己留着吧，过年给爹买套合适的衣服。母亲笑着把钱装在小手绢里，低声自语道这钱留着给儿子娶媳妇用。

不知怎的，我听到这句话，眼泪禁不住地流了下来……

第62节

年画被我卖得差不多时，二哥打来了电话说饭店兑出去了，过两天他要回东北。我在电话中留他在这过年。他推辞了一番，说还是回去吧，毕竟在那边习惯了，过完年再回来。二哥接着说要把最后一个月的工资给我结了，问我在哪儿，我说在地摊上卖年画。他笑了下，佩服我的勇气。

我没有问二哥饭店兑了多少钱，他也没有说。我估计应该很低，想想二哥刚来县城时的情景真让人感慨万千，这半年赔了不下十万元钱。但生意场上就是这样残酷，赚钱了你就是大爷，有人来捧你。赔钱了就是孙子，没人同情你。同样，现在我一点也不同情二哥，只是感觉有点可惜。

二哥给了我一千五百块钱，我没有数就装进了口袋里。他说要请我吃顿饭，我答应了，就算是为他践行吧，毕竟他在这里没有什么知心朋友。我早早地收摊后两人在一家火锅城一直喝到半夜，直到服务员催促才意识到天很晚了。二哥开心地说去KTV玩玩。出了火锅城我看着他欢快的样子，心想酒真是个好东西，暂时可以让人忘记所有的不幸和烦恼。

三天后二哥走了，浑身上下只有两万元钱。

离春节还有两天，我算了下这次卖年画的账，两次进货，减去成本与乱七八糟的费用我净赚四千块钱。这几天每天都是大减价甩卖，但最终还是有一部分没有甩出去，看来得留到明年了。

父亲是在腊月二十七到家的，那天阴沉沉的，好像要下雪的样子。我提前收了摊赶回家，一家人其乐融融地坐在一起吃饭。吃完饭，父亲把我和哥哥叫进了里屋。

父亲把一沓钱放在了桌子上，说这里有一万五，是他这半年挣来的，说说你们吧，这一年都干什么了，挣了多少。你俩都不小了，不能糊里糊涂地过日子。

我看了眼大哥，他没有举动，我只好把银行卡摆在了桌子上，说这里面有三万元钱，手里还有点零头，再加上外面的一些账，总共有四万元钱吧。

大哥抽了口烟说今年自己没有挣多少，顶多够过年的。

大哥明显撒了谎，其实母亲早就偷偷地对我说哥哥做起了别的生意，给别人看赌场，一晚上二百块钱，现金付款。现在他的外债已全部还清，自从不打算做包子店以来，先后从赌场那里弄了五万多，这些钱一部分是他的工资，一部分是下注赢来的。母亲曾劝过大哥收手，做些正经生意，但是他说明年再说。大嫂也不再管他了，以前她知道我大哥做生意净赔钱，现在做起这个每天都能带钱回家，也睁一只眼闭一只眼默许了。现在大哥的手里至少有两万元钱，但是他没有拿出来，说过了年要买部车，天天晚上跟着一帮人挤车太不方便。他之前跟我借的两万元钱只还了我一万，剩下的说等过了年再给。

大哥给别人看场子，是他的事情，我无权干涉，因为只要我一提反对意见，他就说我没用，挣不了钱说再多都是一句屁话。

第63节

今年的除夕聚会仍然是在二亚家，小万提前去县城买好了火锅底料，涮菜，啤酒。大家仍是 AA 制，花多少都平均摊，谁也不沾光谁也不吃亏。人还是去年那些人，不过看容貌与穿着都成熟多了，但却没有了以往的那种无所不谈的氛围，都是表情凝重心事重重的样子。事后我才知道大家这一年都变了，而且有些是戏剧性的，有些是灾难性的。

华生不用说了，自从有了那次赌博的教训后，收敛了许多。但是仍小赌不断，没事就赌一把，输赢都是几百。有时会借钱来赌，打老婆更是家常便饭。

大爷家的小涛还是跟着叔叔做铝合金，只是今年他做出了一个决定，要回押着的工资后就转行，他想借点钱买辆小货车，给别人拉货。当他把这个决定说出来时，我们都同意，因为我们这群村里的同龄人都已自己创业了，而且大家都相信那句话，创业须趁早，不然机会一转眼就没了。再说小涛跟着叔叔做，工资一直没涨，满打满算一个月才不到两千块钱，去掉摩托车油钱，烟钱等只能剩下不到一千块钱。小涛干的活挺累的，还脏。他说手里有五万元钱，父母凑点，再向哥们几个借点，差不多十万元钱就能买辆车了，虽然会累点，但至少挣多挣少是自己的。

二亚还是老样子，他正在学习木工，买了一套木工用的工具。他说腻子活太脏了，挣钱也少，没有木工来钱快。这一点我同意，做装修的都知道五大工种里面就数腻子工脏，工价低。而且腻子工入行门槛低，只要拿着腻刀刮几天就能出师，所以竞争越来越激烈了，有时两帮人为了争活不得不降低价格。二亚学木工是对的，以他的努力与头脑一年后定能出师。他说出师后要去泰安转转，那里有几个同学，可以搭伙一起做，外面的工价毕竟比家里的高。

　　我们常说这个人有福，这都是命。但命运这东西有时你不能不信，比如小万一直跟着他叔叔做食用油生意，就在他准备跳出来单干时，济南那边出了个很大的地沟油事件，开始没有牵连太多的人，工商与警方的保密工作做得比较好。小万的叔叔也知道小万总有一天会单干，也没有强留，给了他五万元钱的启动资金，就算是对他这个亲侄子最好的帮助吧。小万这些年跟着他叔叔做，已存了不少钱，跳出来后立马代理了某个品牌的食用油，又从银行借了十万元钱买了辆货车。小万很有生意头脑，把之前他叔叔联系的客户慢慢地拉了过来。就在这时他叔叔也被济南那边来的警察给带走了，托人打听才知道生产地沟油的老板在被关起来，并把所有的商家都供了出来。事件很严重，因为近些年国家卫生部与工商部一直对地沟油上餐桌进行严打。小万的叔叔这些年一直做这个发了大财，私下里听小万说家里人出一千万打点关系，但是直到过年仍是没有见到人影。这个案子归省里管，他们的关系网基本上用不到。而小万由于离开得早没有受到牵连。小万很有商业头脑，利用这次机会宣传他代理的食用油，向超市供货，挨家挨户上门推销，把"安全、放心、健康"的宣传标语挂在店面，两个月后便打开了市场。

　　人说，男人有了钱都会变的。

　　小万利用春节这段时间大搞促销活动，又把下面乡镇的经销商都给拉拢住，一下子赚了十几万元，先是把贷款还了，后是把之前的媳妇一脚踹回了娘家，不久便离了婚，后来一位在他店里上班的漂亮小店员结了婚。他结第二次婚的时候我们都不知道，没有大办，只领了证，象征性地请了双方父母亲戚摆了两桌。他与前妻的孩子被留在了这边，与小店员结婚前，小店员说结婚后要把孩子当成自家孩子一样照顾。但是婚后不久那小店员怀了自己的孩子，便对那个孩子不管不问了。

　　在酒桌上小万说到这里眼睛红润了，我们能理解作为孩子的亲生父亲该有多难受。前妻还要嫁人，不可能要这个孩子。但是回头想想，谁种的恶果，最终谁要尝，所以有些欲望一定要学会克制，不然的话人不到三十岁就会活得比四十岁还要辛苦。

与小万的事业顺风顺水相比，猛子就没有那么好的运气了。

在 2011 年十月份前猛子的事业可谓是顺风顺水，那时他的建筑队已渐渐形成了规模，特别是木工在我们县城已小有名气。他手底下固定的木工有十几个，木方子有一百方，很多小游击队都会来向他租木方子，光每个月的租金就够他吃的。

他现在不用依靠老爹就有些名气了，特别是那位大老板一直栽培他。以前由于猛子没有公司挂靠，只能从别人手里接点二手活，那位大老板也挺仗义的，说等过了年要给他投点资也注册个公司。猛子听后很是感激还想要拜他为干爹。

八月份县里有个新的招商项目，一个大老板与别人合资建高科技生物有限公司，号称投资两千万。这个项目上马挺快，而那位大老板把厂房所有的活都承包给了猛子。开始进行得挺顺利，开工奠基的时候县里还来了几位领导剪彩，甚至还一度上了本县的电视新闻。猛子从他老爹那里借了十万资金，加上自己手里的十万，又从亲戚朋友那借了点，用三十万作为启动资金。猛子与那位大老板签订的协议是该项目先建后结款，地基完工后先结这个项目的百分之五十，浇灌完工后再结这项工程的百分之五十。合同对猛子还算合理，能解决资金周转的问题。

但是，就在猛子领着工人干得起劲的时候出事了。出事之前一点征兆也没有，最先向他透露风声的是他老爹。

他老爹是村长，有点风吹草动他最先知道。那天下午他早早地把猛子叫回家，说那个大老板与投资人携款跑了，工程款肯定要打水漂了。这消息一下子让猛子懵住了，之前就担心这事发生，没想到这事还是来了。

原来那两个合伙投资人是靠忽悠起家的，造了一大堆假文件取得了地方领导的信任。说实话这事也不能全怪地方领导，因为上级每年都会给他们下达招商引资的任务，完不成任务要通报批评，有些领导为了这个任务不得不把一些重污染的产业给引进来。号称两千万的生物科技投资其实就是个空壳，他们先期只投了不到十万元钱就搞定了，用猛子他们的钱垫资建厂，等厂建一半后再向银行抵押，贷了两百万的款，等银行的钱一到手立马不见了人影。留下一个建了一半的空厂房与还不知情的建筑工人。

其实这样的事情各地都有发生，借投资之名来骗取当地政府的信任，然后再向银行贷款，等款一到账立马走人。政府与银行的人只能无奈地望着空厂房叹气悲伤。建厂的地都是向村民租来的，空厂房根本值不了多少钱。所以我们在一些落后县城的所谓工业园区总能看到偌大的厂房却看不到一个人影，听不见一台机器的轰鸣，多数是建了厂房闲置着，投资人早卷款走人了。最后是苦了被征用土地的村民与建厂房的工人，老板不会把钱给工头，工头更不会自己拿钱发工资给工人。

没有办法猛子只能认倒霉，现在前期所投的钱都快用完了，加上水泥、沙子、钢筋等投入已接近四十万。这时他老爹给他出了个主意，拿着合同赶紧去法院，只要法院立案就好办了。工人的工资指定是结不了，把剩下的材料退给供货商。然后让猛子直接搬到那个空厂房守着，谁也不让进。因为租用合同是与村里签订的，期限为二十年，十年的地租已一次性交给了村民。老板跑了，厂子的法人现在只能由法院来判了，只要猛子一直守着厂子，拿着欠款合同，等以后再找个接手的投资商或许能捞回本钱。

点子虽然是出了，但是执行起来特别难。工人不管什么投资商跑了没有，他们只管向猛子要钱，因为人是猛子找的，活是给他干的，所以只向他要。猛子一句话：没钱，只有命一条。工人们也不是吃素的，天天派两个人在猛子家蹲着，不给钱坚决不走。今天是大年三十，还能看到猛子家门口守着一群推着自行车的工人。他们也挺可怜的，忙了两个月一分钱没拿到，大过年的别人都守在家里吃团圆饭，他们只能冒着严寒在门外面苦等。

大家都是受骗者，猛子比他们还要可怜，投进去的钱有一部分是向亲戚朋友借来的，虽然他们说过暂时不会要，但总得有个期限吧。

"钱这玩意真是世间的试金石，把人间所有的丑态通通暴露无遗，什么亲情友情，诚信忠义在它面前都成了摆设。"猛子喝着酒叹着气说。

我劝了劝他，大家都年轻，有足够的时间爬起来。吃一堑长一智，起码没输得把家底掏空，至少手里还有个厂子。

猛子苦笑了一声说："那个破厂子指不定是谁的呢，法院还没判呢，银行可能会来收。"

但不管怎样我还是让猛子保持好心态，万不可自暴自弃，只有心态好才能把眼前的困难应付过去。记得电影《当幸福来敲门》中有一个情节，一个推销员穿着一只鞋去面试，当面试官看到他这个样子，便问他还有什么值得自信的！他不紧不慢地说至少我还有一条漂亮的裤子。

第64节

年很快随着礼花绽放的响声过去了。

成年后我对过年越来越不迷恋了，甚至会有一种厌恶想逃避的感觉。有时想想过年真没什么意思，贴对联、包饺子，还得去长辈家拜年，一圈下来就是一上午。

过完年又是相亲，一提相亲就头疼，每次穿戴整齐地去女方家，十几个人围着你上下看，反复问。整的你不知所措，还得赔着笑脸斟茶上烟。我对这种乡村的繁文缛节有点不适应。

2012年的正月在亲戚朋友的介绍下，我一共相了十次亲。相亲的时间一长我便发现一个问题，乡下的女孩年龄越大越不好找对象，男的还好一些，因为女孩一般都会找比自己稍长的男孩。

媒婆介绍的一点也不靠谱，把对方夸得天花乱坠，见了面就会发现离说的差距可不小。前面相亲时遇到几个，第一次见面还算可以，聊得还算投缘，但是过后便没了动静。

这也怪不得她们，因为相亲的人太多，有时一天达到十个，她们会有多个选择。还有属相的问题，还好我母亲是信仰基督教的，对这方面要求不高。而我本人也不在意这些，倒是对方的长辈特相信这些，所以谈了不到一个礼拜就拉倒了。

大年初一我跟随着家族里的一帮人给长辈们拜完年后，便给海涛打了个电话，说要去他们家玩。海涛说没问题，酒菜即刻备齐。

结了婚的过年都在家守着媳妇，没结婚的都去县城逛街去了。我去海涛家不光是为了喝酒，而是商量一下今后的打算。

在超市买了两箱啤酒和一些礼品，打了辆车径直去了海涛家。

海涛老早就在村西头等我了，走到他家后唠了会儿过年的事，无非是哪个在外边挣了大钱，哪个赌博赢了二三万。吃饭的时候海涛叫大个子来陪酒，大个子这家伙还是红光满面的，他年龄也不小了仍是光棍一条。不过他的事业还算可以，不知是吹的还是真的，总之爱说些无法考证的话。

他现在正与一个亲戚倒卖煤炭，半年下来挣了五万多。酒桌上的话有一半不能信，不过我挺佩服大个子的，无论怎么损他，他都不会生气，仍开着玩笑继续喝酒，当什么事都没发生。

我问海涛今年有什么打算，他说没什么，只想着打工挣钱。我问他没想过自己创业吗，他说暂时先算了吧，没有那么多钱，而且款太难贷。我感叹这年头打工能挣几个钱，受着老板的气，就拿那么点钱。

海涛笑笑没说话，之后问我有什么想法。我说还要干装修，自己干，换另一种模式。他鼓励我大胆干，但是先把眼下的事情给解决了，别让父母操心了。海涛说的是我的婚事，我说这事不急，慢慢来，好媳妇都会在最后出现。

大个子听后也同意我的观点。

我知道海涛今年的日子挺不好过，媳妇已怀孕，房子的贷款要还。一场婚礼把海涛的存款都吞了进去，他的意思仍是给别人打工，出租车的生意是干不下去了，肖林不同意他再开车。

大个子要拉海涛入伙倒卖煤炭，海涛没敢答应。因为他知道煤炭这种生意没有准，说不定哪天来个经济危机价格会直线下滑，到时候死都不知道是怎么死的。

从海涛那离开后，我便回了家，躺在床上考虑着下一步创业要从哪入手，再也不能稀里糊涂地蛮干了，想着想着又想到了感情这事上来，其实现在的我挺自卑的，特别是不想让父母再为自己的婚事操心。他们每次托人打听谁家的姑娘还没嫁出去，之后把人家的电话号码要过来，先让我联系着。天知道这种方式能聊出什么来，不过最终还是与一位未曾谋面的女孩擦出了火花。

对方小我两岁，初中文化。她的父母也是信基督教的，她毕业后一直在北京上班。在与小女孩短信聊天时能感觉到她年龄虽然不大，懂的事情却挺多，原来她也和我一样最害怕过年相亲，年年相，年年相不上。不过我对她没有抱多大幻想，一个只有初中学历的丫头在北京能做什么工作，淳朴的思想肯定会受到物欲横流的冲击。

这些年我的人生起起伏伏，听说一个人真正成熟起来就必须要经历一次人生变故，才能慢慢成熟。

第65节

父亲大清早把我叫醒，说是有事情商量。

我揉了揉眼睛说吃完饭再说吧，父亲不同意，说这个时候商量正好，没有外人。

父亲说家里要准备盖房子，家里还有一块地皮邻近街道，现在政策已松了许多，必须要抓住机会把房子盖起来。父亲所说的房子是想着盖个门市房，我不怎么同意，说盖门市房至少得十万元，这可把家底给掏空了，二是现在的政策还没明确，万一房子刚盖好，明天就给拆了；找谁说理去。父亲说这一点他也考虑过，他让我放心，只要房子一盖好马上就托人花钱把房产证给办下来，如果真要拆了也不怕，赔偿金一定少不了。

听到这话我感觉父亲的想法很幼稚。我对父亲说："盖房子的事先不着急，观望一下，看看其他人怎么做。"

父亲说："不能等了，这些天很多人都开始动工了，盖房子必须快，顶多一个月搞定。时间越短越好，拖得时间越长越不行。那块宅基地是好地方，种庄稼多吃亏啊，盖了房子后可以做点小买卖，真不行租出去也可以，一年还不得租个五六千。"

看来父亲铁定要盖这个房子了，我问父亲大哥的意思是什么。

父亲说同意，以后这房子还得给你们俩，我昨天夜里跟你哥商量了，一人先拿三万元钱，剩下不够的钱我来承担。

我悻悻地说："手里只有那么点钱了，还想存点娶媳妇呢。"

父亲说："结婚的钱以后再考虑，先把眼前的事办好。之后父亲小声地向我说起盖好房子之后产权的问题，昨天大哥给父亲说他想一个人建房子，不用我们操心。父亲没同意，他说真按着你哥的意思去办，将来你可是一点也捞不着了，所以才跟你商量，你们俩我谁也不偏，一人一半。"

听到这儿我的头有点疼了，最烦心、最害怕、最不愿意发生的事还是来了。俗话说"亲兄弟明算账"，我这还没结婚，大哥就开始算起账来了。不过又一想这事在农村太平常了，虽然听起来有点俗，但毕竟也算是摆在桌面上了。这样的事在村子里时有发生，老爹还没死，儿女就开始算计那点家产了。

以前我非常瞧不起这种人，并暗暗告诫自己吃点亏也不能办出这种事来。现在看来吃亏并不都是福。

我思前想后还是同意父亲盖这个房子，并把银行卡给了父亲。

2012 年的春天村子里好不热闹，新房子一夜之间如雨后春笋般都冒了出来。这些房子多数都是晚上偷着盖的，大白天不敢动工，因为城管派来一批协管员骑着自行车挨村巡查，只要看见有施工的立马打电话向局里报告。局里的人会开车过来，然后向屋主下发违规建房处罚单，一般都是罚款五千块，并且登记备案。不过有的人家会来事看见协管员来了，偷偷地塞上几百块钱，他们也会睁一只眼闭一只眼。近两年管得比较严了，听说要搞新农村建设，所有的房屋都不让建。但是在农村小青年结婚没有新房很难娶到媳妇，时间一久便容易闹出事来。

我家的房子盖得还算顺利，没有受到太多的外界干扰，只是资金上一时没能到位而误了几天。但这没有影响总体的进度，比预期的快了两天。盖房子的时候基本上都是我和父亲照看的，哥哥有时会来看看，但因为他晚上要去帮人看场子，白天要睡觉。现在盖房子不像以前那样一家老小都上阵，只需要叮嘱着工人干活，建筑材料能供上，抓好施工进度就行了。

在盖房子期间，父亲说他想做生意，以后不打算外出打工了，想做点小买卖。母亲不同意，因为她年轻时跟着父亲受够了罪，也知道父亲根本不是做生意的料。父亲信心满满地说大生意做不成，小生意一定行。

父亲所说的小生意是把门市分成两间，一边开个小超市，让母亲来照看，另一半弄个早餐点，做个粥，炸个油条，包个包子之类的。小超市不用很大，就卖点吃的、喝的就行。小吃店早上卖早点，中午晚上卖炒菜。父亲接着说："现在工业园的厂子有几家开工了，上班的特别多，早上谁还在家做着吃，基本上都在外面买着吃，所以说这是商机啊，这次必须要抓住，以前错过太多了。"

我听后想了想，觉得应该能行。这两个小生意投资都不大，房子是自己的，只买点设备就可以了。随后向父亲说了一下我的两点担忧，一是村里面已有一家开早餐店的了，而且时间有两年了，一些老主顾都在那吃；二是技术方面，无论是包子还是油条都需要有配方，虽然父亲炒菜味道可以，但主食做的没有把握，母亲更不用说了，能把油条炸得跟小孩胳膊一样粗。

父亲听后说："尽管放心，两家店离得那么远不会有影响，再说他露天摆摊的能与咱们的店比吗？技术方面更不用担心了，只要有心就没有办不成的事。到时早上会很忙，你和你嫂子都要起来帮忙。"

我说："好吧，我先在家住一段时间帮帮忙。"

之后父亲又问起我谈的那个对象怎么样了，我漫不经心地说："八字还没一撇呢，人家去北京了，再说就见了一面，都还不了解。"

这时母亲说让我好好把握，对方的父母对我特别满意。

这话听得我心里美滋滋的，终于有人认可我了。

比我小两岁的女孩叫小疙瘩，我们只见过一次面，然后她去北京上班了，我们一直电话联系，时不时也发个短信，但目前还没有到谈婚论嫁的地步。

门市盖好后，我们先粉刷了外墙，干净整洁的外墙给顾客提供美的享受。张罗着父亲买小吃店的设备，由于父亲年轻时开过饭店，他对这一行也算了解，锅碗都是他讨价还价买来的，比二哥买的便宜些。

我负责内部的装修，地面贴上瓷砖，墙面刮完腻子刷上淡黄色的乳胶漆，屋顶用成品格子栅栏吊上，上面放了些绿色塑胶藤来装饰，墙面上又挂了两幅装饰画。我这样是为了能突出小吃店的干净卫生，现在的人不像以前那样吃饱就行了，要吃得舒服才行，环境很重要。这样的装修效果比村里的那家明显上了一个档次。

那个小超市我想先放一放再干，先把小吃店做实做好。父亲说两手都要抓，胳膊里夹一个玉米也是夹，不如多夹几个，省得再费二遍力。看来没办法又要耽误我一段时间了，超市的事基本上由我来搞定，货架都是成品。然后是货源问题，这个也好解决，去县城几家大型超市门口守一会儿就能看到开着厢货车来送货的，上去要个电话就行，他们多数是上门送货，而且还有部分是铺货，不需要现金结账。

帮父亲把这些办好后，他让我给小店取个名字，我不假思索地说就叫"放心早餐店"和"放心超市"吧。

第66节

在早餐店与超市快要开业的时候，父亲把我和哥哥叫到了一起，他说这里面虽然有你俩的钱，但是在我没死之前谁也别打分家产的主意，而且无论是亏是赚都跟你们没有关系。过几天我和你妈要搬到门市去住，你俩不忙的时候就过去帮忙。

说完，父亲又训斥了哥哥一顿，嫌他在盖房子的时候没露面。

我知道哥哥这几天也在发愁，四处筹钱买车。嫂子又辞了工作，一个人带着两个孩子也挺不容易的。

小超市与早餐店的门头我是让小万免费做的喷绘。开始我找他谈，他不愿意做。我说以后超市里只卖你的油，而且早餐店打着放心食品的招牌，也用你的油，这让你省了多少广告费呀。

其实，给经销商做门头是一种营销手段，现在开个小店一般卖酒卖饮料的都给免费做门头。小万对这一块还没有想到，我当着他的面算了一笔账，做个小门头顶多五百块钱，但是起到的效果却十分显著，门头就是一处广告，而且是常年的。还可以使这一家店专门经销自己的产品。

经我这么一说小万才醒悟过来，他说自己之前只算小账了，这方面的大账还没算过。我对他说只要想做大，就得慢慢的扩张，前期的投入是应该的，毕竟你代理的品牌才刚刚投入市场。小万也说之前一直跟县城里的各大超市合作，不太好出货，有些快到期的油不得不搞促销活动，这样基本上没什么赚头。我对他说不能按着你叔叔的套路走，要芝麻西瓜一起捡，不能放弃乡村这块蛋糕。

经我帮他分析后，小万立马开始行动。他把门头尺寸量好了找了一家广告公司设计，两天后便把门头给做好了。开业前我找了一张红纸写上：拒绝地沟油，本店一切用油由某某特供贴在门上。突出宣传小万的食用油，还可以为自己的店在"放心"二字上加分，可谓是一举两得。母亲看我整这些感到有点多余说："就卖个早餐用得着这样吗？"我说："那当然了，民以食为天，安全第一。"

在正式开张前，母亲天天在家练习炸油条，而我那些天也是每天吃油条，吃得看见油条就想吐。炸油条主要是面要和好，大小分量要掌握好，最重要的是火候。做小笼包由父亲负责，他花了点钱从别人手中买了些调料配方，包出来的味还真行，有点狗不理包子的味道。

尝过他们俩的手艺后我提出了一些建议，不管是油条还是包子与其他家比都要大一些，因为消费群体摆在眼前，他们要的是好吃又实惠，在数量上占优势很重要。我还让父亲买个小本子，把每天的收支都一笔一笔地写下，一周算一次亏赢。要做到心中有数，成本一定要控制住。

做早餐一般都是四点多钟起来准备，最忙的时候会在六点到八点之间，以我们的人手根本不够。我和母亲说可以找个人来帮忙，母亲虽然有点心疼钱，但最终还是同意了。

准备开张的前一天我制作了十张海报，贴在周围厂子门口的墙上。我信心满满地想，宣传做到位了，就看顾客的反映了。

在正式开张时，我放了一挂五千头的鞭炮，一大早六点钟就噼里啪啦的把住户给惊醒了。第一天我没让母亲准备太多的面和包子馅，毕竟刚开业先试着来，如果准备太多卖不出去剩下的第二天没人要。令我没有想到的是第一天生意出奇的好，不到八点钟油条便卖光了，只剩下了点素馅包子。早上我们分工很明确，我负责结账，给顾客端粥、拿油条，母亲负责炸油条，父亲和嫂子负责包包子，爷爷则负责烧火。第一天的配合不是很默契，一家人忙得晕头转向，早餐营业结束后数了下现金有二百多元。中午的时候为了庆祝一下，父亲特意炒了两个菜，要跟我喝两盅。我答应了，这些年我们爷俩很少在一起喝酒。

父亲喜滋滋地喝了两杯后对我说，你哥俩，现在也算差不多了，虽然没挣多少钱，但不惹事也算是让我省心了。今年赶紧找个对象把婚结了，我就没别的心愿了。你爷爷现在都九十多了，也希望你早点成家。我说这个事谁说了也不算，我也想早点结婚，但是姻缘还是没到。

接下来的几天我都细心地守在早餐店里，顾客吃完后我都会问问饭怎么样，包子口味如何，有什么好的建议，他们都非常中肯地把意见反馈给我，我一一记在本子上。

另外，我会提醒母亲看天气预报，关注着天气变化，时刻掌握着面和馅的量。比如下雨天人就特少，周六、周日，周围的厂子休息，人也就少一些。其他因素只要掌握了这些规律，有了准备，就会降低成本，使利润最大化。

此后生意走上了正轨，父亲负责小餐馆，母亲负责小超市的经营，虽然每天忙碌着，但也算知足了。乡下人只要日子能过得下去，子女孝顺，平安健康就知足了，如果人的欲望太多会活得太累。我希望父母安安稳稳地在家门口做些小买卖，奋斗挣钱的事交给我们年轻人就行了。

在家待了半个多月后我决定开始实施自己的计划了。一天下午我骑着电动车在县城里溜达，看看哪有适合的房子。但是找了半天仍没有找到称心的。不是房租太贵就是房子离小区太远。我要找的门面房要离新开发的小区近些，房租在一万元左右，不能太繁华也不能太偏僻。

今年的创业计划在二哥饭店帮忙时就已经琢磨好了，还是要做装修。第一次开公司就这样匆匆收场，痛定思痛后我发现自己只能继续吃装修这碗饭，别的饭真的不好吃。以前做装修的时候总感慨这行不好做，没有别的行业挣钱容易，真等自己改行了，才知道哪行的饭都不好吃。我想刚步入工作岗位的人都有过我这样的想法，这山望着那山高，永远不知道自己喜欢哪一行，就是知道不喜欢现在做的这一行。

所以，我在反思后订了自己的创业方案：

第一，这次肯定不会找合伙人，再苦再难都要一个人承受。赔了赚了都是自己的事，与别人一毛钱关系都没有。而且自己单干的话想怎么做就怎么做，行动快速，省得前面有人挡路，后面有人拖后腿。

第二，一定要坚持。今年找个位置差不多的地方，无论挣钱不挣钱都要坚持，不能干半年不挣钱就想着退缩改行。装修这行业永远不会过时，谁家买了新房子肯定都要装修，再穷的人家也得买袋腻子刮个墙面。

第三，改变以往的拉单策略。这次我要主动出击，寻找各种机会，多接单子，发展兼职业务员，尝试各种销售模式，总工程费用按比例提成。

第四，引进新的报价模式。在县城待了将近两年，发现所有的装饰公司，他们给客户的报价都是按着传统的模式来报，即做多少活出多少价。没有我在威海上班时用的套餐式报价。简单地说是一种按平方米计价的装修模式，即把装修主材(包括墙砖、地砖、地板、橱柜、洁具、门、墙面漆、吊顶等)与基础装修组合在一起，以清晰的价格、完整的配套、无缝连接的装修模式。套餐节省了采购和配送的时间；节省了消费者的精力；更节省了装修成本，且质量更有保障。打个比方，房子面积92平方米要按100平方米来计算(一般是不足90平方米统一按90平方米算，超过90平方米不足100平方米按100平方来计算)，装饰公司的套餐分为188元、288元、388元，以最低的套餐来算，18800元便把这个房子装修完。

以上四点是我开始新的创业前所想到的方案。

第67节

新的机会终于来了。有次三舅办事路过我家，他说自己要在县城新开发的商贸城租间门市卖太阳能热水器，产品跟传统的不一样，冬天也能用。

我在旁边听着，不明白冬天能使用的太阳能是什么样子，因为据我所知，在我们鲁西南只要冬天一到，太阳能就不能用了。三舅给我们介绍了该产品的性能，虽然全是专业知识，但我多少也了解了一点。三舅说这种太阳能，已在很多地方推广了，县城目前还没有这个产品，他要代理做开县城的第一家店。

我给三舅分析了一下市场，在乡村几乎家家都要安装太阳能，这个市场太大了。三舅也信心十足地说现在就差找门市房了，只要找到房子马上就与省总代理签合同。

三舅问我在家忙什么呢，我说给父母帮忙，正打算找房子干装修。三舅听了推荐去商贸城看看，那里的房租比较便宜。我答应有时间去转转。对于这个新建的商贸城我的兴趣不大，因为整个商贸城占地面积太大了，商家进驻的很少比较冷清，一两年内没有什么大的商机。

三舅认为还要看长远，不久会形成规模的。

三舅临走时，我把他的电话留下了，说以后有时间再联系。

母亲望着三舅离去的背影说："小三还跟以前一样，没啥变化，办起事不心急，一步一个脚印，稳当。"

我的姥姥有四个子女，母亲在家排行老大，下面三个弟弟。小的时候姥姥家很穷，母亲一天学也没有上过，母亲说当时下面已有了三个弟弟，便把上学的机会让给了他们。那时母亲的任务就是每天接送弟弟上学，去农田里帮忙，母亲十九岁嫁就给了父亲，当时父亲大母亲一岁，刚好复员回家。以前的农村孩子初中毕业后在家务农不多，大多外出打工，或者去参军。

三个舅舅都当过兵，现在混得最好的就是二舅。母亲说她这三个弟弟小的时候就看出了，谁将来能成大器，谁将来浑浑噩噩一辈子。很小的时候母亲他们姐弟四个去收完的花生地里捡花生，母亲和她大弟、三弟都认真卖力地翻土找花生，只有二弟独自跑去河边玩儿。等到四个人回到家看谁捡的花生多，母亲和她大弟、三弟都捡的差不多，只有二弟最多。姥姥夸奖了他一番，最后母亲才知道二弟玩了半天，等走的时候偷偷地在别人家的地里拽的。

母亲说完过去的往事后说自叹："现在三个弟弟只有二弟混得最好，老人说三岁看大一点也没错！"

大舅这些年跟着村里的人干建筑，一天能挣个百八十块的，他人心眼不坏，就是脑子直，有时转不过弯来，办事欠考虑，遇到事情就沉不住气，出事还得找姥爷去解决。 二舅头脑聪明会来事。一复员就在村里当上了小队长，两年不到便被调到了乡里，当上了小文员。由于他能喝酒，说话也到位，常常得到领导的赏识。几年后便混到了乡里二把手的位置，事业是顺风顺水。有时来看母亲，经常带些烟酒过来。我比较怕二舅，因为他每次来都会数落我几句，说我人太实在，没心眼，办事不动脑子，人一点也不圆滑。我每次都会默默地听着，心想你是站在领导的位置看待一切事物。其实像二舅这样的人不值得深交，用的时候能想到你，用不到的时候你什么都不是。

三舅的性格跟我差不多，都没啥心眼，也没有什么远大志向，挣多挣少只要够吃够穿就行，在物质上没有过高的追求。三舅这两年也不怎么好过，特别是生下个儿子后，钱老是不够花，媳妇怨声载道。他以前在县某招待所当电工，但是单位效益不是很好，过了不久便下岗了，下岗后又去了一家工厂当电工，一个月1800元，每月只休两天。现在家里压力大没办法，只好辞职做点小生意。

这天下午我骑着电动车去商贸城考察了一下商铺。总体给我的感觉是有点宣传过度，属于雷声大雨点小，一排排的红色外漆店面干净而素雅，但是入驻的商家却屈指可数。

像这样的情景以前就发生过，而我也专门留意过。大约十年前建材城开业，五年来无人问津，投资商大呼上当受骗。但是这两年却热闹起来，大量的建材商入驻，房租也涨了许多。

所以我本着一二年起步，三四年见效的思想来到商贸城。我骑着电动车来回在商贸城转了好几圈，附近已有一两家超市正常营业，还有一家招商的办公室在招呼投资的客户。先前我看过本县城的规划设计图，现在政府向东南方向发展新城，而商贸城正巧处在这个方位上，用不了几年这里便会形成规模，而且前面又有三家高档小区正在建设。看来这一次不白来，凡事还须亲自调查。

我停下车随手打了几个招租的电话，一打听房租都很便宜，五十多平米一年才六千元，如果加上楼上的话顶多一万。但是合同须得一年一签，也就是说每年房租肯定会涨。不过涨幅应该不会太大，这个价钱的话我手里的钱足够用了。

回到家我便给三舅打了个电话，问他打算租哪一块的铺面。

三舅说："选靠里面的，比较便宜。先租下来做仓库，我主要去外面推销。"

我跟三舅说："我也打算租一间，不过想租道边上的。"

三舅一听嘿嘿地说："好啊，等开张了没事就去串串门。"

挂完电话后，我想三舅也不容易，以后有电路方面的活，一定先考虑他。

这次一定要好好地规划，就算今年不挣钱也得撑下去，因为没有听说哪家装饰公司运行一年就火了，都是慢慢地积攒人气和信誉。装饰公司中间都会有个宣传过渡期，只要有了口碑一定会有回头客。

我这次东山再起，钱不是太大的障碍，而是要把之前的客户源给找回来，重新维持有点难度，毕竟自己在这行得罪过一些人。

不过这次我要改变策略了，要主动出击。

晚上没事的时候，我把所有的规划与以前遇到的问题都一一写在本子上，每晚临睡前过目一遍。我计划最初的创业资金是三万元钱，一万用在房租上，一万用在店面装修和装饰上，五千用在宣传与招待上，剩下的五千当作流动资金，以备不时之需。现在手里只有不到两万元钱，看来还得硬着头皮向父亲借钱，上次借他的钱还没还。

第 68 节

商贸城的房子很快就看好了，位置靠大道边上，离一家烟酒超市比较近。房东是个男的，四十多岁，开着一辆黑色帕萨特。他让我叫他东哥，东哥说话很直，对我毫不避讳地说这房子是他在外面顶账顶过来的，这里有将近十套房子都是他的。

东哥说话不拐弯抹角，房租跟我要得很便宜，他开始说一万，合同一年一签。我说要签三年，第一年房租先便宜些。东哥看了我一眼说："小伙子看你人不错，自己开店不容易，别讲价了，第一年八千，要交全款。行的话现在就签合同，以后多少钱就按行情走。"我一听心一横，立马骑着车去银行取了一万元钱。很快合同就签了。

签完合同后，我把卷帘门的锁换了一副，给三舅打电话说了一下我这边的进展。

　　三舅说他那边的也租下来了，每天开半天门，一般都是上午在店，下午去跑市场干点电工活，现在哪里有活就去哪里做。

　　我知道电工这块三舅舍不得扔，毕竟这个活稳当来钱也快。我跟三舅说等这边装修好了可以摆个热水器样品，我顺便帮他推推。

　　这次店里装修我想简单一些，先在广告公司把门头定了下来，花了将近两千块钱。名字取为"大唐装饰"，这个名字我想了很久，也在网上查了不少资料，终于在"汉唐"与"大唐"中选了"大唐"。这个名字既大气又有中国风的味道，而且我本人也喜欢。

　　内部装修整体比较简洁，带点美式田园的风格，装修完后我去二手家具市场买了个沙发，在网上淘了欧式水晶灯与一些装饰品，又添了两盆绿色植物，还买了一个金蟾摆放在办公桌上。

　　营业执照是在工商办的装饰设计个体户，办完就挂在了墙上最明显的位置。下一步是印刷名片和宣传彩页，跟广告公司沟通了一下，印刷两千份彩页花了五百多块钱。

　　这几天父亲的小店还可以，忙完早上又得忙中午和晚上。

　　父亲又找了位远房亲戚来帮忙，我叫他赵叔。赵叔之前做过厨师，不过他嗜酒如命，经常误事，在大饭店做不了，只能在小餐馆混日子，现在年龄大了在小餐馆也混不下去了。父亲见他可怜便把他叫来帮忙，一个月给他1800元的工资。

　　晚上小店客人不是很多，赵叔有事回去了。我陪着父亲喝了点酒，父亲很高兴连喝了三杯。然后我向父亲诉说了自己创业期间的资金问题。父亲听了半天才说自己手里有钱，但都是为我结婚准备的。我说结婚的事可以往后拖拖，创业的事拖不了。父亲责备我做事欠考虑，自己开店太莽撞。

　　我则笑着说："创业须趁早，以后找媳妇也好找。"

　　父亲没再说什么，说最多借我五千块钱。要我写个借条，以后等有了钱要利息和本钱一起还。我顺手给父亲写了，我知道他这是另一种勉励与鞭策。

　　钱一到手我便开始了行动，把宣传彩页定下来后便开始走动以前的关系，一一拜访，说自己下个月8号店要开业，到时一定要来。这些人中有老同学，村里的朋友，之前的老客户，卖材料的林胖子，开饭店的杨总，还有商贸城的销售主任。

　　最后硬着头皮给徐晓杰打了电话，他接到我的电话感到很意外，还没等我开口就说上次的工程款还没结账呢，我说自己不是要钱的，而是开了个装饰门店下月 8 号开业，到时来坐一坐，给兄弟捧捧场。他说好的，到时一定到。

这次开业一定要办得隆重些，舍不得孩子套不住狼，我要在杨总那里订三桌，开业当天要把他们全部给请过来喝一顿。勒紧裤腰带也要装大方，必须让他们知道我东山再起，知道大唐装饰是二岩开的。

第八章 安居乐业

重整旗鼓，从哪里跌倒就从哪里站起来，自此开始慢慢地习惯被别人称为老板。

我这个野百合也有春天，终于在重新开业后第一个季度完成了自己定的目标。事业与爱情双丰收，我这个木讷的文艺男终于找到媳妇了。

海明威说过，这世界是美好的，值得为它奋斗。我相信这句话，创业依然在路上。

第69节

　　大唐装饰开业当天，之前所请的人基本上都来了。我兴高采烈地在门头上挂了一个鲜红的条幅，上面写着"开业期间8.5折，签单就送礼"，其实这只是一个噱头，打折期间报价稍稍比平时高点，签单送礼就送装饰品，花不了几个钱。朋友们来时都带了小礼物。

　　十一点半的时候我正式放了两挂五千头的鞭炮。

　　中午是在杨总的饭店里吃的饭，他很给面子，提前准备了个大包间，三桌全摆在了一起。这样的场合我自然不会失礼，一个个敬酒，跟他们说些客套话。大家也给面子，酒喝得好，菜也吃得好。两点半饭局结束，最后结账的时候杨总嘱咐收银员给我打了个六折。

　　客户不会主动上门的，你要主动找客户才行。我明白现在刚开张，顾客不会轻易地把自己的房子交给一个陌生人来装修。现在主要是托关系找熟人，能接到单子就接，哪怕挣不到钱也要接，只要把活干好，一传十，十传百，就不信他们不会主动上门来。

　　我天天去跑各大售楼处，与他们的销售经理谈，直接把大唐装饰套餐式报价的宣传资料介绍给他们。让他们帮忙拉活，只要单子一签立马给他们五个点的提成。我抱着笔记本天天与开发商谈免费设计方案，拿着之前做过的方案给他们看，终于说动了一位房地产的副总。他姓朱，是通过二舅认识的。朱经理现在与几个人合股开发了一个楼盘，有十栋。他让我先出方案和报价。我立马测量了尺寸，回去就画图，用尽了所有心思，八十多平的房子做了三个方案，都很经济，而且效果图做得特别漂亮，这叫花钱少，效果好。之前没有钱的开发商做样板间都是走走过场，大白墙，安上个木门，摆个沙发茶几，房子也好卖。但是现在不行了，房价上去了，人们的眼光也高了，开始挑剔了，很多开发商都是变着法子吆喝自己的房子，所以在样板间上也会下点功夫。

　　朱经理看了我的方案和效果图后，把合同签了就立马施工。

　　第一步是找工人，去年的工人估计都用不成了，李鹏人品太差不敢用，二亚是熟人，活干不好不好意思挑剔。木工老陈年底回老家了，电话一直停机中。

正在发愁时，海涛打来电话说要去青岛打工，跟同村的朋友一起去，工资挺高的，一个月能拿到三千。我劝他在家做些小生意，守着媳妇多好。他苦笑了一声说："谁不想老婆孩子热炕头啊，可是得挣钱啊，男人不能靠女人来养。"

他问我店里的生意怎么样，我说还行刚刚接了个活。然后我向他说起了自己正愁工人的事，他说他们村里有个好木匠，年龄不大，以前在济南专门给装修公司做活。

我一听立马跟他要电话号码，这样的工人应该能用。一般来说年龄太大的人还真不敢用，老古董，做活偷工减料。

挂了海涛的电话便给那个工人打了电话，对方很乐意，说要先看看活。等他到了店里看了看图纸，表示活太小，挣不到钱。我说自己的公司刚起步，想长久与一些好工人合作，以后有的是活。他这才同意做，不过是活一做完就得结工钱。我拍了拍桌子说好，活只要做好一分钱也不会少。

无论活大活小，只要不让工人闲着就行，工人不会嫌活多。

第二步找材料商，我自然是去林胖子那。去年我俩的账全部结清了，今年赊账拿材料应该没问题。林胖子还是那个德性，刚一看到我就夸我会来事，没有不服的。其实这些人中最会来事的就是他了，他现在生意越做越大，把三个门头连成一块，又代理了一款品牌的乳胶漆。

喝着茶与他聊了会公司的事，他这些天悠闲得要命，店里的生意基本上都安排给手下的人去做，自己没事的时候会骑着变速车围着城区到处转，为的是减肥。做为一个人活到他这个份上也算值了。

这次先后从林胖子那里拿了五千块钱的材料，全是赊账。临走的时候他给我介绍了个腻子工小李，今年刚二十岁，手艺特别好。我要了电话号码说回头联系。这下该解决的都解决了，一分钱没花，样板间也差不多快成形了。这中间只花了一百多块钱请工人与对方的监理吃饭。

工地上不忙的时候我都是留在办公室里接听电话，这段时间电话咨询的特多。看来之前的广告与宣传有了效果。但多数都是咨询的，问套餐式装修是怎么回事，我一一给他们介绍。他们问有没有装好的样板间，要去现场看一下。我说下个月才能出来。

做广告就怕没反应，这几天几乎都能接到电话，这是个好兆头。

恰在这时商贸城的第一波租房热也开始了，隔壁的房子被一家卖窗帘的和一家信贷公司租了下来，他们都找我装修，其实这样的小活根本挣不了钱，白出力气，刮个大白墙才几千块钱。但是为了能养住工人活少也得接。

样板间很顺利地完工了，朱经理等人验完工后很满意，尾款很快就结清了，本来他说要扣除百分之五的维修费的，但是见我为人实在，工作认真便嘱咐会计全部给我结清了。我给朱经理打保票说只要质量上出现问题打一个电话就行。他拍了拍我的肩膀说没事，对你还是很放心的，等下个月那套大平方的样板间还找你来做。

样板间的工程结束后我算了下亏赢，除去工人工资，材料等费用净赚了800块钱。拿到这笔钱时我给自己放了半天假，去附近的旅游城溜达了一圈，释放下压力。

第一个月下来我算了下账面上的钱还有将近一万元钱，这些钱中大部分是林胖子的材料款。之后我又算了下这个月的总账，房租是666元、水电费50元、饭费300元、请客400元、做广告宣传600元。接了三个活，挣了两千块钱，基本上收支平衡。

正当我踌躇满志准备下个月大干一场时，突然接到了父亲的电话，他让我下班后早点回家，有事给我说。

第70节

下午不到五点我就回家了。父亲不在饭店里，只有母亲一个人在看小超市。我问母亲出了什么事了，母亲说小涛得病了，挺严重的，明天下午就要转去济南了，明天早上你们都去菏泽的医院看看他。

我听了有点惊愕，小涛一向身体很健康，哪里会得什么病。我问母亲什么时候查出来的，到底是什么病。母亲支支吾吾地说是什么贫血症，发现有一个礼拜了，晚上的时候父亲对我和哥哥说，现在小涛的病还没有完全确诊，但从目前的状况来看很不乐观，大家都准备一些钱，明天送到你大爷家去。

救急不救穷，这钱我肯定会出的，我拿出一万元钱，大哥这时也毫不含糊，他拿一万五出来，父亲说那就先凑三万吧。

第二天，我们一行人去了菏泽的市立医院，小涛由他媳妇娟子照料着，他能下床走动，只是气色稍差。小涛笑着对我们说没事，这点小病能挺过去。听到这样的话我的眼圈不由地红了。

回到家我在心里祈求上帝能救救小涛，他是一位好丈夫，好爸爸，才刚刚25岁难道就要离我们而去吗？但是仁慈的上帝并没有理会我的祈求，一个星期后医院确诊为白血病。癌细胞已进入骨髓了，一点造血功能都没有了，也就是说换了骨髓也救不过来了。现在病情发展的很快，小米稀饭勉强能咽下，稍稍还有点意识。一家人说啥也不肯放弃，四处打听花钱买偏方。

猛子、小万、二亚等每人各拿出一万元钱送到医院。这时的小涛整个人就是皮包骨头，眼神呆滞，面无血色，说起话来很吃力。医生说让我们准备后事，我们绝望地离开了医院。

三天后的半夜，大哥从医院里打来电话说，要家里人准备好车把小涛拉回来，他的意识突然清醒了许多，医生说这是人临死前的回光返照。

凌晨噩耗传来，小涛一点二十分去世了，从发现病情到去世不到一个半月。

弟弟去世的第三天，在乡下这是为死人烧纸圆坟的日子。我们一行人拿着铁锹、花纸到了弟弟的坟前。此时大娘与弟媳已哭成了泪人，烧完纸钱后便开始用土圆坟，弟弟的坟埋得很浅，土少的部分仍然能看清棺材的前脸。

我埋怨道："坟坑挖得太浅了，连棺材都放不下。"

三弟随即说："年轻人的坟坑不能挖太深，这是有讲究的。"

把坟头圈好后，我放下铁锹，长长地舒了一口气。我亲爱的弟弟将长眠于此，他曾经是家族中最出色的代表。

斯人已去，家事难耐。

第71节

这些日子一直没有从悲痛中走出来，以至于大唐装饰在开业的第二个月亏损了一千多块钱，这个月我把上个月的两家活干完后一直闲着，一个活也没有接到，只接了几个询问装修的电话，有两家有点意向，说是等交完钥匙就过来看看。

现在卡里的钱所剩无几了，父亲两天前对我说如果缺钱就说一声，万不可累着、饿着，我说还行，养不住工人，我只好把他们介绍到二亚姐夫的公司暂时做活。

我试着让自己忙碌起来，从小涛去世的悲痛中走出来，活着的人还要生活，一定要好好地活着。

我给自己定了新的工作计划，上午在公司守着电话，下午三点出去到各个楼盘跑业务。因为我记录了很多客户的来电百分之八十都是上午打来的，为了节省开支下午只好自己去各个楼盘发宣传单。

其实上午的时候我在办公室里也没闲着，上网看看本县城的贴吧，发一些做过的效果图和实景图，又在新浪里建了博客。因为我发现县城的装修界在网络这块揽业务仍是个空白，我要先发制人，争取不出现漏网之鱼。果然功夫不负有心人，一天下午，我坐在椅子上对着电脑发呆，不知该做些什么，一个陌生的 QQ 号码加了我。

一上来他就问我是做装修的吗？地址在哪儿？我告诉了他，他随后说自己在河北工作，两年前在县城买了一套一百多平方米的房子现在想装修，先咨询一下，过几天回来想找个可靠的装修公司。我兴奋极了，这可是个大客户，必须想法儿拿下。

我立即把套餐式装修的报价发给了他，并让他看一下我之前做过的效果图。他很满意，说在河北早就有这种报价方式了，随后他说自己想花五万左右的钱把房子装修下。我说这些钱足够了，用不了五万，四万元钱足够了。我把 388 元的套餐详细地给他介绍了一下，又说是自己的店，吹嘘是大学生回乡创业的，质量与售后服务可以尽管放心，两年内如出现质量问题免费维修。他说好的，等到县城后就来面谈。最后他把他的电话号码和名字发给了我，他姓戴，是个工程师。

之后的几天里我都在等戴哥光临我的店，但三天过去了，他始终没有来，想给他打电话，又怕催促得太紧让人家烦。第四天还是没有消息，倒是把上个月来电咨询的两位客户给等来了。

这两位是同事，是在一个小区买的房子，昨天刚拿了钥匙。我和他们的年龄相仿，沟通起来很方便，很凑巧的是他们也是从城市里回到乡村奋斗的青年，只是比我早回家两年，这两套房子都是他们的婚房。两人的房子都是九十多平方米，我先问了下他们的要求，都说装修简单些，但是主材要质量好一点。这个想法很正确，对新婚客户我都劝他们少做点东西，现在流行轻装修。

他俩之前对套餐式装修有一定的了解，都相中了 288 元这个套餐。

这下就好办多了，先简单报了个价，想到他们是新小区，我又给他们打了个九折，做个样板间拉拉客户。之后跟着他们去房子看了一下结构，随后测量了尺寸。

我提前给开发商朱经理打了个电话，说要带两个客户看下样板间，请他行个方便。他一口答应了，说正要给我打电话商讨下一步合作的计划。

第 72 节

那两位很快就与我签订了装修合同，经过讨价还价最终敲定在三万元钱，项目包括主材、辅料、人工。我在打折的基础上又赠送给他们电视背景墙，这个在工程造价里面花不了多少，但是起到的效果却是画龙点睛的。

一般来说电视背景墙多用石膏板制作，然后在上面刷个彩色乳胶漆。好一点的是用玻璃、理石，或者直接贴壁纸也可以。

签完合同收了首付款后便大张旗鼓地开工了，把工人都叫了过来，上料的上料，贴砖的贴砖。在新开的工地窗户上我让广告公司做了一个五米的条幅挂在上面，写着：18880 装修搬回家，签单就送豪礼。条幅挂在了显眼的位置。

在工地上安排完工人后便给朱经理打了电话，说中午请他吃饭，他这次没有拒绝。我提前在一家中餐厅订了个雅间，并且特意在茶叶店买了一包大红袍。与朱经理聊了最近的房子出售情况，他叹口气说一般吧，不是太好，观望的太多。他还说现在正在花心思搞促销呢，之前的促销手段大家都不买账，还说让我介绍亲戚朋友来新开盘的房子转转，我说这个没问题，只要手里有这种资源是不会浪费的。之后才说到正题上，他说，有一百二十多平的样板间，要设计得大气一点，因为这是有钱人才买的房子，针对的消费群体是高端客户与投资商。

我把沏好的茶端到了他的面前说先喝茶，上好的大红袍。

我现在谈客户转变了风格，开门见山式的谈单不行了，给人一种急功近利的感觉。茶过三巡后，菜也上得差不多了。朱经理说，明天就去量尺寸，这次的装修要大包，连主材也算上，每平方 388 元。

他还说主材要指定的品牌，质量还要比上次高点。我听了头有点大，第一次不让挣钱，第二次也不让挣钱。开发商抠门得很，他们的账早就在心里算明白了。这样的小工程基本上属于鸡肋，但又不能得罪他们，测量完尺寸后很快就把方案做出来了，拿给他们看了一下，只稍稍做了点改动就签了合同。朱经理这边小户型已开始交钥匙，我答应他只要介绍活成了的话返 5 到 10 个点给他，他说这个没问题，一会儿就把这个任务交代下去，但他说怕有竞争，如果单子签成了下面四个销售员平均分。

我说："没问题，这个钱肯定先交给你，怎么分你说了算。"

钱不是一个人挣的，单子一成必须把好处费给介绍人，装修这行业不是一锤子买卖。

必须招个新人了，在回去的路上我想。只有这样我才能腾出工夫跑外面的工地，必须有个人看店，接电话、给客人沏茶倒水。招新人首要条件是招本专业毕业的，而且要实习的，年龄不能太大，男女都可以。

于是我在网上刊登了一条招聘广告，两天不到便接到一个男孩的电话，说自己在菏泽的技校学了半年软件，现在想实习。我说你没有美术功底，只会软件不行。他听到这话有点急了，说会努力的，实习不给工资都行。我笑了下说工资肯定得给，但看你的能力怎么样，这样吧，明天来面试吧。他说好的，明天见，谢谢你，岩经理。

这话让我有点开心，自己无意中也成了别人眼中的经理。记得去年的时候不愿意别人叫我老板、经理，但是今年却喜欢听别人这样称呼了。

第73节

过来面试的小伙子刚满十八岁，样子挺秀气，名字起得也很文艺，叫赵长清。他说起话来很得体，让人听着特别舒服。所谓得体就是废话不多，该说的会说，不该说的一句话也不说，而且还挺虚心。我见他还可以，留下来应该能帮我不少忙。看了下他之前做过的效果图和施工图，以专业的眼光来看差得很，至少要努力半年才能出师。

第一个月我答应给他五百块钱的生活费，主要的工作是在办公室接听电话，客人来的时候端茶倒水，不忙的时候我会教他画图和怎样谈单，然后是让他尽快熟悉套餐式报价。并且答应他只要他已能独立签单了，底薪立马涨到一千，提成是五个点。

他很感激地答应了。

他也知道像他这样出来实习的，一般来讲前两个月是没有工资的，但是我知道没有工资的日子有多难，因为自己也是从那时走过来的。

六月份，我是事业与爱情两手抓。与之前父母介绍的那个小我两岁的女孩很谈得来，虽然她在北京工作，但是通过手机短信和网络进一步了解了对方，彼此都很欣赏。她在北京工作了四年，说话和做事没有在大城市所沾染的坏毛病。

我是在小涛去世后的一个晚上把心事说给她的，她像一位知己一样劝慰我，虽然说的话都是老生常谈，但是却让一个悲痛的人心情稍稍缓解，有时感觉晚上有个人陪你聊天也是一件幸福的事。

半个月后我终于拿起了笔，写了我人生的第一封情书。

亲爱的宝贝疙瘩：

请允许我这样称呼你，我知道这个称呼仅限于你的母亲，但是自从我知道这个"秘密"后就忍不住先"下口为强"，直接把你这个小疙瘩给"抢"了过来。因为我要让你感觉到，我应该有责任接过你母亲的亲情棒一路走下去。

嗯，宝贝，不怕你笑话这是我第一次为自己写情书，以前在学校时都是替别人执笔，当时也曾幻想什么时候也能为自己心爱的姑娘写封发自肺腑的信，没想到时隔八年后的今天，我借着灯光与月光写下对你的思念。我不是一个善于说大话的人，一向喜欢安静与自由，只想把所有的心思都写给你听。

宝贝你知道吗？写这封情书时已是深夜了，刚刚跟你在 QQ 里聊天，你的心情不好，说是有很多烦心事。当我要你把烦恼都通通说出来时，你却叹了口气，说以后见了面再谈。可是宝贝，以后有太多的意外与不确定，而我以前也曾尝尽了诸如"以后"的誓言与谎言，你不会明白当意外突然降临到一个都市夜归人的心里时，那份担忧与孤单早已化为了冷漠。

不说不开心的事了，说些高兴的事吧。咱们俩相识相爱是多么有缘，咱们相识于情人节，最让人惊讶的是当我说出自己的生日时，没想到你的生日竟然也是这一天。当我说以后咱们同一天过生日，可以省个蛋糕或一瓶红酒时，你带着可爱的小倔强说不能省，蛋糕要两份，过完农历的再过阳历的。我相信这是一种缘分，一种关于爱情、友情、亲情的缘分，而且这里面当然也有上帝的功劳，因为他的执着与指引咱们才能相遇。

宝贝咱们相识了这么多天，你曾生气过一次，那次生气是嫌我没有把最近的照片传给你看，当时我并不是故意要那么做，熟悉我的朋友都知道我是一个不喜欢照相的人，多少年来虽曾在各地照过，但都被我删了，只留有在海边的那几张傻傻的、呆呆的相片。你可能会因此断定我长相太丑，不敢示人。但是我曾多次照过镜子，询问过朋友，镜子和他们都说：二岩长得还算可以，不比韩寒差。想当年在高中时俺也算是个帅哥（有点自夸了）。还有，你以前问过我是个什么样的人，用几个词来形容一下，但是宝贝你不知道一个人是很难评价自己的，但是在这里我可以举个例子来说明一下。我的优点亦是我的缺点，曾经在咱们相识之前有两位女孩（我跟你提过的，一个是初恋，一个是网恋，就这两个，真的没了，如果有，你算第三位了），一位因为我长相斯文而离开了，一位因为我性格内向而分手了。之后也有过熟悉与陌生的女孩试图进入我的生活，我都婉言谢绝了。感情的事太复杂也太神圣，我不喜欢单相思与一厢情愿，敢爱敢恨才是对自己与他人负责，所以表白那天，我才问你对我的感觉，当知道你的感觉与我相似时，这才放下心来要跟你谈一场轰轰烈烈的恋爱。

家里的房子已建好四年有余了，都不曾装修佳人，偌大的院落每到过年就显得空空荡荡的。这下认识宝贝好多了，院子里可以种点花草植物了，母亲喜欢枣树，所以在今年春天她早早种下了一株小枣树。而我一向喜欢葡萄与竹子，所以我开辟一个小园子来满足自己的"淡雅清高"。情人节那天本来应该送你礼物的，但是由于咱们处在异地，送玫瑰花来不及了，所以我说，等你嫁过来时我定会在园子里种下一株玫瑰，年年只为你开放，而我也一定会小心地呵护它，因为这花是咱们爱情的象征。

还有一点必须得重提，咱们婚后一二年内不要孩子，这一点我的家里人没有意见，他们很民主，同意了我的这个要求，我想宝贝与宝贝的家人应该也不会反对吧。婚后我想过段两人世界，我讨厌传统、讨厌束缚，农村那种单一无聊的生活方式我一定会改变的，比如一年之中会抽出半个月坐着绿皮火车去旅行，去西藏拉萨，去草原沙漠，去西湖桂林，去青岛或者哈尔滨。当然了，去哪里还得经过宝贝的同意。

对了，忘记告诉你了，我的厨艺又进了一大步，"可乐鸡翅"我试验了三次终于成功了，色香味俱全。下一步我决定向韩国料理进军（呵呵，宝贝以后有口福了）。

宝贝你知道吗，你第一次称呼我为老公时，我是多么的激动兴奋。宝贝，以后你主内，我主外，一同努力经营咱们的小日子。别人家有的，咱家也会有，别人家没有的，咱家也会有。还有，以后绝不让别人欺负宝贝，就算你姐姐也不行，不能委屈了宝贝。如果真有委屈了就说出来，哭出来，千万别一个人生闷气，那样脸上会长小痘痘的。当然了，我更不会让宝贝伤心失望的，因为宝贝的心思细腻敏感。

还有，自从宝贝进入我的生活以来，使我改掉了很多不好的坏习惯。戒掉了晚上的咖啡，戒掉了酒，戒掉了熬夜写东西，戒掉了胡思乱想。这些习惯已伴我有些岁月了，不全为一个爱自己的女人是很难改的（这点也只有宝贝能做到）。

你在北京时买了本徐志摩的诗集，当时我问你是否知道他的爱情故事，你说不知道让我说。关于他的爱情故事我很早就熟知并向往，不过要等咱们见面后我会详细地讲给你听的，特别是那句你喜欢的"得之我幸，失之

我命"的来历。

好了，今天就写到这里吧，夜已深了（这次是破例熬夜一次）。那些山盟海誓与海枯石烂的话就不说了，想说的是宝贝无论今后的路有多好走、难走，我都希望执子之手，与子偕老。毕竟上帝一直在眷顾着咱俩呢。

这封信一直写到凌晨一点钟，第二天去超市买了盒巧克力一并寄给了她。在小疙瘩收到情书的一个月后，专门请了半个月的假回到了家里与我订婚。

那天特别热闹，父亲提前一天在酒店订了两个包厢，男的一桌，女的一桌，那天来的都是双方的直系亲属。我们这里的彩礼流行的是一万一，就是万里挑一的意思，这个钱不算高。双方到了酒店，媒人把这些钱给了小疙瘩的父母，下一步是我们俩各自给对方的长辈斟茶倒水。这些程序走完后我俩便离开了酒店，午饭不能在酒店吃，必须去外面解决，那天我俩在快餐店凑合了一口。

订完婚，小疙瘩又去了北京，临走时我给她买了一个铂金戒指，戴在她手上时说等结婚时换成纯金的。她没说话，只是抿着嘴笑。

晚上的时候一家人围坐在一起商量年底结婚的事。父亲说今年年底必须结婚，都老大不小了。接着父亲又说对方的父母也没什么意见，过了年是小疙瘩的本命年，如果今年结不了的话又得拖一年。

我对结婚没有反对意见，年龄大了，也拖不得，结完婚父母也能松口气了。

父亲算了一笔账，年底结婚需要花去六万元，房子装修要一万，家具家电要两万，酒席要两万，再加上杂七杂八的。我向父亲许下承诺，年底要拿出五万来交到他手里。父亲说："不用这么多，三万元就够了。"

晚上的时候我躺在床上算了一笔账，我如果给父亲五万元钱，至少下半年的利润要保证在七万元钱。五万交给父亲，一万交房租，剩下的一万我要投放在店面的主材上，装修中的部分材料不能在林胖子那里拿了，因为价格太高，我给客户的报价不能太高。关于主材方面我想直接从省代理或者厂家那里订货，比如板材、乳胶漆、地板、瓷砖等。这些钱如果自己来运作的话可以省下不少，省下的钱就是自己挣的，所以这些必须要在年前筹备好。

一个月后两家工地完工，算了下账，净赚一万元钱。

两个月下来单子接连不断，看来我这个野百合也遇到了春天。

我给赵长清说好好做，下个月给你涨工资。小伙子虽然现在还没有独立谈单的能力，但是也算是吃苦耐劳了。做人要仁义点，多给他三百块钱让他对这行有个盼头。有时我会带着他跟工人一起去吃烧烤，喝个啤酒。这算是促进感情，必须让员工认为他们为你卖命效劳是值得的。

就在我信誓旦旦的在朋友面前吹嘘下半年的市场如何好，装修行业前景一片光明时，我便遇到了今年的第一个难题。

第 74 节

尚叔是我今年的第八位客户，本想着这个数字吉利应该能赚一笔的，但是没想到最后却落了个里外不是人，为这事还折腾了半个月。尚叔年龄不是很大，六十多岁，却很精明。一般有三类人的单子不好接，一是医生，二是律师，三是教师。如果真的接了也会费力不讨好。

而尚叔就是一位退休的历史教师。听他说他很有钱，但是从着装和言行中一点也看不出来。他现在主要是以炒房为主，现拥有店铺两个，商品住宅三套，一套是自己居住的，尚叔来找我时已提前咨询了两次，是套老房子，要重新装修。当时这个单子是交给赵长清谈的，我想锻炼一下他，老头当时在办公室看了下材料，又去看了样板房，最后仍没有敲定，只推辞说先把之前的装修拆除，铺好地暖，然后再考虑装修方案。

听到这我心中便明白了三分，这是来打听方案和价格的，诚意几乎为零。赵长清不死心，以为人老便很慈祥诚实，只要把方案做好，估计他会回来的。一个礼拜过后老头没有来，半个月后他竟然主动上门了，一来就说让我们去量下房子，做个方案和报价。去了他的房子发现里面已动工了，墙砸了，地暖铺了，水管和电路也走了，只是不是很专业，整个工地凌乱得像个猪窝，

他说之前找的工人太不专业了，整个就一骗子，做一半便被撵走了。在量房的时候我让赵长清仔细一点，因为是老房子尺寸一定要精确。

整个方案基本上是赵长清自己完成的，我只做了补充，加上主材报价差不多四万元。方案很快就通过了，经过讨价还价最终以三万六签了合同。

签完合同，老头要请我们吃饭，我拒绝了。在开工时我对尚叔说之前走的电路不规范，现在要让工人重新改一下，这个费用算是公司赠送的。老头听了很开心。

尚叔的房子从开始动工就不顺，先是瓷砖的纹理问题，后是木工师傅受够了他天天盯着干活的眼神，再是让刮大白的工人多刮一遍。因为报价上明确写着工艺流程和质量要求，对于尚叔的无理要求我只能一再忍让。拖拖拉拉地在两个月后把工程完工了，在最后算账的时候，老头便不认账了，压着百分之五的尾款，就是不想给。

赵长清与他理论，被他咄咄逼人的气势呛得一句话也说不出来。当时我想，一年之中遇到这样故意刁难的客户也算正常，认栽了。不就是两千块钱吗，但是你越对这种人表现出忍让，他越是过分地得寸进尺。他拿出自己测量的尺寸一一核实，最后算下来我们还欠他八百块钱，他说别八百了，再退五百就行了。

我明确地说钱是不可能退回去的，我们不向你要尾款就已经不错了。

老头一听嚣张地说："不退是吧，我找人评理去，到时可别后悔。"

这老头真是小孩的脸说变就变，前几天还在店里夸工人干活认真，老板负责呢，今天就跟你翻脸了。

我不甘示弱地说："好啊，去吧，最好去法院。"

尚叔没有去法院，他去了消费者协会。其实我没有害怕，就算是消费者协会也应该是个说理的地方。我和赵长清积极地应对着。那天尚老头带着消协的人来了，他们一来店就看了下营业执照和我的证件。消协的人说今天是来了解情况的，能协商的尽量协商。

我说："好啊，这事肯定要好好协商，尚叔还欠我们尾款呢。"

尚老头听后不高兴地说账可不是按之前的算法，必须让消协的人来算。

我说："没问题啊，今天咱们就好好算，一切都按着合同来。"

消协的人把我们的合同简单地看了一下，说一会儿去实地看一下，合同没有问题。最后去了工地，双方都重新拿着尺子测量了一下，回来一核对与合同上的误差不大，稍稍有误差的就是墙面漆的面积。消协的人也了解装修的知识，说国家有标准。尚老头一听没有话说了，表情僵住了。

最后消协的人走了，临走时说这事你们自己协商吧，我们只来做个鉴定，双方都相互理解下，为这点钱不值得。

消协的人走后，我说："尚叔，人家也说了，这事咱们商量一下解决方案吧。你看咱们的尾款是不是该算一下了，算完之后把两年的质保合同签一下。"

尚老头气得说不出话来，最后扔下一讲句："等我搬进新家再谈尾款的事吧。"

望着他离去的背影，我感慨这社会上还算有说理的地方。其实尚老头想抵赖的这点钱真的不算什么，但是我的钱也是自己用血汗挣来的。如果是我的错就是亏本也要补偿给他，但是不是我的错，你还要在我的牙缝里剔肉是绝不可以的。所以劝刚刚创业的青年遇到这事一定要坚强，对于这种人要正面打击，万不可说些弱话息事宁人。

第 75 节

第二季度的任务终于圆满地完成了。我让赵长清统计一下签单率，在百分之三十左右，这个季度的总营业额在十五万以上，抛去所有的开支与成本，我净赚三万元。当天晚上我请了所有的工人在饭店大吃了一顿，感谢他们这三个月来的努力，希望他们再接再厉。

八月十五中秋节是在家过的，哥哥嫂子都在，一家人好不容易吃了个融洽的团圆饭。晚上临睡前父亲向我提起哥哥借我钱的事，我说他已还了一万了，剩下的我不好意思要，便让父亲去要，并告诉父亲要回来那钱算是我之前借的。

父亲说："你哥现在有钱了，小车也买了，以前的账都还了，唯独没有还你的钱。"

说实话，跟熟人要账这事，让人挺苦恼的。这个钱借出去后，还钱的日子就遥遥无期了。张口催吧，怕伤感情，不催吧，又是自己的辛苦钱。

离过年还有三个月的时间，这段时间是装修淡季，我跟赵长清商量着一定要趁热打铁，迎难而上，争取签五个单子。赵长清也信心满满的。

我要重新规划一下这三个月的装修思路了，因为有一家装饰公司开始效仿我的这种形式，我想到的第一步就是在原来报价的基础上加上公司管理费这项，也就是三五百块钱，用这个钱来做活动，签单满一万送饮水机，满两万送抽油烟机，满五万送 19 寸彩电。这样的促销活动都是羊毛出在羊身上，关键看是怎么运营与投入了。

接下的活动运行得并不顺利，人们天一冷就不愿意动，天天跑小区到处发传单成效都不大。而朱经理介绍的客户都不是善茬，有两家活都完工半个月了，尾款一直要不上来，只能苦苦地哀求他们说工人的工资还没发呢。但是他们多是用再等等、下个月结等理由来打发我。

没办法，现在欠账的都是大爷，而我也给他们说过每个工程必须完工后才能签两年的质保合同，如果这百分之五的尾款不给的话，以后出现问题绝不负责。

进入冬天后父母经营的小吃店已经入不敷出了，因为每天早上来吃饭的人比平时少了一半。附近的工业园因为天太冷工人干不了活，所以都提前放假了。我提议父亲先把小吃店关门，明年开春早点开业。父亲听后沉默了一会便同意了，

冬天一到装修的淡季随之也来了。这段时间材料商也不好过，林胖子来过三次，每次说是来转转喝杯茶，促进一下感情。其实，他的想法我是知道的，不外乎是来求我多帮他卖材料，可是我现在的日子也不好过呀，哪里有精力管他。不过跟林胖子在一起喝茶聊天是一种享受，他是个话痨，上知天闻，下知地理，而且很幽默。

那段时间接到了徐晓杰打来的电话。说有个朋友想装修，介绍给我，是个大活。我问他是家装还是公装，他说是公装。我回绝了，公装坚决不做。他说这活没问题，是个挣钱的活。我说现在手里的活排满了，工人一个没有。挂完电话后我心里狠狠地骂了一句：当我是猪啊，再跟你合作我还不得掉进去！

一天，一位戴眼镜的平头男人来到了店里，他说自己姓戴，之前在QQ上聊过。我顿时想起来了，是在河北工作的戴工程师。他一进屋就解释说："厂里太忙，一点时间也抽不出来。"我请他在办公室坐下，便聊起了装修的事。他的房子是个大户型，要精装，而且要高档一点。我按着

他的要求大致算了下价格，预算五六万左右。他说钱不是问题，必须要环保。

经过实地测量，出了装修方案和具体报价。中间按着他的要求又稍稍调整了一下，主材全部要高档的，最后的价格打完折是六万五。戴哥看后还算满意，他说之前对公司了解过，去样板间也看过，又侧面打听了一下我的老客户以及我的人品。签合同的时候他说现在天太冷，想等开春再装修，先预付五千元的订金，等明年按工程的进度付款。我答应了，这样的话明年一开春工人就有活干，这是个好兆头。

晚上的时候我请戴哥吃了顿饭，席间他问起我回来创业几年了。我一一地给他说了，并哀叹创业的心酸。他说各行各业都是这样，有压力才有动力。

第76节

这是鲁西南的第一场雪，虽然下得不是很大，但却一直下个不停，眼前白茫茫一片，这样的日子应该静下心来歇歇了。

下雪的那段日子我和赵长清都躲在办公室里没有出门，外面太冷了，北风一直呼啸个不停。我盘算了下手里的资金，与厂家定购了些板材。因为装修的主要材料费是板材，板材的差价特别大，好的与次的一张能差二三十块钱，有的能差四五十块钱。一天装修用的板材基本上都在十张以上。而之前虽然从林胖子那里拿到的是批发价，但是随着我用到的板材越来越多所以要自力更生了。这样做虽然会压一部分资金，但是可以使装修的利润最大化。

我去林胖子那里算账，他说最近小县城装修界出了点事，还说跟我有点关系。我听后不解地问跟我有什么关系？

他语重心长地说："徐晓杰你知道吧，这小子最近包了个大活，一百多万，现在掉里面了"。

我一惊，忙问道："怎么回事，快说说。"

他说："这家伙跟你合作啥时候出现过这件事，现在刚刚成手就被人给骗了，真是活该。包了个大宾馆，装修总工程费用一百五十多万，之前找过很多人合作，他应该也找过你吧。最终经人介绍找到了一位南方的包工头，这个包工头之前在咱们这干过两年，手里有十几个工人。包给他之后连合同没签就开始干了，图纸也没有。开始是垫资干的，但是这个包工头手里的钱不多，只好向姓徐的要钱，为了不耽误工期徐晓杰只好给了他一部分。一期工程完工时验工方生气了，整个工程干得没鼻子没眼的，让他们返工，返工也需要钱啊，包工头又找姓徐的要了一笔钱，要完之后就跑了。欠下工人十几万的工钱，卷走工程款二十多万。"

听完之后我长吁了一阵，林胖子幸灾乐祸地又继续说："这种人就不应该干这装修这一行，老老实实地给人看病得了。"

一年前徐晓杰是多么的精明，一年后竟是如此，我不知道这是否真的是聪明反被聪明误，还是市场本来如此。

当听到这事后我的心里又是一阵失落，年底的婚礼可能要大打折扣了，而我要从此刻开始节省每一分钱，争取多接些单子。还好这时朱经理打来电话说有个售楼处要重新装修需要设计下，让我做个预算。

我到了朱经理那里。他正在车里等着我，进车后他便发动了汽车直接开到了县城另一处刚刚动工的建筑工地上，说这里是苏总开发的，想设计一下售楼处。我看了下工地，戴着安全帽的工人正井然有序地浇灌钢筋混凝土，在他们的右前方已有一处豪华的售楼处矗立着。

朱经理说他们已有个售楼处，现在想在人民广场的位置再临时盖一间。

我问他之前是找谁设计施工的，他说是苏总的手下找青岛一家设计公司做的。

朱经理的意思我明白，他们想省点钱，现在开发商的日子也不好过，况且他们还没有开盘。稍等了一会儿，从售楼处走出来一位穿正装的工作人员，朱经理说这位便是对方的负责人黄经理。

黄经理上了车，我们打了声招呼便开车去了广场的房子。到了地方黄经理简单地说了下要求，并催促我尽快出方案，争取半个月内完工，因为他想过年之前开门营业，我说没问题。

第二天方案和报价完成，打电话约来了黄经理，商讨了半天，方案基本定了下来。总报价为三万，不含灯具与沙盘。黄经理在签合同的时候说现在公司没有钱，要我先垫资干，完工一部分付一部分的钱，听到这儿我犹豫了一下。他见我有点为难便拨通了朱经理的电话，向老朱说明了这个问题，然后把电话给了我。朱经理说没事，钱的事由他担保。我听到这没有再往下说，只好如此了。

我的担心不是多余的，因为跟开发商打交道必须抱着与狼共眠的心理，他们可是说翻脸就翻脸的，不认账是常有的事。想是这样想，但是给他们做活还是必须认真起来，把活做漂亮些，让他们无可挑剔。

第 77 节

前些天看了一个关于大学生村官的谈话类节目《青春淬火》，让人为之振奋，很感谢那三位村官真诚地说出农村的真实面貌，使更多的人了解乡村，同样也一定会促使部分青年回到乡下去。

当晚看完节目后我也是感慨万千，不后悔这三年来在乡村拼搏，只不过有时因为缺少心灵的沟通，而感到有些孤独。但好在自己的内心逐渐成熟强大了起来。

给黄经理装修快到尾声的时候，工程款还差我一万五，他说年前肯定是给不全了，等完工后顶多再给五千，剩下的等过了年再说。我说也行，只要你们公司认账就行。

在结算完老黄的工程款后我便为明年开春做准备了。给完工程款的客户，我都会在半个月内回访一下，看看装修后的效果，顺便问下他们还有什么不满意的。当然了，我都不是空着手去的，让赵长清搬棵发财树送给他们。

做生意不能只看眼前利益，更不可钱一拿到手就全然忘记老客户了。要注重后期服务，这样才能赢得客户。

腊月中旬的时候我给赵长清放了假，放假前我宴请所有业务上的朋友，把装修过程中处得好的客户都叫了来，还有林胖子、朱经理、黄经理、杨总。感谢他们这一年之中的照顾与合作，下一年会再接再厉，还请他们多多提携。

这时候小疙瘩也从北京回到了家里，早在小疙瘩没有从北京回来之前，母亲已托媒人把结婚的日子定好了，我们俩见面就是商量拍婚纱的事以及婚后的打算。我劝她不要再去北京了，虽然工资比老家的高，但并不是长久之计。她同意了，说先适应一下然后打算开家服饰店。

是先成家立业还是先立业再成家？这个问题想必困扰着很多人，我的想法是先成家。因为这会让人有责任感，奋斗起来更有动力，当然了前提是你生活在乡下，创业在乡下。如果是一直漂泊在城市的"农二代"们则会因人而异，因为有些人连温饱都没有解决，就更谈不上成家了。

创业路上体味着人生的种种，从而深刻领悟到，经历了坎坷之后，才有明月清风的宁静，才能坦然面对人生。我想，那就是一种成熟男子的气质吧！

本纪实告一段落时，二岩忠心劝告与鼓励那些苦苦挣扎在城市里的同龄人，当你们走投无路时，厌倦城市快节奏的生活时，对生活没有信心和希望时，请你们转过身，回头看看，不远处就是我们曾经一直想要离开的家乡。家乡还是那个令人温暖的家乡，只要还有梦，家乡始终会为你们打开实现理想的大门。

海明威说过，这世界是美好的，值得为它奋斗。我相信这句话，创业依然在路。